1 9 4 5
히 로 시 마

1945 히로시마

HIROSHIMA

존 허시 지음
김영희 옮김

cum libro
책과함께

히로시마, 살아남은 사람, 그리고……

김형률이라는 사람이 있었다. 그는 대한민국에서 태어나고 자랐다. 그러나 그에게는 1945년 8월 6일 일본 히로시마에 떨어진 핵폭탄의 흔적이 드리워져 있었다. 김형률의 어머니가 1945년 8월 6일 히로시마에 있었기 때문이다.

당시 핵폭탄이 투하된 히로시마와 나가사키에는 7만여 명의 조선인들이 있었다. 강제징용으로 끌려온 조선인들은 처참한 노동 환경에서 장시간 노동에 시달리고 있었다. 그리고 핵폭탄이 터졌을 때 수많은 조선인이 목숨을 잃거나 피폭을 당했다. 운 좋게 살아남았다 해도 고통이 끝난 것이 아니었다. 피폭의 상처는 2세에게까지 이어졌다.

김형률도 그중 하나였다. 그래서 어릴 때부터 몸이 아팠다. 고통 속에서 살았다. 그러나 김형률의 고통은 세상으로부터 인정받지 못했다. 일본 정부도 대한민국 정부도 '원폭 2세' 문제에 관심이 없었다. 그래서 그는 '원폭 2세'임을 스스로 밝히고, 원폭 2세 문제를 공론화하며 반핵평화운동에 몰두하다 35세로 짧은 생을 마감했다.

이 책은 이러한 김형률의 이야기를 담고 있지는 않다. 김형률의 어머니처럼 1945년 8월 6일 히로시마에서 피폭을 당하고, 가까스로 살아남은 여섯 명의 이야기를 담고 있다. 사람들의 삶은 핵폭탄 하나로 철저하게 파괴되었다. 순식간에 7만 8000명이 사망하고, 그 이상의 부상자가 나왔다. 도시 전체가 불바다가 되었다. 그 속에서 살아남은 것 자체가 기적이었다.

이 책에 나오는 여섯 명은 군인도 정치가도 아니었다. 그 전까지 단 한 번도 폭격을 받지 않았던 운이 좋은 도시, 히로시마에서 살아가던 사람이었을 뿐이다. 공장의 여성 노동자, 목사, 독일인 신부, 아이들을 홀로 키우는 여성, 의사들이었다.

《1945 히로시마》는 이들의 고통과 그 이후의 삶을 기록한 책이다. 어느 날 갑자기 영문도 모르고 지옥 같은 상황에 놓이게 된 사람들의 시선에서 쓴 기록이다. 꾸미지도 않고 과장하거나 미화하지도 않은 '날 것 그대로'의 기록이다. 여기에 이 책의 가치가 있다.

여기에 등장하는 여섯 명은 영웅도 아니고 자각한 시민도 아니다. 그저 핵폭탄이 남긴 지옥도 속에서 살아남기 위해 노력하고, 다른 인간의 고통을 외면하지 못했던 사람들일 뿐이다. 전쟁 이후에도 사라지지 않는 고통과 공포 속에 인생을 살아야 했던 사람들일 뿐이다.

그러나 이 책은 결함이 많은 기록이기도 하다. 히로시마에서만 사람들이 죽은 것은 아니다. 중국에서, 동남아시아에서, 세계 곳곳에서 수많은 사람이 전쟁 중에 목숨을 잃었다. 결국 궁극적인 질문은 이런 것이어야 한다. "왜 전쟁이 일어났는가? 왜 수많은 억울한 목숨이 사라져야 했는가?"

그러나 기록된 여섯 명 가운데 단 한 명만이 고통의 원인을 전쟁 그 자체에서 찾는다. 핵폭탄 투하 당시 공장에서 일하던 젊은 여성 노동자, 사사키만이 이런 생각을 한다.

"전쟁은 원자폭탄과 소이탄 투하로 일본인들을 희생시켰고, 일본에게 침략당한 중국의 민간인들을 희생시켰으며, 죽을 수도 있고 불구가 될 수도 있는 전쟁에 마지못해 끌려나온 어린 일본인 병사들과 미국인 병사들을 희생시켰다."

클라우제비츠는 《전쟁론》에서 "전쟁은 정치의 연속."이라고 말했다. 그러나 핵폭탄으로 인한 고통을 겪고도 의식적으로 정치를 멀리하는 사람들이 있다. 그것이 히로시마와 나가사키의 참극에도 불구하고 일본이 핵발전(원전)에 매달리고 군비 경쟁에 맘껏 뛰어들 수 있는 배경이 아닐까 하는 생각도 해보게 된다.

올해는 히로시마, 나가사키 핵폭탄 투하 70년이 되는 해다. 그리고 아직도 원폭 2세들의 고통은 계속되고 있다. 다른 한편으로 대한민국에서는 핵발전소를 확대하고 "우리도 핵무장을 해야 한다."라고 주장하는 위험한 세력이 득세하고 있다.

그래서 잊지 않는 것이 중요하다. 우리는 과거의 기록을 읽으며, 지금 우리는 무엇을 해야 할 것인지를 스스로에게 질문해야 한다.

하승수(녹색당 공동운영위원장)

차
례

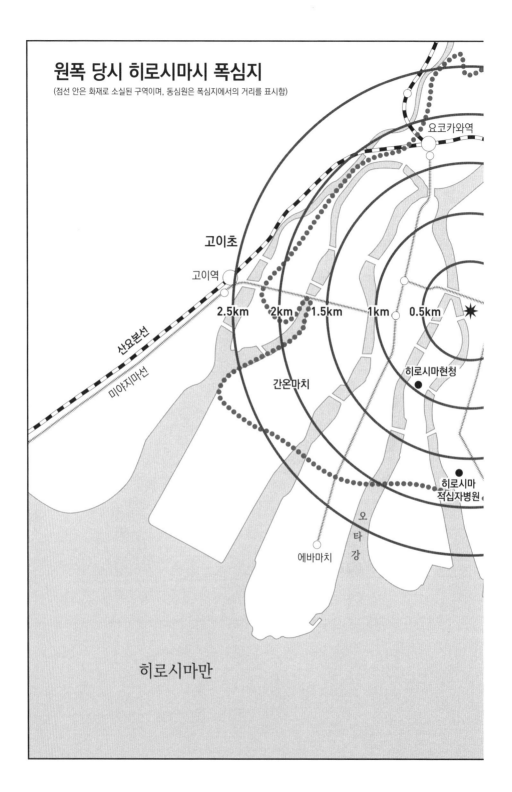

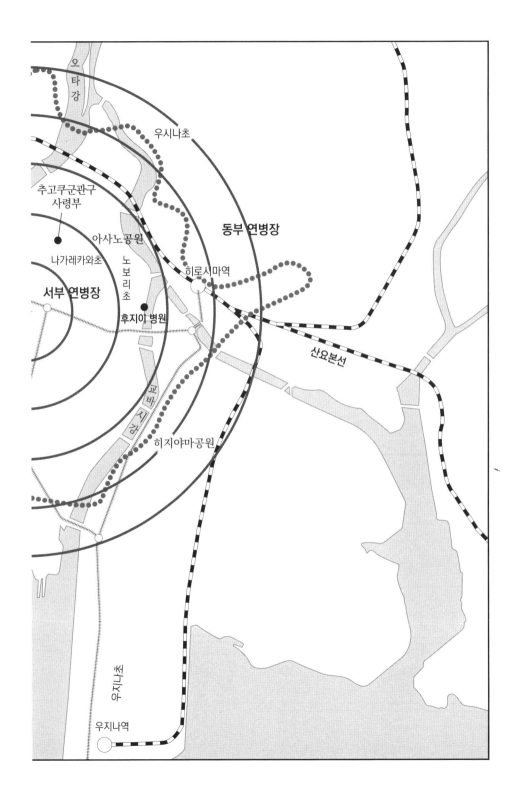

일러두기

1. 이 책은 John Hersey, *HIROSHIMA*(New York: Vintage, 1989)를 번역한 것이다.
2. 본문에 옮긴이가 붙인 설명은 괄호 안에 넣고 '―옮긴이'라고 표시하였다.

1

소리 없는 섬광

그때였다. 어마어마한 섬광이 하늘을 가로지르며 번뜩였다. 다니모토 목사는 아직
도 그 순간을 생생하게 기억한다. 섬광은 동쪽에서 서쪽으로, 시내에서 산 쪽으로
이동했다. 거대한 태양이 빛을 뿜어내는 듯했다.

1945년 8월 6일 일본 현지 시각으로 오전 8시 15분, 히로시마廣島 상공에서 원자폭탄이 폭발했다. 바로 그 순간 동양제관공장의 인사과 직원 사사키 도시코佐佐木とし子 양은 사무실에 도착해 자리에 앉으며 옆자리의 여직원에게 말을 걸려던 참이었다. 또 같은 시각 후지이 마사카즈藤井正和 박사는 히로시마 삼각주를 가르며 흐르는 일곱 개 강 중 한 곳이 바라다보이는 자신의 병원 툇마루綠側(일본식 주택에서 건물 외측에 깐 마루. 서양 건축의 베란다나 포치와 비슷함―옮긴이)에 앉아 느긋하게 《오사카아사히신문大阪朝日新聞》을 읽을 참이었다. 재단사의 미망인인 나카무라 하쓰요中村初代 씨는 부엌 창으로 이웃집 남자가 자기 집을 허무는 걸 지켜보고 있었다. 공습 화재를 대비해서 만들기로 한 소방도로 위에 이웃집이 있었기 때문이다. 예수회 소속의 독일인 사제인 빌헬름 클라인조르게Wilhelm

Kleinsorge 신부는 교단의 3층짜리 사제관 맨 위층에서 속옷 바람으로 간이침대에 누워 예수회 잡지 《시대의 소리Stimmen der Zeit》를 읽고 있었다. 적십자병원의 젊은 외과의사 사사키 데루부미佐佐木輝文 박사는 매독진단용 혈액 샘플을 손에 들고 병원 복도를 따라 걷고 있었다. 히로시마 감리교회 목사인 다니모토 기요시谷本清 씨는 히로시마 서쪽 교외지역인 고이己斐에 위치한 어느 부잣집 문간에서 손수레에 잔뜩 실은 짐을 풀고 있었다. 너 나 할 것 없이 조만간 히로시마에 B-29 폭격기의 대대적인 공습이 있을 거라고 예측하는 터였기에 더는 안 되겠다 싶어 교외지역으로 짐을 옮기려 했던 것이다.

원자폭탄은 십만 명의 목숨을 앗아갔다. 그러나 이 여섯 사람은 살아남았다. 그렇게 많은 사람들이 죽었는데, 왜 자신들은 살았을까, 그들은 아직도 얼떨떨할 따름이다. 그들은 자신의 목숨을 구해준 여러 번의 소소한 우연과 결단을 하나하나 떠올리며 나열한다. 때마침 내디딘 한 걸음, 실내로 들어가기로 한 결정, 다음 전차가 아닌 바로 그 앞 전차에 올라탄 일 등등. 그 생존의 순간에 수차례 생사의 고비를 넘겼고 상상도 못한 죽음의 아비규환을 목격했음을 이제 그들은 안다. 그러나 그때는 아무것도 몰랐다.

16

* * *

그날 아침 다니모토 목사는 5시에 일어났다. 얼마 전부터 아내가 매일 밤 한 살배기 아기를 데리고 히로시마 북쪽 교외의 우시다牛田에 사는 친구 집에 가서 지냈기 때문에, 목사관에는 혼자만 있었다. 당시 일본인들은 달갑지 않은 존재에 대한 반어적인 의미로 B-29 폭격기를 B선생이라고 부르곤 했는데, 일본의 주요 도시 중 교토京都와 히로시마 두 도시만이 아직 B선생의 공습이 없어서 이웃 사람들이나 친구들과 마찬가지로 다니모토 목사도 불안해 죽을 지경이었다. 그는 구레吳, 이와쿠니巖國, 도쿠야마德山 등의 인근 도시들이 당한 대규모 공습에 관해 낱낱이 듣고 있었고, 히로시마의 차례도 얼마 남지 않았다고 믿고 있었다. 전날 밤에도 공습경보가 몇 차례나 울리는 바람에 잠을 설쳤다. 몇 주째 거의 매일 밤 이런 경보가 울렸다. 그도 그럴 것이 B-29의 집결지가 히로시마 북동쪽에 위치한 비와호琵琶湖여서, 미군이 어느 도시를 공격하든 B-29 폭격기 무리들이 히로시마 인근 해안 상공으로 계속해서 날아왔다. 경보가 울리는데도 B선생이 히로시마를 공습하지 않고 있는 것이 오히려 히로시마 시민을 초조하게 했다. 게다가 미군이 히로시마에 쓰려고 뭔가 감춰둔 것 같다는 소문마저 나돌았다.

작은 체구의 다니모토 목사는 언변이 좋을 뿐만 아니라 웃기도 잘하고 울기도 잘했다. 다소 긴 검은 머리에 가운데 가르마를 한 그는 눈썹 바로 위에 튀어나온 이마 뼈와 졸망졸망 모여 있는 콧수염과 입, 턱 때문에 어찌 보면 나이 들어 보이고 어찌 보면 젊어 보이는, 기이한 인상을 풍겼다. 다시 말해 그는 소년 같으면서도 지혜로워 보이고 심약하면서도 격정적으로 보이는 외모의 소유자였다. 또한 행동이 신경질적이고 빠른 편이었지만, 신중함과 사려 깊음이 느껴지는 자제력도 지니고 있었다. 실제로 그는 원자폭탄이 투하되기 전, 심란하기 그지없던 며칠 동안 이러한 면모를 여실히 보여주었다.

우선 아내에게 밤에는 우시다에 가서 자라고 했다. 그리고 주거 밀집지역인 나가레카와流川에 있는 자신의 교회에 있는 물건들 중 손수레로 실어나를 수 있는 것은 죄다 실어서 3킬로미터 떨어진 교외지역인 고이에 옮겨 놓았다. 마쓰이 씨라는 레이온 제조업자가 당시 비어 있던 그곳의 집을 친구와 지인들에게 개방해주었고, 그 덕에 다니모토 목사를 비롯한 상당수 사람들은 자신들이 원하는 것은 뭐든 폭격이 예상되는 지역에서 멀리 떨어진 안전한 곳으로 옮겨놓을 수 있었다. 다니모토 목사는 별 어려움 없이 의자며 찬송가집이며 성경책, 제단 집기, 교회 서류 등을 그 집으로 실어날랐다. 그러나 오르간 연주대와 업라이트 피아노는 혼자 옮기기에 다소 버거웠다. 그래서 전날 피아노를 옮길 때는 친구 마쓰오 씨의 도움을 받았고, 보답으로 그 친구가 딸의 짐을 옮기는 걸

도와주겠노라고 약속했다. 그가 새벽같이 일어난 것은 그 때문이었다.

다니모토 목사는 아침 식사를 준비했다. 몹시 피곤했다. 전날 피아노를 옮기느라 진땀을 뺐는데 잠까지 설쳤다. 또 몇 주째 걱정으로 속을 바짝바짝 태운 데다가 먹는 것도 시원치 않았고 교구까지 돌봐야 했다. 이로 인한 피로가 한꺼번에 엄습해왔다. 짐 옮기는 일을 돕는 게 쉽지 않을 성싶었다. 그러나 그를 이 지경으로 만든 또 다른 이유가 있었다.

다니모토 목사는 조지아주 애틀랜타에 소재한 에모리대학에서 신학을 전공했고 1940년에 졸업했다. 그 덕에 영어를 아주 잘했고 옷도 미국식으로 입었으며 전쟁 발발 직전까지 많은 미국인 친구들과 서신을 주고받았다. 당시 요주의 인물로 감시 대상에 속할지도 모른다는 강박증에 시달리던 사람들이 꽤 있었는데, 그 역시 그런 분위기에 휩쓸려 갈수록 마음이 조마조마해졌다. 그는 몇 번씩이나 경찰 조사를 받았다. 게다가 며칠 전에는 그 지역 유지이며 지인인 다나카 씨가 사람들에게 다니모토 목사는 믿을 사람이 못 된다며 떠들고 다닌다는 소리마저 들었다. 동양기선회사의 전직 고위간부였고 기독교 반대자인 다나카 씨는 시끌벅적한 자선 활동으로 히로시마에서 이름 깨나 날리던 세력가였는데, 성질이 폭군처럼 사납기로도 유명했다. 다니모토 목사는 이러한 불미스런 일을 만회하고 자신이 선량한 일본인임을 사람들에게 증명해 보이기 위해 마을반상회隣組(도나리쿠미, 2차 세계대전 당시 일본이 국민 통제를 목적으로 만든 최말단 지역 조직 ─옮긴이)의 대표를 떠맡았다. 그렇잖아도 챙겨야 할 직무와 용무가 많은 사람이 스무 명 남짓한 세대의 방공반 조직 업무까지 살펴야 하는 상황이 되고 말았던 것이다.

다니모토 목사는 그날 아침 6시가 채 안 돼서 마쓰오 씨 집으로 출발했다. 그의 집에 도착해서 살펴보니 옮겨야 할 짐은 한 덩치하는 일본식 서랍장이었다. 게다가 그 안에는 옷가지와 살림살이가 가득했다. 두 사람은 본격적으로 일을 시작했다. 아침부터 구름 한 점 없이 맑고 무더운 걸로 봐서 오늘 하루 고생길이 훤했다. 출발한 지 몇 분도 되지 않아 공습 사이렌이 울렸다. 적기의 접근을 알리는 1분 사이렌이었다. 그러나 매일 아침 이때쯤 미군 기상관측기가 출현할 때 울리는 사이렌이었기 때문에 히로시마 시민들이 크게 위협을 느낄 만한 일은 아니었다. 두 사람은 손수레를 밀고 당기면서 시내를 빠져나왔다.

부채꼴 모양으로 생긴 히로시마는 오타강太田川에서 갈라져 나온 일곱 강이 만들어낸 여섯 섬 위에 자리잡은 도시였다. 당시 10제곱킬로미터에 이르는 도시 중심부의 주요 상업지구와 주거지구에 인구의 4분의 3이 거주했다. 인구수는 전시에 최고 38만 명에 이른 적도 있었지만, 몇 차례에 걸친 대피작전으로 24만 5000명가량으로 감소한 상태였다. 또 교외지역에 자리잡은 공장과 주거지구가 시 변두리를 빽빽이 에워싸고 있었다. 남쪽으로는 선착장과 비행장, 그리고 작은 섬들이 점점이 떠 있는 좁은 해협이 있었고, 삼각주의 나머지 세 곳은 산으로 둘러싸여 있었다.

다니모토 목사와 마쓰오 씨는 아침나절부터 사람들로 북적대는 상점가를 지나 두 개의 강을 건넌 후 고이의 비탈진 길을 올라 변두리 산기슭에 다다랐다. 집들이 줄지어 늘어선 주택가를 지나 계곡을 오르기 시작할 때쯤 공습경보 해제 사이렌이 울렸다(일본의 레이더 관측병이 비행기 세 대를 탐지하고는 정찰편대로 여겨 사이렌을 울린 것이었다). 손수레와 온갖 씨름을 한 끝에 레이온 제조업자의 집에 당도했을 때 두 사람은 완전히 기진맥진했다. 진입로를 지나 현관 디딤돌 앞까지 손수레를 조심스레 옮긴 후 잠시 휴식을 취하기 위해 멈춰 섰다. 집 옆으로 돌출되어 나온 부속 건물이 그들의 시야를 가로막고 서 있던 탓에 시가지가 보이지 않았다. 그 지역의 여느 집들과 다를 바 없이 그 집 또한 벽과 목재 골조가 무거운 기와지붕을 떠받치고 있었다. 현관 앞마루는 이불과 옷가지 보퉁이들이 가득 들어차 있어 마치 빵빵한 쿠션으로 가득 찬 서늘한 동굴처럼 보였다. 현관 우측으로 집 맞은편에는 자연석으로 꾸며놓은 넓은 정원이 있었다. 비행기 소리가 전혀 들리지 않았다. 고요한 아침이었고, 그곳은 시원하고 쾌적했다.

그때였다. 어마어마한 섬광이 하늘을 가로지르며 번뜩였다. 다니모토 목사는 아직도 그 순간을 생생하게 기억한다. 섬광은 동쪽에서 서쪽으로, 시내에서 산 쪽으로 이동했다. 거대한 태양이 빛을 뿜어내는 듯했다. 그와 마쓰오 씨는 겁에 질려 반사적으로 몸을 움직였다. 그나마 그들에게는 그럴 만한 시간적 여유가 있었다. 폭심지에서 대략 3킬로미터 떨어진 곳에 있었으니까. 마쓰오 씨는 현관 계단을 단숨에 뛰어올라 집 안으로 들어간 후 이불 보퉁이들 속으로 몸을 날려 파고들었다. 다니모토 목사는 반대쪽으로 네다섯 걸음 뛰어가서 정원에 놓인 두 개의 큰 바위 틈새로 몸을 던졌다. 그리고 한쪽 바위에 몸을 바짝 붙였다. 얼굴을 그 바위에 한껏 밀착시킨 탓에 무슨 일이 일어났는지 보지 못했다. 그는 갑작스레 자신을 짓누르는 압력을 느꼈고, 곧이어 부서진 판자 조각들과 깨진 기왓장 파편들이 그를 덮쳤다. 굉음 같은 소리는 전혀 들리지 않았다(당시 히로시마에 있던 사람들 중 원자폭탄이 폭발하는 소리를 들었다고 기억하는 이는 거의 없다. 그러나 다니모토 목사의 장모와 처제와 함께 살던 한 어부가, 당시 쓰즈通津 근처의 내해에서 거룻배를 타고 있다가 섬광도 보고 폭발음도 들었다고 말했다. 그는 히로시마에서 32킬로미터나 떨어진 곳에 있었다. 그런데도 그 천둥소리가 B-29 폭격기가 8킬로미터 거리밖에 안 되는 이와쿠니를 폭격할 때 나는 소리보다 훨씬 더 크게 들렸다고 한다).

다니모토 씨는 가까스로 마음을 다잡고 고개를 들었다. 레이온 제조업자의 집은 온데간데없었다. 폭탄이 집을 정통으로 강타했다고 생각했다. 황혼녘처럼 어둑하게 거대한 먼지구름이 하늘 위로 피어올랐다. 공포에 질린 나머지 무너진 집 더미 아래 갇혀 있을 마쓰오 씨에게까지 생각이 미치지 못한 채 거리로 뛰쳐나와 무작정 달렸다. 달리면서 문득 그 집의 콘크리트 벽이 집 바깥쪽이 아니라 안쪽으로 넘어갔다는 걸 알아챘다. 거리에서 맨 처음 눈에 들어온 것은 건너편 산중턱에서 방공호를 파고 있던 한 부대의 군인들이었다. 당시 일본인들은 적의 침략에 대항할 목적으로 언덕마다 죽기 살기로 방공호를 만들었는데, 그 수가 수천 개에 이를 정도였다. 군인들이 방공호에서 하나둘 걸어 나왔다. 그러나 그들을 안전하게 지켜주었어야 할 방공호가 제구실을 못한 듯, 그들의 머리와 가슴 그리고 등에서 피가 흘러내렸다. 그들은 말을 잃은 채 넋 나간 표정을 짓고 있었다.

먼지구름처럼 보이는 것이 하늘을 뒤덮으면서 사방이 점점 어두워졌다.

원자폭탄이 투하되기 전날 밤 자정 무렵이었다. 히로시마 라디오 방송국의 한 아나운서가 200여 대의 B-29 폭격기가 일본 남쪽 지역으로 접근하고 있다면서 히로시마 시민들에게 정해진 '안전지대'로 대피할 것을 권고했다. 재단사의 미망인 나카무라 하쓰요 부인은 노보리초幡町(초 또는 마치는 일본 행정구역 단위 중 하나로, 한국의 읍료, 동洞에 해당함—옮긴이)고 불리는 구역에 살고 있었다. 나라에서 시키는 대로 하는 습관이 몸에 밴지라 세 아이, 즉 열 살짜리 아들 도시오 그리고 여덟 살과 다섯 살 먹은 두 딸 아에코와 미에코를 깨워 옷을 입힌 후 대피 장소까지 함께 걸어갔다. 도시 북동쪽 언저리에 위치한 군사지역인 동부 연병장이었다. 그곳에 도착하자 돗자리를 몇 장 깔고 아이들을 눕혔다. 새벽 2시경 히로시마 상공을 비행하는 폭격기 무리의 굉음에 그들은 잠에서 깼다.

폭격기들이 지나가자마자 나카무라 부인은 아이들을 데리고 집으로 돌아왔다. 2시 30분이 조금 지나 있었다. 집에 들어서자 곧장 라디오부터 켰다. 그런데 다시 대피하라는 안내방송이 나오는 게 아닌가. 순간 짜증이 몰려왔다. 아이들을 쳐다봤다. 피곤한 기색이 역력했다. 지난 몇 주 동안 동부 연병장까지 도대체 얼마나 왔다갔다했던가. 그러나 실제로 일이 터진 적은 한 번도 없지 않았던가. 이번에는 라디오에서 흘러나오는 대피 지시에도 불구하고 그 짓을 또 할 수는 없다는 생각이 들었다. 나카무라 부인은 마루에 이불을 폈다. 거기에 아이들을 눕혀 재우고 3시경에 자신도 누웠다. 눕자마자 잠이 들었다. 어찌나 깊이 잠들었는지 폭격기들이 또 한 차례 몰려왔다 지나간 것도 몰랐다.

7시경 나카무라 부인은 시끄러운 사이렌 소리에 잠이 깼다. 곧장 일어나서 후다닥 옷을 걸치고 잰걸음으로 반상회 책임자인 나카모토 씨 집에 가서 어찌하면 좋을지 물었다. 나카모토 씨는 위급한 상황임을 알리는 경고음, 즉 짧게 여러 번 잇달아 울리는 사이렌이 아니면 그냥 집에 있으라고 말했다. 집에 돌아온 나카무라 부인은 부엌으로 가서 난로에 불을 지펴 밥을 안친 후에 자리를 잡고 앉아 조간신문인 《추고쿠신문中國新聞》을 읽기 시작했다. 8시 정각이 되자 공습경보 해제 사이렌이 울렸다. 그제야 마음이 조금 놓였다. 아이들이 뒤척이는 소리가 들리자 아이들에게 가서 땅콩을 한줌씩 나눠주면서 밤늦게 돌아다녀서 피곤할 테니 좀 더 누워서 쉬라고 말했다. 나카무라 부인은 아이들이 도로 잠들었으면 싶었지만, 남쪽의 이웃집 주인이 두드리고 박고 뜯고 쪼개는 요란한 소리를 내기 시작했다. 현縣(일본의 행정구역 단위 중 하나로, 히로시마 현의 현청 소재지가 히로시마시―옮긴이)의 관리들은, 히로시마에 사는 모든 이들과 마찬가지로, 이 도시가 조만간 공습을 받을 거라고 확신했기 때문에 소방도로를 넓혀야 한다고 시민들을 독촉하면서 위협도 하고 경고도 했다. 그들은 소이탄이 터져 화재가 날 경우 이러한 소방도로가 주변 하천들까지 이어져서 더 큰 화재로 번지지 못하게 막아줄 거라고 생각했다. 이웃집 사람도 내키지는 않았지만 시의 안전이 걸린 문제인 만큼 자기 집을 희생시키지 않을 수 없었다. 바로 전날에는 현 정부에서 중등학교에 다니는 신체 건강한 여학생들을 대상으로 며칠 동안 소방도로 작업을 도우라는 동원령을 내렸다. 공습경보 해제 사이렌이 울리자 여학생들이 나와 작업을 시작했다.

나카무라 부인은 부엌으로 돌아가 밥이 되었나 보고 나서 이웃집 남자를 지켜보았다. 처음에는 너무 시끄럽게 구는 통에 짜증이 났지만 차츰 측은한 생각이 들어 마음이 짠해지다가 급기야 눈물이 나려고 했다. 미루고 미루다 더는 그럴 수 없는 불가피한 상황에 놓여 자기 집을 한 곳 한 곳 자기 손으로 부수고 있는 이웃집 주인에게 깊은 연민이 느껴졌다. 그러다가 그 연민은 이내 마을 전체로, 그리고 자기 자신에게로 향했다.

나카무라 부인의 삶은 결코 평탄치 않았다. 남편인 나카무라 이사오 씨는 미에코가 태어난 직후 군에 소집되었는데, 오랫동안 소식불통이다가 1942년 3월 5일에 "이사오 씨는 싱가포르에서 명예롭게 전사했습니다."라는 짧막한 전보만 도착했다. 싱가포르가 함락된 2월 15일에 남편이 사망했고 당시 계급이 상병이었던 것도 나중에 알았다. 남편의 양복점은 그리 번창하던 것이 아니어서 재산이래야 달랑 산고쿠三國 재봉틀 한 대뿐이었다. 남편이 전사하자 수당 지급마저도 끊겨 나카무라 부인은 어쩔 수 없이 재봉틀을 꺼내 삯바느질을 시작했고 부족하나마 그렇게 해서 번 돈으로 아이들을 키웠다.

나카무라 부인이 이웃집 남자를 지켜보며 서 있을 때였다. 갑자기 주위가 번쩍했다. 온 세상이 난생 처음 보는 흰색으로 번뜩 빛났다. 이웃집 남자가 어떻게 됐는지 알아볼 새도 없이 부지불식간에 모성애가 발동하여 몸이 저절로 아이들에게 향했다. 그러나 한 발짝 떼는 순간 무언가가 자신을 들어 올려 냅다 패대기치는 듯했다(나카무라 부인의 집은 폭심지에서 1.2킬로미터 정도 떨어져 있었다). 나카무라 부인은 바닥에서 한 단 정도 높이 있는 평상 위를 가로질러 옆방으로 휙 날아갔고, 집의 파편들이 쫓아 날아왔다.

몸이 퉁 하고 바닥에 떨어지는가 싶더니 기둥이 쓰러지고 기왓장이 소나기처럼 쏟아져 내렸다. 사방이 컴컴했다. 무너져 내린 집 더미에 파묻힌 것이었다. 그나마 깊게 파묻히지는 않아서 몸을 일으켜 빠져나왔다. 아이 우는 소리가 들렸다. "엄마, 살려줘!" 다섯 살 난 막내 미에코였다. 가슴팍까지 파묻혀 움직이지 못하고 있었다. 나카무라 부인은 미친 듯이 기어서 막내에게로 갔다. 나머지 두 아이들은 인기척 하나 없이 온데간데없었다.

후지이 마사카즈 박사는 돈도 많고 즐길 줄도 아는 사람이었다. 폭발이 있기 전 며칠 동안 그다지 바쁘지 않았던 탓에 9시나 9시 30분까지 늦잠을 자는 호사를 만끽했다. 그러나 폭탄이 떨어진 그날 아침에는 집에 찾아온 손님을 기차역까지 전송해야 해서 다행히 아침 일찍 일어났다. 6시에 기상한 그는 30분 후 친구와 함께 강 두 개를 건너 역까지 걸어갔다. 그리 먼 거리는 아니었다. 집에 돌아온 시각은 7시였는데, 때마침 경보 사이렌이 길게 울렸다. 식사를 끝낸 후에 아침부터 기승을 부리는 더위 때문에 기모노를 벗고 속옷 차림으로 툇마루에 신문을 들고 나갔다.

이 툇마루는 독특한 방법으로 지어졌는데, 실은 그 건물 전체가 그랬다. 후지이 박사는 의사 한 사람이 운영하는 개인병원의 원장이었다. 병원 건물은 교바시京橋 다리 옆, 교바시강京橋川 자락에 자리잡고 있었는데, 건물이 강 쪽으로 튀어나와 있었고, 30명의 환자와 그 가족들을 수용할 수 있는 30개의 병실을 갖추고 있었다. 일본에서는 사람이 아파서 병원에 가면, 가족 중 한두 명이 병실에서 함께 지내며 환자 식사 준비와 목욕과 마사지도 해주고 책도 읽어주면서 환자를 따뜻하게 보살핀다. 이러한 보살핌이 없으면 환자가 몹시 비참해진다. 이 병원에는 환자용 침대 대신 다다미를 썼지만, 엑스선 검사기, 고주파 치료기, 타일을 깐 고급스런 검사실 등 온갖 종류의 현대식 설비가 갖춰져 있었다. 병원 건물의 3분의 2는 땅 위에, 나머지 3분의 1은 말뚝에 의지해 조수가 드나드는 교바시강 위에 떠 있었다. 후지이 박사가 기거하던 이 돌출 부분은, 얼핏 보면 이상하게 보여도 여름에 시원했고 시내를 등지고 있는 툇마루에서 유람선이 오가는 강을 바라보면 기분이 상쾌해졌다. 후지이 박사는 오타강과 그 하구 지류들이 때로 물이 불어 범람할 때면 걱정스러웠지만, 박아놓은 말뚝이 튼튼해서 건물은 언제나 끄떡없었다.

후지이 박사는 한 달여 동안 비교적 한가한 시간을 보냈다. 적의 공격을 받지 않은 도시의 수가 점점 줄어들고 그만큼 히로시마가 적의 공격 목표가 될 가능성이 커지면서, 7월부터는 입원환자를 받지 않았기 때문이다. 소이탄 공격으로 화재가 발생하면 환자들을 대피시킬 방도가 없다는 이유로 그는 환자들을 돌려보내기 시작했고, 이제 병원에는 환자가 두 명밖에 없었다. 한 명은 야노 矢野에서 온 여성으로 어깨에 부상을 당했고, 다른 한 명은 스물다 섯 먹은 청년이었다. 이 청년은 히로시마 근처에 있는 제강공장에 근무했는데, 그 공장이 폭격을 당할 때 화상을 입었다가 지금은 거 의 나은 상태였다. 병원에는 여섯 명의 간호사가 환자들을 돌봤다.

한편 아내와 아이들은 안전한 곳에 있었다. 아내와 아들 한 명은 오사카 외곽에 머물렀고, 또 다른 아들 한 명과 두 딸은 규슈九州의 한 시골 마을에서 지내고 있었다. 그는 조카딸과 가정부 그리고 남자 하인과 함께 살았다. 그는 일이 거의 없었지만 모아놓은 돈 이 좀 있어 그다지 신경 쓰지 않았다. 50세인 그는 건강하고 유쾌 하고 느긋한 사람이었고, 담소를 나누기 위해 친구들과 위스키를 마시며 저녁나절을 보내는 걸 좋아했지만 그러면서도 늘 정도를 지켰다. 전쟁이 일어나기 전에는 스코틀랜드산이나 미국산 브랜 드를 즐겼지만, 지금은 일본 최고의 브랜드인 산토리에 더없이 만 족했다.

후지이 박사는 툇마루의 깨끗한 돗자리 위에 속옷 차림으로 앉 아 안경을 쓰고 《오사카아사히신문》을 읽기 시작했다. 아내가 오 사카에 있었기 때문에 그곳 소식을 즐겨 읽었다. 갑자기 하늘이 번쩍했다. 시가지를 등지고 앉아 신문을 읽고 있었기 때문에 그에 게는 눈부시고 노란 빛으로 보였다. 화들짝 놀라 일어나려던 찰 나에 그의 뒤편에서 병원 건물이 기울더니 우지끈하는 무시무시한 소리와 함께 강으로 처박혔다(그는 폭심지에서 약 1.4킬로미터 떨어진 곳에 있었다). 후지이 박사는 일어나려고 엉거주춤하던 상태에서 나동그라져 이리저리 굴렀다. 뒤집어지고 내팽겨지다가 무언가에 짓눌렸다. 정말 순식간에 벌어진 일이라 모든 것이 혼미하던 순간에 몸이 오싹하면서 강물이 느껴졌다.

후지이 박사는 이제 죽는구나 하고 생각할 겨를도 없이 죽음을 모면했다는 사실을 깨달았다. 우선 자신이 살아 있다는 것만 생각했다. 두 개의 기다란 대들보가 V자 형태로 가슴팍을 가로질러 짓눌렀다. 마치 두 개의 거대한 나무젓가락 사이에 끼인 한 점의 음식 쪼가리 같았다. 몸을 움직이지 못한 채 꼿꼿한 상태였는데, 기적적으로 머리만 물 밖으로 나와 있었고 몸통과 다리는 물속에 있었다. 산산조각 난 잡동사니와 진통제 등 병원에서 나온 잔해물이 사방에 흩어져서 강물 위를 둥둥 떠다녔다. 왼쪽 어깨를 심하게 다쳤고 안경도 어디론가 사라지고 없었다.

예수회 소속의 빌헬름 클라인조르게 신부는 폭발이 있던 당일 아침에 몸 상태가 그닥 좋지 않았다. 전쟁 기간이라 먹을거리가 부족했고, 근래에는 사회적으로 외국인 혐오증이 확산되고 있어 자신이 외국인이라는 사실이 크게 부담이 되었다. 모국인 독일이 전쟁에 패한 이후에는 독일인조차 환영받지 못했다. 그는 서른여덟 살이었지만 야윈 얼굴, 툭 튀어나온 목젖, 빈약한 가슴, 대롱대

롱 매달린 손에 발은 아주 커서 마치 키만 큰 소년의 모습이었고, 걸을 때는 약간 구부정한 자세로 어기적댔다. 그즈음 그는 피곤하지 않은 날이 없었다. 그런데다 동료 사제인 시슬릭 신부와 함께 급성 설사병에 걸려 이틀이나 고생했다. 복통도 상당했다. 콩과 배급용 흑빵만 먹다가 이 지경이 되었다며 두 사람은 투덜댔다. 노보리초에 위치한 선교회 구내에는 그들 말고도 라살 원장신부와 시퍼 신부 두 명이 더 있었는데, 다행히 그 두 사제는 병에 걸리지 않았다.

폭탄이 투하된 당일 아침 클라인조르게 신부는 6시경에 일어났고, 설사병 때문에 꾸물대다가 30분 정도 지나서 예배당에서 미사를 올리기 시작했다. 예배당은 조그마한 일본식 목조 건물로, 신자용 의자는 따로 없었다. 신자들은 다다미를 깐 일본식 마루에서 멋진 비단과 놋쇠, 은, 두꺼운 자수품 등으로 아름답게 꾸며진 재단을 향해 무릎을 꿇고 앉았다. 월요일이라 미사에 참석한 사람은 사제관에서 지내는 신학생 다케모토 군, 교구 서기 후카이 씨, 선교회에서 가정부로 일하는 독실한 신자 무라타 부인, 그리고 그의 동료 사제들이 전부였다. 미사가 끝나고 클라인조르게 신부가 감사기도문을 낭독하는 도중에 사이렌이 울렸다. 그는 제례를 중단했고, 사제들은 맞은편의 사제관으로 피신했다. 클라인조르게 신부는 사제관 1층 현관 오른쪽에 있는 자기 방으로 가서 군복으로 갈아입었다. 고베神戸에 있는 롯코중학교六甲中學敎에서 교사를 할 때

얻은 군복이었다. 공습경보가 울리면 그는 군복을 입었다.

경보가 울리면 그는 늘 밖으로 나가 하늘을 살피곤 했는데, 그 날도 밖으로 나가 보니 매일 이 시각쯤에 히로시마 상공에 나타나는 기상관측기 한 대만 보여서 마음을 놓았다. 아무 일도 없겠지 하며 실내로 들어와 다른 사제들과 함께 커피 대용차와 배급받은 빵으로 끼니를 때웠다. 설사로 고생하고 있는데 이런 걸 먹어야 하다니······. 그는 유독 더 짜증스러웠다. 다른 사제들과 함께 앉아서 잠시 이야기하는 사이에 경보 해제 사이렌이 울렸다. 그때가 여덟 시였다. 그들은 건물 안 여기저기로 흩어졌다. 시퍼 신부는 글을 쓰려고 자기 방으로 들어갔고, 시슬릭 신부은 자기 방에 가서 등받이 의자에 앉은 후 복통을 완화시킬 요량으로 베개를 배 위에 갖다 댄 채 독서를 했다. 라살 원장신부는 자기 방 창가에 서서 사색에 잠겼다. 클라인조르게 신부는 3층에 있는 방으로 올라가서 옷을 벗고 속옷 바람으로 간이침대에 옆으로 누워 예수회 잡지 《시대의 소리》를 읽기 시작했다.

바로 그때 무시무시한 섬광이 번쩍했다(클라인조르게 신부는 당시 그 섬광을 봤을 때 어릴 때 읽은, 지구에 충돌한 거대한 유성 이야기가 떠올랐다는 걸 훗날 기억해냈다). 클라인조르게 신부는 언뜻 자신들이 직격탄을 맞았구나 하는 생각을 했다(그는 폭심지에서 대략 1.3킬로미터 떨어진 곳에 있었다). 그러나 몇 초인지, 몇 분인지 만에 정신을 잃었다.

클라인조르게 신부는 어떻게 건물 밖으로 나왔는지 도통 기억이 나지 않았다. 정신을 차려보니 속옷 바람으로 선교회 텃밭에서 허둥대고 있었고, 왼쪽 옆구리의 상처에서 피가 조금 흐르고 있었다. 또 예수회 사제관을 제외한 주변의 모든 건물들이 폭삭 내려앉아 있었다. 예수회 사제관이 온전할 수 있었던 것은 오래 전에 그로퍼라는 한 사제가 지진이 염려되어 건물에 이중 삼중으로 버팀목을 대놨기 때문이었다. 날이 컴컴해졌고, 무라타 부인이 근처에서 "주여, 우리를 불쌍히 여기소서!"라고 계속 울부짖었다.

적십자병원의 외과의사인 사사키 데루부미 박사는 어머니와 함께 사는 시골 마을에서 히로시마로 통근하는 기차 안에서 간밤의 불쾌한 악몽을 되씹고 있었다. 어머니의 집은 히로시마에서 약 48킬로미터 떨어진 무카이하라向原에 있어서 병원까지 통근하려면 기차와 전차로 두 시간이 걸렸다. 밤새 뒤척이며 선잠을 잔 탓에 평소보다 한 시간이나 일찍 일어났다. 몸이 나른하고 열도 조금 있는 것 같아 출근을 할까 말까 고민하다가 결국 책임감 때문에 무거운 몸을 이끌고 출근길에 나섰고, 평소보다 이른 시각에 기차에 올라탔다.

그는 꿈이 심란한 현실과 어쩐지 연관되어 있는 듯해서 괜히 더 겁이 났다. 그는 스물다섯 살밖에 되지 않았으며, 중국 칭다오青島에 있는 동아의과전문학교(현재 이름은 칭다오의학원─옮긴이)에서 수련 과정을 마친 지도 얼마 되지 않았다. 그렇다 보니 의사로서의 이상에 잔뜩 부풀어 무카이하라의 미흡한 의료시설이 자꾸 눈에 밟혔다. 결국 그는 병원에서의 여덟 시간 근무와 네 시간에 걸친 출퇴근을 마친 후에 당국의 허가도 받지 않고 마을의 아픈 사람들을 방문하며 진료를 하기 시작했다. 그런데 허가 없이 의료행위를 할 경우 꽤 심한 처벌을 받는다는 사실을 최근에 알게 되었다. 그래서 동료 의사에게 조언을 구했지만 호되게 야단만 맞았다. 그러나 그는 진료를 중단하지 않았다. 그런데 간밤 꿈에 여느 때처럼 마을의 한 환자를 진찰하고 있는데 경찰과 그 동료 의사가 갑자기 들이닥쳐 자신을 밖으로 질질 끌어내더니 무지막지하게 구타하는 것이었다. 그는 기차를 타고 가면서 마을에서 하는 진료를 그만두어야겠다고 마음먹었다. 당국은 분명 그러한 행위가 적십자병원에서 하는 직무와 상충된다고 여길 게 뻔했고, 그러니 허가해줄 리도 만무했다.

그는 종점에 내리자마자 곧 전차에 올랐다(이날 아침 평소에 타던 기차를 탔더라면, 그리고 늘 그랬듯이 몇 분 기다리다가 전차를 탔더라면, 폭발 당시 시내 부근에 있었을 테고, 그랬다면 분명 죽었을 거라고 훗날 그는 생각했다). 그는 7시 40분에 병원에 도착했고 외과주임에게 보고했다. 그리고 몇 분 후에 1층 병실에 가서 매독 검사를 하기 위해 한 환자의 팔에서 혈액을 채취했다. 검사용 세균 배양기는 3층 검사실에 있었다. 악몽에 시달리고 밤새 뒤척인 것도 모자라서 출근길 내내 산란했던 마음을 병원에서도 떨쳐내지 못한 채 혈액 샘플을 왼손에 들고 복도를 걸어가고 있었다. 계단으로 가는 길에 있는 넓은 복도에 이르렀을 때였다. 열려 있는 창문에서 한 발짝쯤 떨어진 곳에 섰을 때 마치 거대한 사진용 플래시처럼 폭탄의 섬광이 복도에 반사되었다. 그는 한쪽 무릎을 꿇고 몸을 수그렸다. 그리고 일본인 특유의 혼잣말을 중얼거렸다. "사사키, 힘내!" 그 순간 폭풍이 일더니 병원을 갈기갈기 찢어놓았다(병원 건물은 폭심지에서 약 1.5킬로미터 떨어져 있었다). 그가 낀 안경은 벗겨져 날아가고, 들고 있던 혈액 시험관은 벽에 부딪쳐 산산조각 났다. 신고 있던 조리도 벗겨져 날아갔다. 하지만 그는 그것 말고는 멀쩡했다. 모두 그가 서 있던 위치 덕분이었다.

사사키 박사는 큰 소리로 외과주임의 이름을 부르며 주임실로 한달음에 뛰어갔다. 주임은 유리 파편에 크게 부상을 입은 상태였다. 병원은 참담하리만큼 아수라장이었다. 육중한 격벽과 천장이 환자들을 덮치고, 침대가 뒤집히고, 유리 파편들이 건물 안으로 날아들어 사람들이 크게 다치고, 벽과 바닥에 피가 튀어 온통 시뻘겋고, 의료도구들이 도처에 나뒹굴고, 많은 환자들이 비명을 지르며 뛰어다니고, 그보다 더 많은 환자들이 죽어 널브러져 있었다(사사키 박사가 가려고 했던 검사실에서는 동료 의사가 싸늘한 주검이 되어 있었다. 또 방금 전에 채혈한, 매독에 걸렸을까 봐 전전긍긍하던 그의 환자도 죽었다). 사사키 박사는 병원에서 부상을 당하지 않은 의사는 자신뿐인 걸 알았다.

사사키 박사는 적군이 병원 건물을 공격한 것이라고 생각하면서 붕대를 가져다 병원 안에 있는 부상자들의 상처에 감아주기 시작했다. 한편 병원 밖에서는, 아니 히로시마 도처에서는 사지 한쪽을 잃거나 죽어가는 사람들이 고통에 신음하며 적십자병원을 향해 한 걸음 한 걸음 다가오고 있었다. 사사키 박사가 전날의 악몽을 아주 오래도록 까맣게 잊고 지내게 될 만큼 엄청난 수의 환자들이 말이다.

사사키 도시코 양은 우선 사사키 박사와 아무런 연고가 없는 사람이다. 당시 동양제관공장에 다녔으며 폭발이 있던 날 아침에는 새벽 3시에 일어났다. 그날따라 어머니가 집에 없어 대신 집안일을 돌봐야 했기 때문이었다. 어머니는 전날 생후 11개월 된 남동생 아키오가 배탈이 나서 다무라소아과병원에 갔다가 남동생이 입원을 하는 바람에 집에 오지 못했다. 집에는 아버지와 또 다른 남동생 한 명 그리고 여동생 한 명이 있었는데, 스무 살이 된 사사키 양은 이 세 사람과 자신이 먹을 아침밥을 준비해야 했다. 또 전시라서 병원에서 환자와 보호자들에게 식사를 제공하지 못했기 때문에 어머니와 갓난쟁이 동생이 먹을 하루치 음식도 장만해야 했다. 게다가 포병부대용 고무 귀마개 제조공장에 다니는 아버지가 출근길에 갖다 줄 수 있게 아버지가 출근하기 전까지 만드느라 이른 새벽부터 바빴다. 이 모든 일을 끝내고 설거지에 뒷정리까지 하고 나니 거의 7시가 되었다.

사사키 양은 가족과 함께 고이에 살았는데, 그곳에서 간온마치觀音町에 있는 공장까지는 45분이 걸렸다. 공장에서는 인사기록 업무를 담당했다. 7시에 집에서 나와 공장에 도착하자마자 인사과의 다른 여직원 몇몇과 함께 공장 강당으로 갔다. 전날, 이 공장 직원이었다가 해군에 입대한 마을의 멋진 청년이 기차에서 뛰어내려 자살을 했다. 그의 죽음은 영예로운 것으로 간주되어 추도식을 거행하기로 결정이 났고, 이날 아침 10시에 식이 열릴 예정이었던 것이다. 큰 강당에서 사사키 양은 여직원들과 함께 추도식 준비를 했다. 이 일은 얼추 20분 정도 걸렸다.

사사키 양은 사무실로 돌아와 자리에 앉았다. 자리는 왼편에 있는 창에서 꽤 멀리 떨어진 곳에 있었다. 뒤편에 있는 높다란 책장 두 개에는 인사과에서 정리해놓은 공장문고의 도서가 빼곡히 꽂혀 있었다. 그녀는 자리에 앉아 책상 위의 자질구레한 물건들을 서랍에 넣어 정리하고 서류를 옮겨 놨다. 신입직원과 해직자, 입대자 등을 명부에 기입하려다가 오른쪽에 앉은 여직원과 조금 이야기를 하고 싶어졌다. 그래서 창가 반대쪽으로 고개를 돌리는 바로 그 순간, 사무실이 눈도 못 뜰 정도로 눈부신 빛으로 가득 찼다. 두려움에 온몸이 굳어버려 한동안 자리에서 꼼짝도 할 수 없었다 (공장은 폭심지에서 약 1.5킬로미터 떨어져 있었다).

모든 것이 무너져 내렸고 사사키 양은 의식을 잃었다. 갑자기 천장이 무너져 내리더니 위층의 목재 마루가 우지끈 갈라지며 붕괴되고, 그 위에 있던 사람들이 떨어지고 결국엔 지붕마저 무너져 내렸다. 그러나 무엇보다도 바로 뒤편에 있던 책장이 앞으로 엎어지면서 꽂혀 있던 책들이 죄다 그녀 쪽으로 쏟아진 것이 문제였다. 그 바람에 끔찍하게도 왼쪽 다리가 몸 안쪽으로 꺾여 부러지고 말았다. 원자력 시대가 열리는 첫 순간, 이 공장에서 한 인간을 으스러뜨린 것은 다른 게 아니라 책이었다.

2

대화재

순식간에 찾아든 변화였다. 그날 아침만 해도 24만 5000명이 거주하는 부산한 도시
였는데, 반나절 만에 폐허로 변하다니⋯⋯. 그때까지도 거리의 아스팔트는 화재 때
문에 무르고 뜨끈뜨끈해서 걷기가 불편했다. 거리에서 마주친 이는 단 한 명이었다.
여자였는데, 그들이 지나가자 "남편이 저기 갯더미 안에 있어요."라고 말했다.

폭발 직후 다니모토 기요시 목사는 마쓰이 씨 집에서 황급히 뛰쳐나와 냅다 달렸다. 거리에서 처음으로 그의 시선을 사로잡은 것은 군인들이었다. 참으로 의아스럽게도 방금 전까지 방공호를 파던 군인들이 피를 흘리며 입구 밖으로 하나둘 걸어 나오고 있었다. 다음으로 한 할머니가 왼손으로 머리를 감싸고 오른손으로는 서너 살짜리 남자애를 받쳐 업고 혼이 나간 사람처럼 걸어가는 걸 보자, 안쓰러운 마음에 눈을 뗄 수 없었다. 할머니는 "내가 다쳤어요! 다쳤다고요! 도와줘요!"라고 울부짖었다. 다니모토 목사는 남자애를 자기가 업고 할머니의 손을 잡은 후 비탈길을 내려갔다. 거리는 단지 그 지역만을 휩싼 것 같은 먼지구름 때문에 어둑어둑했다. 그는 할머니를 근처의 한 초등학교로 모시고 갔다. 그곳은 비상시 임시병원으로 전용할 수 있도록 미리 지정된 곳이었다. 이렇게 할머니를 돕다 보니 단번에 두려움이 사라졌다. 초등학교에 도착한 그는 깜짝 놀랐다. 마루 곳곳에 유리 파편이 널려 있고, 이미 오륙십 명은 족히 돼 보이는 부상자들이 치료를 받으려고 기다리고 있었다. 공습경보 해제 사이렌이 울렸고 비행기가 지나가는 소리도 전혀 들리지 않았지만 폭탄이 여러 개 떨어진 게 분명하다고 그는 생각했다. 문득 레이온 제조업자의 정원에 있는 둔덕이 떠올랐다. 그곳에서라면 고이의 전경이, 아니 히로시마시 전체가 내려다보일 거야. 생각이 거기에 미치자 그는 도망쳐 나온 그 집으로 부리나케 다시 달려갔다.

　그 둔덕에서 다니모토 목사는 기겁할 만한 광경을 목격했다. 그가 예상했던 고이 지역만이 아니라 구름 자욱한 하늘 사이로 보이는 히로시마의 곳곳에서 짙고 무시무시한 독기가 뿜어져 나오고 있었다. 가깝고 멀고 할 것 없이 짙게 깔린 먼지를 뚫고 연기 덩어리들이 하늘로 치솟아 올랐다. 하늘이 그토록 조용했는데 도대체 어떻게 이렇게 넓은 지역에 이토록 참혹한 피해를 끼칠 수 있단 말인가. 비행기가 단 몇 대만 지나갔다 해도, 설령 아주 높은 고도로 비행했다 쳐도, 분명 소리가 들렸을 텐데……. 그는 몹시 의아했다. 인근의 집들이 불타오르고, 구슬만큼 커다란 물방울이 떨어지기 시작했다. 이 물방울들은 화염과 싸우는 소방관들의 호스에서 나온 게 틀림없다고 어설프나마 그는 추측했다(사실 이것은 습기가 응축되어 생긴 물방울로, 먼지와 열과 핵분열 파편들이 순식간에 히로시마 상공 수 마일 높이까지 치솟아 오르면서 형성된 거대한 구름기둥에서 떨어진 것이었다).

다니모토 목사는, 마쓰오 씨가 다친 데는 없냐고 소리쳐 묻는 소리를 듣고 고개를 돌렸다. 마쓰오 씨는 앞마루에 수북이 쌓여 있던 이불 보퉁이들이 완충 역할을 해준 덕분에 무너져 내린 집 안에서 무사히 살아서 나올 수 있었다. 다니모토 목사는 겨우 몇 마디 대꾸했을 뿐이었다. 저 끔찍한 어둠 속에 갇혀 있을 아내와 아기, 교회, 집, 그리고 신자들이 생각났다. 등줄기를 흐르는 공포감에 진저리치며 다시 시내 쪽으로 달려갔다.

재단사의 미망인 나카무라 하쓰요 부인은 폭발 후 무너진 집 더미에 파묻혔다가 간신히 헤집고 나왔다. 그때 가슴팍까지 파묻혀 꼼짝 못하고 울고 있는 막내딸 미에코를 발견하고는 잔해들을 헤치며 딸에게 기어갔다. 빠른 손놀림으로 부서진 판자를 잡아 끌어내고 기왓장을 걷어내며 한시라도 빨리 딸을 구하려 애쓰던 중에 저 아래 구덩이에서 울부짖는 두 목소리가 희미하게 들려왔다. "살려주세요! 살려주세요!"

나카무라 부인은 열 살짜리 아들과 여덟 살짜리 딸의 이름을 불렀다. "도시오! 야에코!"

아래서 대답하는 소리가 났다.

미에코는 숨이라도 쉴 수 있지 않는가 하는 생각에 잠시 내버려

둔 채, 소리가 들리는 곳에 쌓여 있는 잔해를 미친 듯이 걷어냈다. 원래 두 아이는 3미터가량 떨어져 자고 있었는데, 지금은 같은 곳에서 목소리가 새어나왔다. 도시오는 그나마 몸을 움직일 수 있는 게 분명했다. 잔해를 걷어낼 때 아래 갇힌 아들이 나무와 기왓장 더미를 파내는 게 느껴졌다. 마침내 아들의 머리가 보이자 얼른 끌어당겼다. 모기장이 마치 누군가 신경 써서 돌돌 말아놓은 것처럼, 아들의 발에 뒤엉켜 감겨 있었다. 아들은 몸이 휭 하고 날리더니 잔해 아래 깔린 여동생 위로 떨어졌다고 했다. 아래에 있던 야에코가 자기 다리를 뭔가가 누르고 있어서 움직일 수가 없다고 하였다. 나카무라 부인은 조금 더 깊이 파내어 딸 위로 공간을 만든 후 딸의 팔을 잡아당겼다. "아파요!" 야에코가 칭얼댔다. "지금 아프고 안 아프고를 따질 때가 아냐!"라고 호통치며 딸을 확 끌어당겼다. 두 아이를 무사히 꺼낸 후 막내딸 미에코를 꺼내주었다. 세 아이는 꾀죄죄한 몰골에 여기저기 멍이 들어 있었다. 그러나 베이거나 긁힌 데는 전혀 없었다.

　나카무라 부인은 아이들을 데리고 길가로 나왔다. 문득 아이들이 속옷만 걸치고 있다는 사실을 깨달았다. 그래서 날이 무더웠는데도 몹시 황망한 나머지 아이들이 춥지 않을까 걱정이 되어, 무너진 집으로 되돌아가 잔해 아래에서 비상시를 대비해 싸놓은 옷 보퉁이를 찾아냈다. 아이들에게 바지와 웃옷을 입히고 신발을 신기고 솜을 댄 방공두건을 씌웠다. 그것도 모자라 한여름인데 외투까지 입혔다. 도시오와 야에코는 아무 말이 없었지만 다섯 살 난 미에코는 이것저것 계속 물었다. "왜 벌써 밤인 거야?" "우리 집은 왜 무너졌어?" "무슨 일 났어?" 무슨 일이 일어났는지 감조차 오지 않는 나카무라 부인은(공습경보 해제 사이렌이 울리지 않았던가?) 주위를 둘러보았다. 어둠 사이로 성한 집이 라곤 하나도 보이지 않았다. 오늘 아침 소방도로를 내기 위해 허물던 이웃집은 말 그대로 산산이 부서져버렸다. 마을의 안전을 위해 자기 집을 내준 이웃집 남자도 싸늘한 주검이 되어 있었다. 지역 방공 조직의 대표를 맡고 있는 나카모토 씨의 부인이 머리가 온통 피범벅인 채로 길을 건너와서 자기 아기가 살을 심하게 베였다며 붕대가 있는지 나카무라 부인에게 물었다. 나카무라 부인은 부서진 집으로 다시 돌아가 잔해 속에서 재봉할 때 쓰던 하얀 천을 찾아냈다. 그 천을 가늘고 길게 찢어 나카모토 부인에게 건네주었다. 천을 가지고 나오다가 재봉틀에 생각이 미쳤다. 다시 집으로 돌아가 재봉틀을 찾아서 질질 끌어냈다. 하지만 어떻게 들고 다닌단 말인가. 나카무라 부인은 일말의 고민도 없이 생계를 상징하는 그 물건을 집 앞에 있는 소방용수 통 속으로 내던졌다. 그 물통은 공습 화재에 대비해 집집마다 하나씩 준비해놓으라고 해서 만들어둔 것이었다.

이웃에 사는 하타야 부인이 불안에 떨며 나카무라 부인에게 자기와 함께 아사노공원淺野公園 숲(슛케이엔縮景園을 이름―옮긴이)으로 대피하자고 청했다. 아사노공원은 그리 멀지 않은 교바시강 근처에 위치한 사유지로, 예전에 동양기선회사의 주인이기도 했던 부유한 아사노 가문의 소유였다. 그 공원은 이 마을 사람들의 대피 구역으로 지정되어 있었다. 근처의 한 무너진 가옥에서 불이 나는 걸 본 나카무라 부인은 불을 끄러 가자고 청했다(폭심지의 화재를 제외하고 히로시마시 전역의 대화재는 대부분이 원자폭탄의 폭발 때문이 아니라 인화성 잔해가 취사용 난로나 전류가 흐르는 전선에 떨어져 발생했다). 하타야 부인은 "바보 같은 소리 말아요. 비행기가 와서 또 폭탄을 떨어뜨리면 어쩌려고 그래요?"라고 대답했다.

할 수 없이 나카무라 부인은 세 아이를 데리고 하타야 부인과 함께 아사노공원으로 발길을 옮겼다. 그녀는 비상용 옷가지가 담긴 배낭을 등에 메고, 담요 한 장과 우산 한 자루 그리고 자신의 방공호에 숨겨두었던 물건들을 담은 짐 가방까지 챙겼다. 바삐 걸어가는 내내 여기저기 폐허 더미 아래서 도와달라는 비명소리가 희미하게 들렸다. 아사노공원까지 가는 길에 유일하게 서 있는 건물은 예수회 사제관뿐이었다. 사제관은 미에코가 한동안 다닌 가톨릭유치원 건물과 나란히 붙어 있었는데, 나카무라 부인은 그곳을 지나가다가 클라인조르게 신부가 여기저기 피로 범벅된 속옷 바람으로 손에 작은 짐 가방 하나만 달랑 들고 사제관에서 뛰어나오는 것을 보았다.

폭발 직후 예수회 소속의 빌헬름 클라인조르게 신부가 속옷 바람으로 텃밭에서 허둥대는 동안 라살 원장신부는 어둠 속에서 사제관 모퉁이를 돌아 나왔다. 라살 원장신부의 몸은, 특히 등이 피범벅이었다. 그는 자기 방 창가에 서 있다가 번쩍하는 섬광에 몸이 비틀리면서 방 안쪽으로 내동댕이쳐졌고, 산산조각 난 유리 파편들이 날아와 그에게 박혔다. 클라인조르게 신부는 놀란 마음을 아직도 진정시키지 못한 채 라살 원장신부에게 가까스로 물었다. "나머지 분들은 어디 계신가요?" 바로 그때 사제관에 기거하던 다른 두 사제가 나타났다. 크게 다치지 않은 시슬릭 신부가 시퍼 신부를 부축하고 있었다. 시퍼 신부는 왼쪽 귀 위에 난 상처에서 피가 뿜어져 나왔고 얼굴이 몹시 창백했다. 시슬릭 신부는 자신의 대처를 흡족해했다. 다름이 아니라 섬광이 터진 직후에 그는 예전부터 그 건물에서 가장 안전하다고 생각하던 출입구 쪽으로 후다닥 몸을 피했는데, 그 덕에 돌풍이 몰아쳤을 때 무사할 수 있었던 것이다. 라살 원장신부는 시퍼 신부를 보고 저러다 과다출혈로 죽겠다며 시슬릭 신부에게 그를 의사에게 데리고 가달라고 부탁했다. 그리고 다음 모퉁이에 사는 간다 박사나 여섯 구역쯤 떨어진 곳에 사는 후지이 박사에게 가보는 게 좋겠다고 일러주었다. 두 신부는 선교회 구내를 벗어나 거리로 나왔다.

선교회 교리문답 교사인 호시지마 양이 클라인조르게 신부에게 황급히 달려와서 어머니와 여동생이 무너져 내린 집의 잔해에 깔려 있다고 전했다. 그녀의 집은 선교회 뒤편에 있었다. 신부들은 그제야 선교회 앞집에 사는 가톨릭유치원의 여교사도 무너진 집 속에 깔려 있다는 것을 깨달았다. 라살 원장신부와 선교회 가정부 무라타 부인이 유치원 교사를 잔해 더미에서 구하는 동안, 클라인조르게 신부는 호시지마 양의 집으로 가서 수북이 쌓인 잔해를 위에서부터 걷어내기 시작했다. 그러나 아래에서 아무런 소리가 들리지 않았다. 그는 두 사람 모두 죽었을 거라고 확신했다. 마침내 부엌 모퉁이였던 곳 아래에서 호시지마 양 어머니의 머리가 보였다. 그녀가 이미 죽었을 거라고 생각한 클라인조르게 신부는 그녀의 머리채를 잡고 끌어당기기 시작했다. 그런데 갑자기 "아파요! 아파요!" 하며 비명을 지르는 게 아닌가. 클라인조르게 신부는 주위를 좀 더 깊게 파낸 후에 그녀를 밖으로 빼내 주었다. 잔해 속에 갇힌 여동생도 용케 찾아내어 밖으로 끌어냈다. 다행히 두 사람 모두 크게 다치지 않았다.

사제관 바로 옆 공중목욕탕에서 화재가 발생했지만 사제들은 바람이 남쪽으로 불고 있으니 사제관은 무사할 거라고 생각했다. 그러나 예방조치 차원에서 클라인조르게 신부는 안으로 들어가서 중요한 물건들을 꺼내왔다. 그런데 건물 안에 들어갔다가 자기 방 상태를 보고 참으로 기이하고 비논리적이라는 생각이 들었다. 구급상자는 벽에 고스란히 걸려 있는데, 근처 벽에 걸어 놓은 옷가지들은 온데간데없이 사라졌다. 또 책상은 산산이 부서져 사방에 널려 있는데, 종이 공예로 만든 작은 짐 가방은 흠집 하나 없이 손잡이가 위를 향한 채 반듯이 놓여 있었다. 게다가 원래는 책상 아래 숨겨두었는데 지금은 눈에 확 띄는 출입문 쪽에 있었다. 클라인조르게 신부는 훗날 이 일에 대해, 자신의 성무일도서聖務日禱書와 교구 전체의 회계장부 그리고 자신이 맡아 관리하던 상당한 액수의 선교회 소유 지폐가 그 가방에 담겨 있었음을 감안할 때 신의 뜻이 임한 것이라고 여기게 되었다. 그는 사제관 밖으로 달려나가 그 가방을 선교회의 방공호에 갖다놓았다.

그맘때쯤 시슬릭 신부와 아직까지 피가 멈추지 않은 시퍼 신부가 돌아왔다. 들어보니 간다 박사의 집은 부서져버렸고 교바시강 강둑에 있는 후지이 박사의 병원으로 가는 길은 이미 화재로 막혀서 지나갈 수가 없었다. 그들은 자기네 지역만 피해를 당한 줄로 알았던 것이다.

후지이 마사카즈 박사의 병원은 이제 강둑이 아니라 강 속에 처박혀 있었다. 병원 건물이 전복된 후에 후지이 박사는 완전히 넋이 나간 데다 가슴팍을 짓누르는 대들보들이 옴짝달싹 못하게 죄고 있는 바람에 미동조차 할 수 없었다. 그렇게 그는 컴컴해진 아침 하늘 아래서 거의 20분가량을 매달려 있었다. 그러다가 문득 강어귀를 통해 밀물이 곧 들어올 거고 그렇게 되면 머리까지 물이 찰 거라는 생각이 떠올랐다. 겁이 났지만 하는 수 없이 몸을 움직여보았다. 꼼지락거려보고 돌려보고 최대한 힘을 써보기도 했다

(비록 어깨 통증 때문에 왼팔은 무용지물이었지만). 그리고 오래지 않아 그 쥠틀에서 빠져나왔다. 잠깐 숨을 돌린 후 나무 더미 위로 기어 올라갔다. 그곳에서 보니 강둑 위로 비스듬하게 이어진 긴 판자가 있었다. 그는 그 판자를 발판 삼아 손과 발을 모두 써가며 필사적으로 기어 올라갔다.

속옷 차림의 후지이 박사는 물에 흠뻑 젖어 지저분해졌다. 찢어진 속옷에서 피가 뚝뚝 떨어졌다. 턱과 등에 난 심하게 베인 상처 때문이었다. 이러한 몰골로 그는 교바시 다리 위로 걸어 나왔다. 조금 전까지만 해도 다리 옆에 자신의 병원이 있었는데, 교바시 다리만 무사했다. 안경이 없어 시야가 흐릿했지만, 주위가 온통 무너져 내린 집들로 가득한 것에 놀랐다. 다리 위에서 우연히 마치이 씨라는 의사 친구 한 명을 만났다. "이게 도대체 무슨 일입니까?" 후지이 박사가 당혹스러워하며 물었다.

"분명 '소이탄 꽃바구니' 짓일 거예요."라고 마치이 박사가 대답했다. 일본인들은 자동으로 터지며 흩어지는 폭탄을 꽃바구니라고 바꿔 말하곤 했다(꽃바구니에 해당하는 일본어 '하나카고花籠'에는 법회 때 뿌리는 종이 연꽃을 담은 바구니라는 뜻도 있음—옮긴이).

처음에 후지이 박사는 단 두 곳에서만 불길이 솟는 걸 목격했다. 하나는 자기 병원 앞 강 건너편에서였고, 다른 하나는 훨씬 남쪽에서였다. 그러나 그와 동시에 몹시 당혹스러운 장면이 두 사람의 시야에 들어왔다. 그들은 의사로서 그 부분에 대해 이야기했다. 현재까지 화재가 발생한 경우는 극히 드물었다. 그런데도 부상자들이 바삐 다리를 건너고 있었고 그 참담한 행렬은 끝이 보이지 않았다. 또 그들 중 상당수가 얼굴과 팔에 끔찍한 화상을 입은 상태였다. "어떻게 된 거지요?" 후지이 박사가 물었다. 그날은 탁상공론에 불과한 것일지라도 위안이 되었고, 마치이 박사의 생각에는 변함이 없었다. "소이탄이 터진 거겠죠."

　이른 아침 후지이 박사가 집에 온 친구를 전송하러 기차역에 걸어갈 때까지만 해도 바람 한 점 없었는데, 지금은 사방에서 바람이 세차게 불었다. 이곳 다리 위에는 동풍이 불었다. 여기저기서 새로운 불길이 치솟고 또 빠른 속도로 번져나갔다. 그리고 한순간에 다리 위로 무시무시한 열폭풍이 몰아치고 검은 재가 비 오듯 쏟아졌다. 서 있을 수조차 없었다. 마치이 박사는 다리 저편으로 뛰어가 아직 불이 붙지 않은 거리를 따라 달려갔다. 후지이 박사는 다리 아래 강물로 향했다. 그곳에는 이미 스무 명 남짓한 사람들이 피신해 있었고, 그들 중에는 무너진 병원 잔해에서 탈출해온 그의 집 하인들도 있었다. 그곳에서 후지이 박사는 병원 건물 목재에 양 다리가 끼어 매달려 있는 간호사를 보았다. 그리고 또 다른 간호사가 뭔가에 가슴팍이 눌려 꼼짝 못하고 고통스러워하는 모습도 보였다. 그는 다리 아래로 피신 온 사람들 중 몇몇에게 도움을 청했고, 그들과 함께 누 간호사를 구조했다. 그는 얼핏 조카딸의 목소리를 들은 것 같았으나 찾지 못했고, 그 후 영영 만나지 못했다. 병원에 있던 간호사 네 명과 환자 두 명 또한 죽었다. 후지이 박사는 강쪽으로 되돌아왔고 불길이 사그라지기를 기다렸다.

　폭발 직후 후지이 박사와 간다 박사 그리고 마치이 박사는 각자의 진료실과 병원이 파괴되고 의료장비가 산산이 부서졌으며, 각자 조금씩 차이는 있지만 몸 상태마저 정상적인 진료가 힘들었다. 이 세 의사가 처한 상황은 당시 매우 흔히 볼 수 있는 일이었다. 다시 말해 히로시마의 내과의사와 외과의사 대다수가 이와 동일한 고초를 겪었다. 이러한 사실로부터 왜 그토록 많은 시민들이 부상을 입고도 치료를 받지 못했는지, 또 왜 그토록 많은 시민들이 생존할 수 있었음에도 사망했는지 미루어 짐작할 수 있다. 150명에 이르는 히로시마의 의사들 중에서 65명이 즉사했고, 나머지 대다수도 부상을 당했다. 또한 1780명의 간호사들 중에서 1654명이 죽거나 치명상을 입어 환자를 돌볼 처지가 아니었다. 그 도시에서 가장 큰 병원인 적십자병원의 경우, 의사들 30명 중에서 고작 6명만이 진료가 가능했고, 200명이 넘는 간호사들 중 10명만이 제 업무를 볼 수 있었다.

　적십자병원 의료진 중 부상을 당하지 않은 의사는 사사키 박사 단 한 명뿐이었다. 폭발 후 그는 붕대를 가지러 부리나케 약품실로 갔다. 그가 병원 곳곳을 뛰어다니며 목격한 다른 곳들과 마찬가지로, 약품실 또한 아수라장이었다. 약병은 선반에서 떨어져 박살나고 상처에 발라야 할 연고는 벽에 칠갑되어 있고 의료도구는 바닥에 널브러져 있었다. 그는 붕대 몇 개와 깨지지 않은 머큐로 크롬병 한 개를 움켜쥐고 서둘러 외과주임에게 돌아가서 상처 부위를 붕대로 감아주었다. 그런 다음 복도로 나와 부상당한 환자와 의사, 간호사 들에게 응급처치를 했다. 안경 없이 하려니 실수가 잦아 급한 대로 어느 부상당한 간호사의 안경을 빌려 썼다. 그렇다고 또렷이 보이는 것은 아니었지만 없는 것보다는 나았다(그는 한 달여 동안 그 안경에 의지해야 했다).

사사키 박사는 이렇다 할 방침도 없이 우선 가까이에 있는 부상자부터 치료했다. 그러다가 이내 복도가 부상자들로 점점 북적대는 걸 알아챘다. 그리고 찰과상과 열상을 입어 병원에 찾아온 대다수 환자들 틈에서 끔찍한 화상을 입은 환자들이 눈에 띄기 시작했다. 그제야 그는 부상자들이 병원 바깥에서 물밀듯 쏟아져 들어오고 있다는 걸 깨달았다. 너무 많다 보니 경미한 부상자들은 그냥 지나치게 되었고, 자신이 할 수 있는 일은 과다출혈로 인한 사망을 막는 것뿐이라는 결론을 내렸다.

오래지 않아 환자들은 병실과 검사실은 물론, 눈에 띄는 방마다 찾아들어가 바닥에 눕거나 쭈그리고 앉았다. 그뿐만 아니라 복도와 계단, 현관 홀에서, 그리고 건물 앞 차 대는 곳과 입구 돌계단, 차량 진입로, 병원 마당에서, 그리고 또 사방으로 뻗은 길마다 몇 구역에 걸쳐 진을 치고 치료를 받으려고 기다렸다. 다친 사람이 손과 발을 잃은 사람을 부축했고, 외상이 심한 가족들은 서로에게 기대었다. 구토를 하는 사람도 많았다. 학교에서 동원되어 소방도로를 만들던 여학생들을 포함해 엄청난 수의 여학생들이 적십자병원으로 몰려 들어왔다. 단 일격으로 24만 5천 명이 거주하는 이 도시에서 거의 10만 명에 달하는 수의 사람들이 즉사하거나 치명상으로 목숨이 위태로웠으며, 거기에다 10만 명이 또 부상을 당했다. 그 부상자들 중 최소 1만 명이 이 도시에서 가장 좋은 병원, 즉 적십자병원을 찾아 몰려왔다. 그러나 그 병원은 그러한 막대한 인원을 도저히 감당할 수 없었다. 병상이 600개밖에 되지 않는 데다 그마저도 앞서 온 환자들이 이미 다 차지해버렸다.

질식할 것만 같은 병원 내 인파 속에서 몇몇 사람은 사사키 박사의 주의를 끌려고 "선생님, 선생님!" 하며 흐느끼고 울부짖었다. 그나마 부상이 덜한 환자들은 직접 찾아와 그의 소맷자락을 끌어당기며 중상을 입은 환자를 도와달라고 애원했다. 그는 양말만 신은 채로 여기저기 끌려다녔고, 밀려드는 환자에 아연실색했으며, 끔찍할 정도로 드러난 생살에 자지러졌다. 결국 그는 의사로서의 직업의식을 완전히 잃었다. 능숙한 외과의사로서, 환자에게 연민을 느끼는 인간으로서 진료할 수가 없었다. 대신 로봇처럼 기계적으로 닦고 바르고 감고, 닦고 바르고 감기만을 반복했다.

히로시마의 부상자들 중에는 병원에서의 어설픈 호사마저 누릴 수 없는 사람들이 있었다. 동양제관공장의 인사과에 근무하던 사사키 양은 책과 벽, 나무 기둥 그리고 함석 등이 내려앉은 어마어마한 잔해에 이중으로 깔려 의식을 잃었다. (훗날 추정한 바에 따르면) 완전히 의식을 잃은 것은 대략 3시간 정도 되었다. 사사키 양에게 제일 먼저 돌아온 감각은 왼쪽 다리에서 느껴지는 무시무시한 통증이었다. 책과 잔해 더미 아래가 몹시 깜깜해서 의식과 무의식의 경계가 모호했지만, 아팠다 안 아팠다 했던 걸로 봐서 그 경계를 여러 차례 넘나들었던 게 분명했다. 고통이 가장 심했던 순간순간에 사사키 양은 무릎 아래 어딘가가 잘려나간 것을 느꼈다. 얼마 후 자기 머리 위에서 누군가의 발걸음 소리가 나고 "살려주세요! 우리 좀 꺼내주세요!" 하는 고통스런 목소리도 들려왔다. 분명 쑥대밭 같은 자기 주변 어딘가에서 외치는 소리였다.

시퍼 신부의 상처에서 출혈이 멈추지 않자, 클라인조르게 신부는 후지이 박사가 며칠 전 그곳 사제들에게 준 붕대로 상처 부위를 최대한 지혈했다. 그런 다음 사제관으로 다시 뛰어가 군복 상의와 낡은 회색 바지를 찾아 입고 밖으로 나왔다. 그때 이웃집 여자가 달려오더니, 남편이 무너진 집 아래 매몰된 데다 집에 불까지 났다면서 남편을 구해달라고 울부짖었다.

클라인조르게 신부는 겹치는 재난에 이미 무덤덤해지고 얼이 빠져 있었다. "꾸물거릴 시간이 없어요." 그가 말했다. 집들이 사방에서 불타고 있었고 이젠 바람마저 세차게 불었다. "남편이 매몰된 위치를 정확히 알고 있나요?" 그가 물었다.

"그럼요, 알다마다요." 그녀가 대답했다. "저쪽이에요, 어서요."

두 사람은 그 집으로 갔다. 잔해에서 화염이 거세게 솟구쳤다. 그러나 도착하고 보니 그 여자는 자기 남편이 어디에 묻혀 있는지 전혀 몰랐다. 클라인조르게 신부는 여러 차례 소리를 쳐봤다. "누구 없어요?" 아무 대답이 없었다. 그는 그녀에게 말했다. "빨리 이곳을 벗어나야 해요. 그렇지 않으면 둘 다 죽어요." 그는 선교회 구내로 돌아와서, 불길이 바람을 타고 이곳으로 인접하고 있으니 우리 모두 당장 이곳을 떠나야 한다고 원장신부에게 말했다. 바람이 방향을 급선회해 지금은 북쪽에서 불어왔다.

바로 그때 유치원 교사가 사제들에게 교구 서기인 후카이 씨를 가리켰다. 후카이 씨가 사제관 이층 자기 방 창가에 서서 폭발이 일어난 쪽을 바라보며 흐느끼고 있었다. 시슬릭 신부는 계단을 이용할 수 없을 거라는 생각에 사제관 뒤쪽으로 뛰어가 사다리를 찾았다. 그런데 근처 무너진 지붕 아래서 사람들이 도와달라고 외치는 소리가 들렸다. 그는 피신 가려고 길에 나온 사람들에게 도움을 청해 그 지붕을 걷어내 보려 했다. 그러나 모두 모른 척하고 지나가는 바람에 그곳에 깔린 사람들을 그냥 내버려 둘 수밖에 없었다. 한편 클라인조르게 신부는 사제관 안으로 달려 들어갔다. 기울어진 계단에는 무너진 벽에서 나온 흙과 윗가지가 수북이 쌓여 있었다. 그는 그런 계단을 엉금엉금 기어 올라가 방문 앞에서 후카이 씨를 불렀다.

쉰 살 남짓에 몸집이 몹시 작은 후카이 씨가 천천히 몸을 돌리며 심각한 표정으로 말했다. "저는 여기 있을 겁니다."

클라인조르게 신부는 직접 방으로 들어가 후카이 씨의 외투 깃을 잡고 말했다. "가야 해요. 여기 있다간 죽어요."

"그냥 여기서 죽게 내버려 두세요." 후카이 씨가 말했다.

클라인조르게 신부는 후카이 씨를 억지로라도 끌고 나올 생각으로 떠다밀기 시작했다. 때마침 신학생이 올라왔다. 후카이 씨의 발은 신학생이, 어깨는 클라인조르게 신부가 잡고 그를 버쩍 들어올려 계단을 내려왔다. 그러나 건물 밖으로 나와서 내려놓자마자 그는 "난 못 걸어요! 제발 날 여기에 내버려 둬요!"라고 외쳤다. 하는 수 없이 클라인조르게 신부는 돈이 든 종이 가방을 손에 든 채 후카이 씨를 들쳐업었다. 그리고 다함께 그 지역의 '안전구역'인 동부 연병장으로 출발했다. 정문을 벗어날 때쯤 어린애와 다를 바 없이 돼버린 후카이 씨가 클라인조르게 신부의 어깨를 치면서 억지를 부렸다. "난 안 가, 안 간다니까." 그러자 클라인조르게 신부가 라살 원장신부를 쳐다보며 생뚱맞게 말했다. "우린 가진 걸 모두 잃었지만 유머 감각만은 아직 남아 있네요."

거리는 집들이 무너지면서 날아든 파편들, 그리고 쓰러진 전봇대와 전화선들이 어지럽게 널려 있었다. 두세 집 걸러 매몰된 집

더미에서 버려진 사람들의 목소리가 새어나왔다. 그들은 하나 같이 "제발 살려주세요!"라며 애원했다. 간혹 사제들과 친하게 지내던 사람들의 집에서도 이러한 비명 소리가 들렸지만 불길이 너무 거세 도저히 도와줄 수가 없었다. 연병장으로 가는 내내 후카이 씨가 자신은 그냥 그곳에 남겠다며 홀쩍댔다. 일행은 불길에 휩싸인, 폐허로 변한 한 구역에 이르러 오른쪽으로 꺾어 돌았다. 동부 연병장으로 가려면 건너가야 하는 사카이교榮橋에 이르러 강 건너편을 바라보니, 마을 일대가 완전히 불바다로 변해 있었다. 강을 건널 엄두조차 나지 않았다. 그래서 왼편으로 조금 가면 나오는 아사노공원으로 대피하기로 결정했다.

요 며칠 심하게 설사병에 걸려 몸이 많이 쇠약해진 클라인조르게 신부가 계속 억지를 부리는 후카이 씨를 업고 걷다 보니 다리가 휘청대기 시작했다. 게다가 집이 서너 채가량 무너져 내린 듯 보이는 잔해 더미가 공원으로 가는 길을 막고 있었다. 결국 클라인조르게 신부는 그 더미 위를 넘어가려다가 휘청하는 바람에 후카이 씨를 떨어뜨리고 강가 쪽으로 곤두박질쳤다. 몸을 일으켜 세우고 나서 보니 후카이 씨는 벌써 줄행랑을 치고 있었다. 그래서 다리 옆에 서 있는 열 명 남짓한 군인들을 향해 후카이 씨를 붙잡아달라고 소리쳤다. 이어서 그를 데리러 돌아가려고 하자 라살 원장신부가 소리쳐 말했다. "서둘러요! 시간 낭비 말고요!" 어쩔 수 없이 클라인조르게 신부는 군인들에게 그를 잘 돌봐달라고 부탁했고, 그들은 그렇게 하겠다고 대답했다. 하지만 작은 몸에 상처 투성이인 후카이 씨는 그들로부터 달아났고, 그렇게 불바다로 뛰어가는 뒷모습이 사제들이 본 그의 마지막 모습이었다.

다니모토 목사는 가족과 교회 걱정에 휩싸여 도심을 향해 달려갔다. 우선 가장 빠른 길인 고이 도로를 따라갔다. 시내로 들어가는 사람은 목사 혼자뿐이었다. 가는 길에 수많은 피난민과 마주쳤는데, 누구 하나 성한 사람이 없었다. 눈썹이 타서 없는 사람, 얼굴과 손의 피부가 너덜너덜 떨어져 나온 사람, 통증이 너무 심해 물건을 나르는 것처럼 양손을 치켜든 사람, 걸으면서 구토를 하는 사람…… 그들은 아무것도 걸치지 않거나 누더기처럼 해진 옷을 입고 있었다. 그런데 맨살이 드러난 일부 신체 부위의 화상 자국이 특정한 무늬를 띄었다. 이를테면 남자는 속셔츠 끈과 바지 멜빵 자국이, 여자는 입었던 기모노의 꽃무늬 자국이 있었다(흰색 옷은 폭발로 인한 열을 반사시킨 반면, 검정색 옷은 흡수해 이를 피부에 전달시킨 탓이었다). 많은 사람들이 부상을 당했음에도 자신보다 더 많이 다친 가족을 부축했다. 그리고 거의 모든 이가 힘없이 고개를 숙인 채 묵묵히 바로 앞만 바라보며 아무 표정도 없이 걸었다.

다니모토 목사는 고이교르斐橋와 간온교觀音橋를 건너 시내까지 달려갔다. 시내에 가까워질수록 집들이 부서져 무너지거나 곳곳에서 불길이 치솟고 있는 게 보였다. 나무는 앙상하니 형체만 남았고 몸통은 새까맣게 숯이 되어 있었다. 그는 몇 군데서 폐허들을 뚫고 지나가 보려 했지만, 화염이 계속 앞을 가로막았다. 숱하게 무너진 집 더미 아래서 사람들이 살려달라고 비명을 질렀지만, 그 누구도 돕지 않았다. 이날 생존자들은 대개 자신의 일가친척이나 가까운 이웃만을 도왔다. 이런 상황에서는 그보다 더 넓은 범위의 사람들에게 연민을 느낄 수도 없고, 또 챙길 여력도 없기 때문이었다. 부상자들은 절뚝거리며 비명 소리를 지나쳐 갔고, 다니모토 목사도 달려가면서 그 소리를 지나쳐 갔다. 기독교인으로서 그는 신음하는 사람들을 향한 연민으로 가슴 아팠고, 또 같은 일본인으로서 자기 혼자 멀쩡하다는 수치심에 휩싸였다. 그는 달리면서 기도했다. "하느님, 저들을 도와주시고 뜨거운 불 속에서 구해주소서!"

그는 불길을 피해 왼편으로 우회해 가야겠다는 생각에 간온교로 되돌아와 얼마간 강을 따라 달렸다. 길을 건너보려고 몇 번이나 시도했지만, 모두 막힌 탓에 더 크게 왼편으로 꺾었다. 넓은 반원을 그리며 히로시마시를 우회하는 기차역이 있는 요코카와橫川까지 철길을 따라 달려가다 보니, 열차 하나가 불타고 있었다. 그제야 피해의 규모를 실감한 그는 북쪽으로 3킬로미터를 달려 산기슭에 위치한 기온祇園으로 갔다. 달려가는 내내 끔찍한 화상과 열상으로 신음하는 사람들과 마주쳤다. 그는 죄책감에 좌우로 번갈아 고개를 돌리면서 이 사람 저 사람 가리지 않고 "저만 혼자 고통을 당하지 않아 정말 죄송합니다."라고 말했다. 기온 부근에 이르렀을 때 구조작업을 위해 히로시마로 가는 시골 사람들이 눈에 띄기 시작했다. 그중 몇몇은 그를 보고 신기해하며 외쳤다. "저기 좀 봐! 저 사람은 멀쩡해." 기온에서 그는 본류인 오타강의 오른쪽 둑으로 가서 그 강둑을 따라 달렸다. 그러나 또다시 불길과 마주쳤다. 그때 강 건너편은 불길이 일지 않는 게 눈에 띄었다. 주저할 것도 없이 셔츠와 신발을 벗어 던지고 물속으로 뛰어들었다. 그러나 물살이 거센 강 한복판에 이르자 탈진과 두려움이 그의 발목을 잡았다. 그러잖아도 앞서 11킬로미터나 쉬지 않고 달린 것이다. 맥없이 물살에 떠밀리기 시작했다. 그는 기도했다. "하느님, 제가 이곳을 건널 수 있게 도와주소서. 혼자서만 어디 하나 다친 데 없이 무사해놓고 이제 와서 물에 빠져 죽는 건 너무 웃기지 않습니까?" 간신히 몇 차례 더 손발을 휘저었더니 하류 모래톱에 당도해 있었다.

다니모토 목사는 강둑으로 기어 올라갔다. 그리고 다시 강둑을 따라 달렸다. 그러나 신사 근처에서 전보다 더 큰 불길과 맞닥뜨렸고, 그 불길을 피하기 위해 왼쪽으로 꺾는 순간에 기적과도 같은 행운이 일어났다. 젖먹이 딸아이를 안고 있는 그의 아내를 만난 것이다. 그럼에도 목사는 감정이 이미 완전히 무뎌진 상태여서 놀라지 않았다. 심지어 아내를 껴안지도 않았다. 대신 덤덤하게 "아, 무사했구려."라는 말만 했다. 아내는 우시다에서 밤을 보내고 집에 돌아오자마자 폭발이 일어났고, 아기를 안은 채 목사관 아래 파묻혔다고 말했다. 자기 위로 어떻게 잔해들이 무너져 내렸는지, 아기가 얼마나 울고 보챘는지도 얘기했다. 아내는 어둠 속에서 빛이 새어 들어오는 틈을 발견하고는 팔을 뻗어 그 틈을 조금씩 파냈다. 30분 정도를 파다 보니 타닥타닥 나무 타는 소리가 들렸고, 마침내 아기가 빠져나갈 수 있을 만한 구멍이 생겼다. 아기를 먼저 밖으로 밀어낸 후 자신도 기어나왔다. 구구절절한 설명을 마친 후 아내는 지금 우시다로 돌아가는 중이라고 말했다. 다니모토 목사는 교회가 어찌 되었는지 가보고 싶고 마을반상회 사람들도 돌봐야 될 것 같다고 말했다. 그렇게 두 사람은 영문도 모른 채, 방금 전처럼 아무 일 없었다는 듯 무덤덤하게 각자의 길로 향했다.

불길을 피해 돌아가다 보니 다니모토 목사는 동부 연병장의 한복판을 통과하게 되었다. 대피구역으로 탈바꿈한 동부 연병장은 참혹한 열병식장이 되어버렸다. 쭉 늘어선 줄마다 화상을 입은 사람과 피를 흘리는 사람으로 넘쳐났다. 화상을 입은 사람들은 "물, 물!" 하며 신음했다. 다니모토 목사는 근처 길거리에서 대야를 주워와서 무너진 집 더미에서 망가지지 않은 수도꼭지를 찾아내 물을 받아 고통에 신음하는 낯선 이들에게 주기 시작했다. 삼십 명 남짓한 사람들에게 물을 떠다주었을 때쯤 시간을 너무 지체하고 있다는 생각이 들었다. 목마름을 호소하며 자신에게 손을 내미는 주위의 부상자들에게 그는 큰 소리로 외쳤다. "죄송합니다! 저는 돌봐야 할 사람들이 많습니다." 그는 급히 그곳을 빠져나왔다.

목사는 손에 대야를 든 채 다시 강으로 되돌아가 모래톱으로 뛰어내렸다. 그런데 그곳에도 수백 명의 사람들이 모여 있었다. 몸을 가눌 수 없을 정도로 부상이 심해 화염에 휩싸인 도시에서 멀리까지 도망치지 못했던 것이다. 그들은 멀쩡히 서 있는 남자를 보자마자 "물, 물, 물." 하고 반복해 읊조렸다. 다니모토 목사는 차마 그들을 뿌리칠 수 없어 강물을 떠다주었다. 그러나 미처 생각지 못한 게 그 강물은 조수 때문에 염분이 섞여 있어 마실 수가 없었다. 두서너 척의 작은 배가 아사노공원에서 이쪽으로 부상자들을 실어나르고 있었다. 그중 한 척이 모래톱에 닿았을 때 다니모토 목사는 다시 큰 소리로 사과를 하고 배에 올라탔다. 그리고 아사노 공원으로 갔다. 그곳 덤불 아래에서 자신이 돌봐야 할 반상회 회원 몇 명이 눈에 띄었다. 그들은 자신이 이전에 지시한 대로 공원으로 대피했던 것이다. 아는 지인들도 많았는데, 그중에 클라인조르게 신부와 다른 사제들도 있었다. 그러나 자신과 가깝게 지내던 후카이 씨가 보이지 않았다. "후카이 씨는 어디 계시나요?" 그가 물었다.

"그곳에 남아 있겠다고 그렇게 고집을 피우더니, 결국 여기로 오는 길에 달아나버렸어요." 클라인조르게 신부가 말했다.

무너진 공장 잔해 속에 매몰되어 있던 사사키 양은 그곳에서 다른 사람들의 목소리가 들리자, 그들에게 말을 걸었다. 자신과 가장 가까운 곳에 매몰된 이는 공장에 징용 와 있던 여고생이었는데 등뼈가 부러졌다고 했다. 사사키 양도 여고생에게 대답했다. "난 이쪽에 누워 있는데 몸을 움직일 수가 없어. 왼쪽 다리가 부러졌거든."

조금 있으니까 머리 위에서 누군가가 걷는 소리가 났다. 누구인지 모르겠지만 아무튼 그는 잔해 더미를 파헤쳐 사람들을 구조하기 시작했다. 여고생은 무사히 밖으로 기어나올 수 있었다. 다행히 여학생의 등뼈는 부러진 게 아니었다. 사사키 양도 도움을 청했다. 구조자는 사사키 양이 매몰된 쪽을 파냈다. 엄청나게 많은 책을 걷어내고 나서야 사사키 양이 빠져나갈 만한 구멍이 만들어졌다. 구조자는 땀범벅인 얼굴로 "어서 나와요."라고 말했다. 사사키 양은 나가보려고 했지만 헛수고였다. "움직일 수가 없어요." 구조자는 좀 더 구멍을 넓히며 힘을 내서 나와보라고 했지만, 책들이 사사키 양의 허리께를 무겁게 내리누르고 있었다. 책장이 책들을 누르고 있고, 그 책장을 육중한 기둥이 또 누르고 있는 걸 본 남자가 말했다. "기다려요. 지렛대를 가져올 테니."

한참 지나서야 돌아온 남자는 잔뜩 화가 나 있었다. 사사키 양이 처한 곤경이 사사키 양 스스로 자초한 일인 것처럼 대뜸 화를 냈다. "여기엔 당신을 도와줄 사람이 하나도 없어요. 그러니까 어떻게든 혼자 힘으로 나와요." 그는 구멍에 대고 소리쳤다.

"그건 안 돼요." 사사키 양이 말했다. "제 왼쪽 다리가⋯⋯." 그러나 말이 채 끝나기도 전에 그는 가버렸다.

시간이 꽤 흐른 뒤에 남자 몇 명이 와서 사사키 양을 밖으로 끌어내 주었다. 알고 보니 다리가 절단된 것은 아니었다. 그러나 심하게 부러지고 베어서 무릎 아래에 삐딱하니 매달려 있었다. 그들은 그를 공장 마당으로 데리고 나갔다. 추적추적 비가 내렸다. 사사키 양은 땅바닥에 앉았다. 빗줄기가 거세지자 누군가 부상자들에게 공장 방공호로 피신하라고 지시했다. 상처투성이인 한 여자가 말했다. "함께 가요. 한 발로 뛸 수 있을 거예요." 그러나 사사키 양은 꼼짝달싹할 수 없어서 그냥 빗속에서 기다렸다. 그때 한 남자가 마치 지붕처럼 커다란 함석판을 지지대로 받쳐 세운 후, 사사키 양을 부축해 그곳에 데려다 놓았다. 사사키 양은 너무나 고마웠다. 그런데 그가 무시무시한 부상을 당한 사람을 두 명이나 데리고 와서 그 소박한 임시 피난처를 함께 쓰라고 하는 게 아닌가. 한 명은 젖가슴이 몽땅 잘려나간 여자였고, 또 한 명은 얼굴 전체가 화상 때문에 생살이 그대로 드러난 남자였다. 그 후로 그곳을 다시 찾아온 사람은 아무도 없었다. 비가 그쳤고 구름 낀 오후는 무더웠다. 저녁 무렵이 되자 함석판 아래에서 기괴한 이 세 사람은 고약한 냄새를 풍기기 시작했다.

가톨릭사제들이 속한 노보리초 반상회의 전 대표는 요시다 씨라고 불리는 적극적인 남자였다. 그는 그 지역 방공훈련 책임자로 있을 당시에 만일 화재가 나서 히로시마 전역이 불길에 휩싸인다고 해도 노보리초만은 무사할 거라고 허세를 부리곤 했다. 그러나 원자폭탄의 폭발로 그의 집은 무너지고 자신은 들보 아래 다리가 끼어 꼼짝 못하는 신세가 되었다. 평소라면 이러한 처지가 길 건너편 예수회 사제관에서 훤히 내려다보이고 길을 따라 황급히 발걸음을 옮기는 사람들의 눈에 띄고도 남았으련만, 아이들을 데리고 가던 나카무라 부인도, 후카이 씨를 들쳐업고 가던 클라인조르게 신부도 황망 중에 서둘러 지나가느라 요시다 씨를 보지 못했다. 그는 스쳐 지나가는, 사방에서 볼 수 있는 흐릿한 고통의 일부에 지나지 않았다. 그는 살려달라고 외쳤지만 그들로부터 아무런 반응도 얻지 못했다. 사방에서 숱한 사람들이 살려달라고 외치는 통에 그들은 그의 목소리를 분간할 수 없었다. 그들은, 아니 모두가 그냥 지나쳐 갔다. 노보리초는 완전히 버려졌고, 버려진 그곳을 화염이 쓸고 지나갔다. 화염은 그 지역에서 유일하게 무너지지 않고 서 있던 목조 사제관 건물을 집어삼켰다. 요시다 씨는 그 장면을 지켜봤고 그 뜨거운 열기에 얼굴이 화끈거렸다. 이내 도로 쪽의 불길이 그의 집 안으로도 밀고 들어왔다. 공포감 때문에 초인적인 힘을 발휘한 그는 들보에서 빠져나와 노보리초 골목골목을 내달렸다. 염려 말라고 장담했던 노보리초는 불바다가 돼 있었다. 그 뒤 그는 갑자기 노인네처럼 행동거지가 느려지더니, 두 달

만에 머리가 하얗게 세고 말았다.

후지이 박사는 화재로 인한 열풍을 피하고자 목까지 차오르는 강물 속에 들어가 있었다. 그러나 그리 넓지 않은 강이었음에도, 바람이 갈수록 거세지면서 파도가 점점 높게 일어 다리 아래 모여 있던 사람들은 더는 똑바로 서 있을 수가 없었다. 후지이 박사는 뭍으로 가까이 가서 몸을 구부린 채 성한 한쪽 팔로 큰 돌을 감싸 안았다. 얼마 후 강가를 따라 물속을 걸을 수 있게 되자 후지이 박사는 살아남은 두 명의 간호사와 함께 200미터 가량 상류로 이동해 아사노공원에 인접한 모래톱으로 갔다. 그곳에는 많은 부상자들이 누워 있었다. 마치이 박사도 가족과 함께 그곳에 있었다.

폭발 당시 실외에 있던 그의 딸은 양손과 양발에 심하게 화상을 입었으나 다행히 얼굴은 괜찮았다. 후지이 박사는 그때까지도 어깨가 몹시 아팠지만, 마치이 박사의 딸이 입은 화상을 찬찬히 진찰했다. 그런 다음 그도 드러누워 버렸다. 사방이 참담한 사람들로 넘쳐났음에도, 그는 자신의 몰골이 창피해 마치이 박사에게 찢어지고 피가 묻은 속옷만 입은 자신이 거지같다고 투덜댔다. 오후 늦게 불길이 잠잠해지기 시작하자, 후지이 박사는 나가쓰카長束의 교외 지역에 있는 부모님 집으로 가기로 마음먹었다. 마치이 박사에게도 함께 가자고 했으나, 그는 딸아이 부상 때문에 그날 밤은 그곳에서 가족과 함께 머무르는 게 낫겠다고 했다.

후지이 박사는 간호사들과 함께 우선 우시다까지 걸어갔다. 우시다에는 친척이 살았는데, 다행히 친척 집은 일부만 파손되었다. 그 집에서 그는 전에 보관해둔 구급용품을 발견했다. 두 간호사는 그에게, 그는 두 간호사에게 붕대를 감아주었다. 그러고 나서 세 사람은 다시 걷기 시작했다. 거리를 오가는 사람은 그리 많지 않았다. 대신 도로에 주저앉은 사람, 드러누운 사람, 구토하는 사람, 죽음을 기다리는 사람, 죽은 사람 들이 숱하게 눈에 띄었다. 나가쓰카로 가는 길에 그들은 영문을 알 길 없는 수많은 시신을 목격했다. 그는 의아했다. '이 모든 게 정말 소이탄 때문이란 말인가?'

후지이 박사는 저녁 무렵 부모님 집에 도착했다. 그곳은 도심에서 8킬로미터나 떨어져 있는데도, 지붕이 내려앉고 창문도 죄다 박살나 있었다.

아사노공원으로 온종일 사람들이 밀려왔다. 이 사유지는 폭심지에서 꽤 멀리 떨어져 있던 덕분에 대나무와 소나무, 월계수, 단풍나무 등이 모두 무사했다. 피난민들은 그 푸른 숲 아래로 속속 몰려들었다. 미국이 재차 공격을 감행하더라도 건물에만 폭탄을 떨어뜨릴 거라고 생각했기 때문이었다. 또 푸른 숲은 시원할 뿐만 아니라 생명의 중심처럼 여겨졌다. 그런데다 그 사유지에 정교하게 꾸며진 암석정원은 그 옆에 딸린 조용한 연못과 아치형 다리와 함께 전형적인 일본의 정취가 느껴졌다. 그러다 보니 사람들에게 일상적인 편안함과 안도감을 주었던 것이다. 그리고 (그곳에 있던 몇몇 사람들의 말에 따르면) 나무 아래 숨으려는 인간 본연의 충동에 사로잡힌 탓도 있었다. 나카무라 부인과 그녀의 아이들은 공원에 가장 빨리 도착한 편이었다. 그들은 강에 인접한 대나무 숲에 자리를 잡았다. 너무 목이 말라서 강물을 떠다 마셨다. 그러나 곧바로 속이 메스껍더니 구토가 나기 시작했고 종일 헛구역질을 했다. 다른 사람들도 똑같이 속이 메스꺼웠다. 사람들은 하나같이 미국인들이 떨어뜨린 가스 때문에 메스꺼운 거라고 생각했다(아마도 핵분열 시 방출되는 '전기 냄새'인 강한 이온화 냄새 때문이었을 것이다).

클라인조르게 신부와 나머지 사제들이 공원에 도착해 아는 사람들과 고개 숙여 인사를 하며 지날 때, 나카무라 부인 가족은 모두 속이 메스꺼워 쓰러져 있었다. 근처에 앉아 이를 지켜보던 한 여자가 있었는데, 사제관에 이웃해 살던 이와사키 부인이었다. 그녀는 일어나서 지나가는 사제들을 붙들고는 지금 자신이 여기에 그냥 있어도 되는 건지 아니면 그들을 따라가는 게 나은지 물었다. 클라인조르게 신부는 "저도 어디가 가장 안전한지 잘 모르겠어요."라고 대답했다. 이와사키 부인은 그곳에 그대로 남았고, 눈에 띄는 상처나 화상이 없었는데도 그날 오후 늦게 죽고 말았다.

사제들은 강을 따라 한참을 걸어가다가 덤불 아래 자리를 잡았다. 라살 원장신부는 쓰러지자마자 잠이 들었다. 슬리퍼를 신고 있던 신학생은 두 켤레의 가죽 신발이 든 옷 보따리를 하나 들고 있었다. 그러나 일행과 자리를 잡고 앉아 살펴보니, 보따리가 터져 왼짝 두 개만 덩그러니 남아 있었다. 그는 왔던 길을 따라 되돌아가서 오른짝 한 개를 찾아 왔다. "정말 웃기죠. 하지만 이젠 상관 없어요. 어제까지만 해도 이 신발들이 내게 가장 소중한 재산이었는데 오늘은 참 하찮게 보이네요. 뭐, 한 켤레만으로도 충분해요." 라고 그는 사제들에게 말했다.

"맞아. 나도 책을 가지고 나오다가 문득 '지금 책 따위를 신경 쓸 때가 아니야.'라는 생각이 들더군." 시슬릭 신부가 맞장구쳤다.

여전히 손에 대야를 들고 다니모토 목사가 공원에 당도했다. 공원은 사람들로 북적댔다. 그들 대부분이 두 눈을 뜬 채 꼼짝도 않고 누워 있어서 살아 있는지 죽은 건지 구별하기가 어려웠다. 끔찍한 부상을 입은 수백 명의 사람들이 한데 뒤엉켜 신음하는 강가 숲속에는 정막이 흘렀다. 이러한 침묵은 서양인인 클라인조르게 신부로서는 여태껏 겪어보지 못한 가장 무시무시하고 놀라운 경험이었다. 부상자들은 조용했다. 누구 하나 흐느껴 울지 않았다. 하물며 고통에 비명을 지르지도 않았다. 또 누구 하나 불평하지 않았다. 목숨이 끊어지는 순간에도 사람들은 소란을 떨지 않았다. 아이들조차도 울지 않았다. 아무도 말을 하지 않았다. 클라인조르게 신부가 섬광 화상으로 얼굴 형체를 거의 알아볼 수 없는 사람들에게 물을 갖다 주었을 때, 그들은 자신의 몫만 마신 후 몸을 약간 일으켜 세워 감사의 표시로 고개를 숙일 뿐이었다.

다니모토 목사는 사제들과 인사를 나눈 후 아는 사람이 또 없는지 주위를 훑어보았다. 히로시마여학원 원장인 마쓰모토 부인이 보였다. 그는 마쓰모토 부인에게 다가가 목이 마른지 물었다. 부인이 그렇다고 하자, 아사노공원의 연못에 가서 대야에 물을 떠서 갖다 주었다. 그런 다음 교회로 돌아가야겠다고 결심했다. 그는 사제들이 피신할 때 왔던 길을 거슬러 노보리초에 들어섰다. 그러나 멀리 가지는 못했다. 불이 길을 따라 맹렬하게 타오르는 바람에 되돌아가야만 했다.

그는 강둑까지 걸어가서 배를 찾기 시작했다. 부상이 가장 심한 사람들을 아사노공원에서 강 건너편으로 실어날라 점점 좁혀오는 불길로부터 멀리 피신시킬 심산이었다. 금세 강둑에 대놓은 나룻배가 눈에 띄었다. 크기도 꽤 컸다. 그러나 배 안팎의 광경이 참혹하기 그지없었다. 심하게 화상을 입은 반라의 시신 다섯 구가 널브러져 있었다. 죽어 있는 모습을 보니 배를 강에 띄우기 위해 서로 힘을 합쳐 밀다가 즉사한 게 분명했다. 다니모토 목사는 배에서 시신을 모두 들어냈다. 그런데 문득, 혼령이 된 그들이 배를 띄워 길을 떠나려 하는데 그걸 자신이 못 가게 방해하고 있다는 생각이 들었다. 등골이 서늘해졌다. 그는 앞서 그랬던 것처럼 큰 소리로 외쳤다. "이 배를 가져가는 저를 용서하세요. 이 배는 꼭 살아 있는 사람들을 돕는 데 쓰겠습니다." 나룻배가 꽤 무거웠지만 용케 강에 띄울 수 있었다. 노가 없어서 대신할 만한 것을 찾다가 간신히 굵은 대나무 장대를 발견했다. 그 장대로 삿대질을 해가며 상류로 이동해 공원에서 사람들이 가장 붐비는 장소로 갔다. 목사는 부상자들을 배로 실어나르기 시작했다. 한 번에 여남은 명을 태울 수 있었다. 그런데 강 한복판에 이르자 수심이 너무 깊어 삿대질을 할 수가 없었다. 그래서 그 대나무 장대를 노처럼 저어 건너가야 했다. 그러다 보니 한 번 실어 나르는 데 꽤 오랜 시간이 걸렸다. 그는 그렇게 몇 시간 동안 진땀을 뺐다.

이른 오후가 되자 불길이 아사노공원 숲으로 휘몰아쳤다. 다니모토 목사는 배를 타고 돌아오는 길에 많은 사람들이 강가에 몰려 있는 것을 보고서야 이를 알아챘다. 배가 강둑에 닿자마자 올라가서 살펴보니 불이 옮겨붙은 게 확실했다. 그는 소리쳤다. "부상이 심하지 않은 젊은이들은 모두 저와 함께 갑시다!" 클라인조르게 신부는 시퍼 신부와 라살 원장신부를 강가 근처로 옮긴 후 거기 있는 다른 사람들에게 불길이 가까워지면 두 신부가 강을 건너갈 수 있게 도와달라고 부탁했다. 그러고 나서 다니모토 목사가 불러 모은 지원자 무리에 합류했다. 다니모토 목사는 지원자 중 일부에게는 대야를 찾아보라고 하고 나머지에게는 입고 있는 옷으로 불이 붙은 덤불을 두들겨 끄라고 지시했다. 대야와 양동이가 어느 정도 구해지자 그는 지원자들을 암석정원의 한 연못에서부터 길게 줄을 세워 물을 실어나르게 했다. 두 시간여에 걸쳐 불과 전쟁을 치른 끝에 불길이 조금씩 잡히기 시작했다. 지원자들이 이렇게 불과 싸우는 동안 공원에 있는 사람들은 겁에 질려 조금씩 강가로 밀려갔다. 그러다가 끝내 그 무리에 밀려 강둑 바로 위에 있던 사람들이 강물에 빠지는 불운을 겪고 말았다. 강에 빠져 익사한 사람 중에는 히로시마여학원 원장인 마츠모토 씨의 부인과 딸도 있었다.

클라인조르게 신부가 불과 싸우고 돌아와 보니, 시퍼 신부는 그때까지도 출혈이 멈추지 않아 얼굴에 핏기가 하나도 없었다. 몇몇 일본인들이 주위에 서서 그를 쳐다보고 있었다. 시퍼 신부는 희미한 미소를 지으며 "난 이미 산송장이나 다름없는 것 같아."라고 속삭였다. "아직은 아니에요." 클라인조르게 신부가 말했다. 그는 피난 나올 때 후지이 박사의 구급상자를 챙겼고 사람들 무리에서 간다 박사를 본 적이 있었다. 그래서 간다 박사를 찾아내어 시퍼 신부의 상처를 치료해줄 수 있는지 물었다. 자신의 병원 폐허 더미에서 아내와 딸이 죽은 걸 목격한 간다 박사는 머리를 손으로 감싼 채 "전 아무것도 할 수 없어요."라고 말했다. 하는 수 없이 클라인조르게 신부는 시퍼 신부의 머리를 붕대로 몇 겹 더 감은 후 머리를 높이 치켜세울 수 있게 비탈진 곳으로 그를 데리고 가서 앉혔다. 그러자 곧 출혈이 잦아들었다.

그 시각쯤 굉음을 내며 다가오는 비행기 소리가 들렸다. 나카무라 부인 가족 근처에 모여 있던 무리 중에서 누군가 "그루망들(그루먼사^{Grumman社}가 개발한 전투기 —옮긴이)이 우리를 폭격하려고 다가온다!"라고 외쳤다. 빵집 주인 나카시마 씨가 벌떡 일어서서 명령조로 말했다. "하얀 옷을 입은 사람들은 모두 벗으세요." 나카무라 부인은 아이들의 웃옷을 벗기고 우산을 펼쳐 아이들을 숨겼다. 수많은 사람들이, 심지어 부상이 심한 사람들까지도 덤불숲으로 기어들어가 비행기 소리가 멀어질 때까지 숨어 있었다. 정찰기나 기상관측기일 게 뻔했는데도 말이다.

비가 내리기 시작했다. 나카무라 부인은 비를 맞히지 않으려고 아이들에게 우산을 씌워주었다. 빗방울이 비정상적으로 굵었다. "미국인들이 휘발유를 뿌리고 있다. 우리를 태워 죽일 작정인가 보다!" 누군가 소리쳤다(이러한 두려움은 히로시마 전역이 불타버린 원인과 관련해 공원에서 회자되던 주장 중 하나에서 비롯되었다. 비행기 한 대가 도시 상공에 휘발유를 뿌린 뒤 영문 모를 방법으로 순식간에 도시 전체에 불을 질렀다는 주장이었다). 그러나 빗방울은 분명히 물이었다. 굵은 빗방울과 함께 바람도 점점 거칠어졌다. 그러다 갑자기 회오리바람이 공원으로 휘몰아쳤다. 아마도 시뻘겋게 타오르는 도시에 의해 형성된 거대한 대류 현상 때문이었을 것이다. 우람한 나무들이 맥없이 쓰러지고 작은 나무들은 뿌리째 뽑혀 공중으로 날아갔다. 더 높은 곳에서는 철판 지붕과 신문, 문짝, 부서진 다다미 등 평평하게 생긴 온갖 것들이 깔때기 모양의 회오리바람을 타고 소용돌이쳤다.

클라인조르게 신부는, 심신이 허약해진 시퍼 신부가 그 광경을 보고 자신이 미쳤다고 생각할까 봐 그의 눈을 천 조각으로 가려주었다. 선교회 가정부인 무라타 부인은 그때 강가 근처에 앉아 있다가 사나운 돌풍에 그만 둑 아래 수심이 얕고 바위천지인 곳으로 내동댕이쳐졌다. 그녀는 피투성이가 된 맨발로 돌아왔다. 회오리바람은 공원을 한바탕 휩쓸고 강으로 이동해 용오름을 일으키더니 마침내 잠잠해졌다.

회오리바람이 지나가자 다니모토 목사는 다시 사람들을 배로 실어나르기 시작했다. 클라인조르게 신부는 신학생에게 강을 건너 나가쓰카에 있는 예수회 수련원에 가라고 부탁했다. 수련원은 도심에서 5킬로미터쯤 떨어져 있었는데, 그곳 사제들에게 공원으로 와서 시퍼 신부와 라살 원장신부를 옮기는 일을 도와달라고 할 참이었다. 신학생은 다니모토 목사의 배를 타고 나가쓰카로 향했다. 클라인조르게 신부는 나카무라 부인에게 사제들이 도와주러 오면 함께 나가쓰카로 가는 게 어떻겠냐고 물었다. 나카무라 부인은 짐도 있고 아이들과 자신도 몸 상태가 좋지 않아 유감스럽지만 갈 수 없다고 대답했다. 그들은 여전히 이따금씩 구토 증세를 보였다. 클라인조르게 신부는 수련원 사제들이 다음날 나카무라 부인의 가족을 데리러 수레를 가지고 되돌아올 거라고 위로했다.

오후 늦게 다니모토 목사는 잠시 강변에 가 있다가 사람들이 먹을 것을 달라고 애원하는 소리를 들었다. 당시 많은 사람들이 그의 열정과 결단력을 보고 그를 무척 신뢰하게 되었다. 그는 클라인조르게 신부와 상의한 후, 도심으로 되돌아가서 다니모토 목사가 대표로 있는 마을반상회의 방공호와 선교회의 방공호에서 쌀을 가져오기로 결정했다. 시슬릭 신부와 두서너 명의 지원자가 두 사람과 동행했다. 붕괴된 집들이 줄줄이 늘어선 거리에 도착했을 때, 처음에는 자신들이 서 있는 곳이 어딘지 도통 분간하지 못했다. 순식간에 찾아든 변화였다. 그날 아침만 해도 24만 5000명이 거주하는 부산한 도시였는데, 반나절 만에 폐허로 변하다니⋯⋯. 그때까지도 거리의 아스팔트는 화재 때문에 무르고 뜨끈뜨끈해서 걷기가 불편했다. 거리에서 마주친 이는 단 한 명이었다. 여자였는데, 그들이 지나가자 "남편이 저기 잿더미 안에 있어요."라고 말했다. 선교회에 도착했을 때 일행은 다니모토 목사와 헤어졌다.

클라인조르게 신부는 쑥대밭이 된 건물을 보고 마음이 언짢았다. 방공호로 가는 길에 뜰에서 줄기에 매달린 잘 구워진 호박이 눈에 띄었다. 그와 시슬릭 신부는 호박을 맛보았다. 맛이 괜찮았다. 그 순간 자신들이 배가 고프다는 사실을 깨닫고 깜짝 놀랐다. 아무튼 꽤 많은 양을 먹어 치웠다. 두 사람은 방공호에서 쌀 몇 포대를 가지고 나온 후, 맛있게 구워진 호박들을 몇 개 따고 땅속에서 잘 익은 감자도 몇 개 파냈다. 그러고 나서 공원을 향해 출발했다.

다니모토 목사는 돌아가는 길에 두 사람과 합류했다. 다니모토 목사와 동행한 사람들 중 한 명이 조리도구를 가지고 왔다. 공원으로 돌아온 다니모토 목사는 자신의 이웃 중에서 부상이 가벼운 여자들을 모아 밥을 짓게 했다. 클라인조르게 신부는 나카무라 부인 가족에게 호박을 나눠주었다. 그러나 그들의 위는 그것을 받아들이지 못했다. 쌀은 모두 합쳐 100여 명이 먹을 만한 양이었다.

어둠이 깔리기 직전, 다니모토 목사는 옆집에 살던 가마이 씨의 스무 살밖에 안 된 어린 부인을 우연히 만났다. 가마이 부인은 갓난쟁이 딸아이를 손으로 끌어안고서 땅바닥에 웅크리고 있었다. 보아하니 딸아이는 죽은 지 오래된 게 분명했다. 다니모토 목사를 본 가마이 부인은 벌떡 일어나서 "제발 제 남편 좀 찾아주세요."라고 애원했다.

다니모토 목사는 그녀의 남편인 가마이 씨가 바로 전날 육군에 입대했다는 걸 알고 있었다. 오후에는 가마이 부인이 슬픔을 잊을 수 있게 아내와 함께 위로도 해주었던 것이다. 가마이 씨는 도시 한복판의 옛 성곽 근처에 위치한, 추고쿠군관구中國軍管區 사령부에 배속되었다. 그곳에는 대략 4000명의 병력이 주둔했다. 다니모토 목사는 폭발 이후 수많은 군인들이 불구가 된 것을 목격했던 터라, 그곳 병영도 히로시마를 강타한 원인 모를 것에 심한 타격을 입었을 거라고 추측했다. 설령 찾아본다 해도 가마이 씨를 찾을 가능성은 희박했다. 그러나 위로해주고 싶어서 "찾아볼게요."라고 말했다.

"제 남편을 꼭 찾아주세요." 가마이 부인이 말했다. "딸아이를 얼마나 예뻐했다고요. 그이가 한 번만이라도 딸아이를 다시 볼 수 있다면 원이 없겠어요."

3

소문과 진실

무슨 일인지 조금이라도 생각할 여력이 있는 희생자들은 원시적이고 유치한 방식으로 그 정체를 생각하고 논의했다. 비행기에서 뿌린 휘발유가 아닐까. 아니면 가연성 가스, 혹은 커다란 소이탄 다발, 그것도 아니면 낙하산병들의 소행일까 등등. 그러나 진실을 알았다 한들, 그토록 경황이 없고 지쳐서 몸을 가누기도 힘들고 심한 부상에 목숨이 왔다갔다하는 상황에서 자신들이 원자폭탄의 위력을 시험하는 경이적인 첫 시험대에 오른 피실험자였음을 신경 쓸 겨를이나 있었겠는가.

원자폭탄이 폭발한 당일 초저녁이 되자, 일본 해군의 대형 보트 한 척이 느린 속도로 히로시마의 일곱 개 강을 오르내리기 시작했다. 보트는 이곳저곳 멈추어서 안내방송을 했다. 수백 명의 부상자들이 누워 있어 발 디딜 틈 없는 모래톱에, 또 다른 부상자들로 북적대는 다리에, 그리고 땅거미가 내려앉을 무렵이 되어서는 아사노공원 건너편에도 멈추었다. 젊은 장교 한 명이 보트에 서서 확성기에 대고 외쳤다. "조금만 참으세요! 해군 병원선이 여러분을 돌보러 오고 있습니다!" 강 건너편 참상과 대비되는 깔끔히 정돈된 보트, 제복을 말쑥이 차려입고 침착한 목소리로 안내하는 젊은 장교, 그리고 무엇보다도 생지옥 같던 반나절 만에 모두의 귀에 들려온 그럴듯한 첫 의료 구조 지원 약속은 공원에 있는 사람들의 마음을 들뜨게 했다. 그날 밤 나카무라 부인은 의사선생님이

와서 구역질을 멈추게 해줄 거라며 아이들을 안심시켰다. 다니모토 목사는 부상자들을 다시 강 건너편으로 실어날랐다. 클라인조르게 신부는 누워서 주기도문과 성모송을 중얼거리다 곧바로 잠들었다. 그러나 잠이 들자마자 선교회의 너무 성실한 가정부 무라타 부인이 그를 흔들어 깨우며 말했다. "신부님! 저녁기도 올리는 거 안 잊으셨죠?" 그는 다소 신경질적인 말투로 대답했다. "물론이죠." 그러고 나서 다시 잠들려고 했지만 그럴 수 없었다. 그런데 보아하니 그게 바로 무라타 부인이 원하던 거였다. 무라타 부인은 기진맥진한 그를 붙들고 수다를 떨기 시작했다. 오후 중반에 떠난 전령이 언제쯤이면 수련원 사제들을 데리고 라살 원장신부와 시퍼 신부를 구조하러 올 것 같으냐며 궁금해했다.

클라인조르게 신부가 보낸 전령, 즉 사제관에서 기거하던 신학생은 도심에서 5킬로미터 떨어진 언덕에 위치한 수련원에 4시 30분쯤에 도착했다. 수련원에 있는 열여섯 명의 사제들은 교외지역의 구조작업에 참여하고 있었다. 그들은 도심의 동료 사제들이 걱정되었지만, 어디서부터 어떻게 찾아야 할지 몰라 답답해하고만 있었다. 소식을 전해 들은 수련원 사제들은 막대기와 널빤지를 이용해 두 개의 들것을 급조했다. 그리고 여섯 명의 사제가 신학생을 따라 참혹한 현장으로 떠났다. 히로시마 북쪽에 위치한 오타강을 따라 이동했다. 도중에 화재의 열기 때문에 두 번이나 강으로 뛰어들어야 했다. 미사사교三篠橋에 이르렀을 때 긴 군대 행렬과 마주쳤다. 시내 한복판에 있는 추고쿠군관구 사령부에서부터 행군해오고 있었는데, 기묘하고 부자연스럽기 짝이 없었다. 모두 섬뜩할 정도의 화상을 입었고, 막대기로 몸을 지탱하거나 서로에게 의지하고 있었다. 또 병이 들거나 화상을 입은 말들이 목을 축 늘어뜨린 채 다리 위에 서 있었다. 사제 일행은 날이 어두워져서야 공원에 당도했다. 그날 오후 불어닥친 돌풍에 쓰러진 크고 작은 나무들이 바닥에 뒤엉켜 있어 앞으로 나아가기가 무척 힘들었다. 무라타 부인의 질문이 있은 지 얼마 되지 않아, 마침내 사제 일행은 동료들을 만났고 챙겨온 포도주와 진한 차를 건넸다.

사제들은 시퍼 신부와 라살 원장신부를 수련원으로 옮길 방도를 논의했다. 어설프게 공원을 빠져나가다 들것이 흔들려서 그 때문에 출혈이 심해질까 봐 걱정이었다. 클라인조르게 신부는 문득 다니모토 목사와 그의 배가 생각나서, 강에 나가 있는 목사를 큰소리로 불렀다. 강둑으로 올라온 다니모토 목사는 부상당한 사제들과 그들을 도우러 온 사제들을 자신도 기꺼이 돕겠다면서, 상류 어딘가 이동이 편한 길이 보일 때까지 배로 데려다주겠다고 했다. 사제들은 시퍼 신부를 들것에 옮겨 배에 태우고, 그들 중 두 명이 배에 올라타 그와 동행했다. 다니모토 목사는 그때까지도 노를 구하지 못해 대나무 장대로 삿대질을 해서 배를 움직여 상류로 나아갔다.

삼십여 분 지나 돌아온 다니모토 목사는 몹시 흥분해 있었다. 그는 어린아이 둘이 물이 어깨까지 차오르는 강 속에 서 있다면서 남아 있는 사제들에게 그 아이들을 구하는 걸 도와달라고 청했다. 사제 몇 명이 강으로 들어가 두 아이를 꺼내주었다. 가족을 잃은 어린 자매였는데, 둘 다 심한 화상을 입고 있었다. 사제들은 그 둘을 클라인조르게 신부 옆에 반듯하게 눕혀놓은 뒤 라살 원장신부를 배에 태웠다. 시슬릭 신부는 수련원까지 걸어갈 수 있을 것 같아 나머지 사제들과 함께 배에 올라탔다. 클라인조르게 신부는 너무나 지쳐서 공원에서 다음날까지 기다리기로 결정했다. 그는 나카무라 부인 가족도 수련원으로 데려갈 생각이었기 때문에, 떠나는 사제들에게 돌아올 때 손수레를 가져와 달라고 부탁했다.

다니모토 목사는 다시 강으로 나갔다. 그런데 배를 타고 상류로 느릿느릿 나아가는 도중에 살려달라고 외치는 소리가 희미하게 들려왔다. 한 여자의 목소리가 유난히 도드라졌다. "여기 사람들이 물에 빠져 죽게 생겼어요! 살려주세요! 물이 차오르고 있어요!" 어느 모래톱에서 나는 소리였다. 배에 탄 사람들은 꺼질 줄 모르는 불길의 반사광을 통해 강가에 많은 부상자들이 누워 있는 걸 보았다. 밀물 때문에 그 강가는 이미 일부가 잠겨 있었다. 다니모토 목사는 그들을 돕고 싶었지만, 사제들은 지체했다가 자칫 시퍼 신부가 죽으면 어떻게 하냐며 그냥 가자고 재촉했다. 하는 수 없이 시퍼 신부를 내려놓은 곳에 사제들을 내려준 뒤에 혼자서 그 모래톱으로 되돌아갔다.

무더운 밤이었다. 그런데다 하늘로 치솟은 불길 때문에 더 덥게 느껴졌다. 그러나 다니모토 목사와 사제들이 구한 자매 중 동생은 클라인조르게 신부에게 춥다고 칭얼댔다. 그는 겉옷을 벗어 그 아이에게 덮어주었다. 자매는 구조되기 전 두서너 시간이나 짠 강물 속에 서 있었다. 그것도 동생은 생살이 다 드러날 정도로 심각한 섬광 화상을 입은 채로. 그 고통은 이루다 말할 수 없을 정도였을 것이다. 동생은 몸을 바들바들 떨기 시작했고 또다시 춥다고 말했다. 클라인조르게 신부는 근처에 있는 사람에게 담요를 빌려와서 몸을 감싸주었다. 그런데도 갈수록 더 떨었고 계속 말했다. "너무 추워요." 그러다 갑자기 떨지 않더니 죽고 말았다.

다니모토 목사는 좀 전에 지나친 모래톱에서 스무 명 남짓한 남녀를 발견했다. 그는 배를 강둑에 대고서 거기 있는 사람들에게 어서 올라타라고 재촉했다. 그러나 그들은 꼼짝도 하지 않았다. 그제야 그는 그들이 몸을 일으켜 세울 만한 힘도 남아 있지 않음을 깨달았다. 그래서 직접 몸을 숙여 한 여자의 손을 잡아주었다. 그때였다. 손의 가죽이 커다란 장갑 모양으로 미끄덩하고 벗겨졌다. 순간 그는 구역질이 나서 주저앉고 말았다. 잠시 마음을 추스른 후에 그는 왜소한 체구에도 불구하고 물속으로 들어가서 벌거벗은 남녀를 몇 명이나 들어올려 배에 태웠다. 그들의 등과 가슴은 온통 찐득거렸다. 그는 오만상을 짓게 하는, 낮에 본 지독한 화상이 떠올랐다. 처음에는 누렇다가, 차츰 피부가 벗겨지면서 뻘게지고 부풀어올랐다. 그러다가 저녁 무렵에는 곪아서 고약한 냄새를 풍겼다. 밀물 때라 수심이 깊어져 대나무 장대가 강바닥에 닿지 않았다. 어쩔 수 없이 그 장대를 노처럼 저어 강을 건넜다. 그는 지대가 더 높은 건너편 모래톱에 진물로 끈적거리는 살아 있는 육신들을 들어서 배 밖으로 내려준 뒤 조수 영향이 없는 비탈진 곳까지 데려다주었다. 그는 너무 참기가 어려워서 의식적으로 다음과 같이 중얼거리기를 반복했다. "이들도 인간이야." 세 번의 왕복 끝에 그들을 모두 강 건너편에 옮겨다 놓았다. 그러고 나니 좀 쉬어야겠다는 생각이 들어 공원으로 돌아왔다.

어두컴컴한 강둑에 올라서자마자 다니모토 목사는 무언가에 걸려 넘어졌고, 누군가가 버럭 화내는 소리를 들었다. "조심해요! 그건 내 손이에요." 그는 부상당한 사람을 아프게 한 게 죄스럽고, 똑바로 걸어다닐 수 있는 게 창피했다. 불현듯 아직까지 코빼기도 보이지 않는 해군 병원선이 떠올랐다(병원선은 끝내 오지 않았다). 걷잡을 수 없는 분노가 치밀어올랐다. 처음에는 해군 보트에 타고 있던 승무원들에게, 그런 다음에는 의사란 사람들에게 화가 났다. 도대체 다들 뭐하느라 이들을 구하러 오지 않는단 말인가?

후지이 박사는 도시 끝자락에 있는 부모님 집에서 지붕이 없어진 마루에 누워 밤새 끔찍한 고통에 시달렸다. 그는 등잔 불빛으로 몸 구석구석을 살펴봤다. 왼쪽 쇄골이 골절되었고, 얼굴과 몸은 찰과상과 열상 천지였고, 턱과 등, 다리에는 깊게 베인 상처까지 있었다. 또 흉부를 비롯한 상체에 큼지막한 타박상을 입었고, 갈비뼈 두어 개도 골절된 듯 보였다. 부상이 그 정도로 심하지 않았다면, 그는 아사노공원에서 부상자들을 돕고 있었을지도 모른다.

해가 넘어갈 즈음, 적십자병원으로 몰려든 폭발 희생자는 만 명에 달했다. 이미 지칠 대로 지친 사사키 박사는 붕대 뭉치와 머큐로크롬병을 들고 악취가 나는 복도를 비틀거리며 오르락내리락하고 있었다. 그때까지도 부상당한 간호사에게 빌린 안경을 쓰고 있었고, 환자를 보면 상처가 가장 심한 부위에 붕대를 감아주었다. 다른 의사들은 화상이 가장 심한 부위에 식염수 습포를 대주었다. 그것말고는 그들이 할 수 있는 일이 없었다. 날이 어두워지자 그들은 도시의 화염이 뿜어내는 불빛과, 살아남은 열 명의 간호사가 들고 있는 촛불에 의지해 환자를 치료했다. 사사키 박사는 종일 병원 밖을 내다보지 않았다. 병원 내부의 풍경이 하도 끔찍하고 눈을 뗄 수 없는 지경이라 창문과 출입문 너머에 무슨 일이 일어났는지 물어볼 엄두가 나지 않았다. 천장과 격벽이 무너졌고, 벽토와 먼지 그리고 혈흔과 구토물이 사방에 널려 있었다. 환자가 수백 명씩 죽어 나가지만, 그 시체를 치울 사람은 아무도 없었다. 병원 직원 중 몇 사람이 과자와 주먹밥을 나눠주었지만, 시체 안치소에서 나는 듯한 고약한 냄새가 진동해서 그것을 먹으려는 사람이 거의 없었다.

다음날 새벽 3시경, 열아홉 시간 내리 끔찍한 고역을 치른 사사키 박사는 더는 부상자를 치료할 수 없을 만큼 기진맥진했다. 그는 살아남은 몇몇 의료진과 함께 거적을 들고 출입문 밖으로 나갔다. 수천 명의 환자와 수백 구의 시신이 병원 마당과 진입로에 널브러져 있었다. 그들의 눈을 피해 급히 병원 뒤편으로 도망쳤다. 그리고 눈에 띄지 않는 곳에 숨듯이 드러누워 잠시 눈을 붙였다. 그러나 한 시간도 채 안 되어 부상자들의 눈에 띄고 말았다. 부상자들은 그들을 빙 둘러 에워싸고 볼멘소리로 말했다. "의사 선생님! 저희 좀 살려주세요! 어떻게 잠을 잘 수가 있어요?" 사사키 박사는 일어나서 병원으로 돌아왔다. 그날 이른 아침, 그는 처음으로 도심에서 48킬로미터 떨어진 무카이하라 시골집에 있는 어머니가 떠올랐다. 평소에는 매일 밤 집에 가서 잤기 때문에, 이러다간 어머니가 자신이 죽은 줄로만 알 것 같아 걱정되었다.

다니모토 목사가 사제들을 내려준 강 상류 부근에 커다란 떡 상자가 한 개 놓여 있었다. 구조대가 부근에 있는 부상자들에게 나눠주려고 가져왔다가 그냥 놓고 간 것이 분명했다. 부상당한 두 사제를 옮기러 가기 전에 사제들은 서로 떡을 건네며 배불리 먹었다. 몇 분 지나지 않아 한 무리의 군인들이 다가왔는데, 사제들이 외국어로 말하는 걸 들은 한 장교가 검을 뽑아 들더니 신경질적인 목소리로 그들이 누구인지 물었다. 사제 한 명이 그를 진정시킨 후에 자신들은 동맹국 사람인 독일인이라고 설명했다. 그러자 장교는 미안하다고 사과하면서, 미국의 낙하산병들이 착륙했다는 보고가 나돌고 있어 그랬다고 변명했다.

사제들은 시퍼 신부부터 옮기기로 결정했다. 출발할 채비를 하고 있는데, 라살 원장신부가 추워 죽겠다고 하소연했다. 그러자 사제 한 명이 외투를, 또 다른 한 명이 셔츠를 벗어주었다. 두 사람은 후덥지근한 밤에 옷이 가벼워져서 좋다며 즐거워했다. 들것을 든 사제들은 수련원을 향해 출발했다. 신학생이 앞장서서 길을 안내하면서 장애물이 나올 때마다 사제들에게 조심하라고 일러주었다. 그러나 한 사제가 전화선에 한쪽 발이 걸려 넘어지면서 들것을 놓치는 사태가 발생했다. 시퍼 신부가 들것에서 굴러 떨어져서 의식을 잃었고, 다시 의식이 돌아오자 구토를 했다. 사제들은 그를 들어올려 다시 들것에 실은 후, 수련원의 다른 사제들에게 인도하기로 약속한 도시 변두리까지 쭉 이동했다. 그리고 약속 장소에 마중 나온 사제들에게 시퍼 신부를 맡기고 다시 라살 원장신부를 데리러 갔다.

등에 수십 개의 작은 유리 파편들이 박혀 있는 라살 원장신부에게 널빤지로 만든 들것은 이루 말할 수 없이 고통스러웠을 것이다. 도시 변두리 근처에서 일행은 좁은 도로를 가로막고 서 있는 불에 탄 자동차와 맞닥뜨렸다. 하는 수 없이 자동차를 피해 돌아가던 도중에 한쪽 편에서 들것을 들고 있던 사제들이 깜깜해서 앞이 잘 보이질 않아 그만 깊은 도랑에 빠지고 말았다. 라살 원장 신부가 땅바닥에 내동댕이쳐지고 들것은 두 동강이 났다. 한 사제가 수련원에서 손수레를 가져오려고 앞서갔다. 하지만 다행히 부근의 빈집 옆에 세워진 손수레를 발견해서 금세 손수레를 끌고 일행 앞에 나타났다. 사제들은 라살 원장신부를 손수레에 싣고 수련원으로 다시 출발했다. 가는 길 내내 도로가 울퉁불퉁해서 고생이 이만저만 아니었다. 수련원에 도착하자, 예수회에 입문하기 전에 의사였던 수련원 원장이 두 사제의 상처를 깨끗이 소독하고 말끔하게 정돈된 침대에 눕혔다. 그리고 다함께 자신들을 보살펴주신 하느님께 감사기도를 드렸다.

수천 명의 사람들이 도와주는 사람 하나 없이 방치되어 있었다. 사사키 양도 마찬가지 처지였다. 그녀는 의지할 사람 한 명 없이 공장 앞마당에 대충 임시방편으로 만든 지붕 아닌 지붕 아래 버려졌다. 게다가 젖가슴을 잃은 여자와 얼굴에 심한 화상을 입어 형체를 알아볼 수 없는 남자 사이에 끼어, 부러진 다리 때문에 무시무시한 고통에 시달리며 뜬눈으로 밤을 지새웠다. 옆에서 함께 잠 못 이루는 동석자들도 서로 말 한마디 건네지 않았다.

공원에서 클라인조르게 신부는 무라타 부인이 끊임없이 말을 걸어대는 통에 밤새 깨어 있어야 했다. 나카무라 부인 가족들도 잠을 이루지 못했다. 아이들은 몹시 아픈데도 일어난 일 하나하나에 관심이 많았다. 히로시마의 가스탱크 한 대가 거대한 화염을 일으키며 위로 솟구칠 때는 마냥 즐거워하기까지 했다. 아들 도시오는 강물에 비친 광경을 보라며 가족들에게 소리쳤다. 다니모토 목사는 쉴 없이 달려온 긴 여정과 몇 시간에 걸친 구조작업을 마친 후 선잠을 잤다. 동틀 무렵 잠이 깬 그는 여명 속에서 강 건너편을 바라보다가, 전날 밤 화상 부위가 곪아터지고 몸도 가누지 못하는 사람들을 데려다놓은 모래톱이 생각보다 지대가 높지 않다는 걸 깨달았다. 이미 물이 차올라서 그들이 있어야 할 곳이 보이질 않았다. 움직일 기력도 없는 사람들이었으니 익사했을 게 뻔했다. 수많은 시신이 강물 위에 떠다녔다.

8월 7일 이른 아침, 일본 라디오는 폭발 이후 처음으로 짤막한 성명문을 발표했다. 당연히 그 내용에 가장 관심이 많을 사람들은 바로 히로시마의 생존자들이었을 것이다. 그러나 그들 중에 그 방송을 들은 이는 거의 없었다. "히로시마가 B-29 폭격기 몇 대로부터 공격을 받아 상당한 피해를 입었습니다. 신형 폭탄이 사용된 것으로 생각됩니다. 현재 상세한 조사가 진행 중입니다." 또한 그 신형 폭탄이 원자폭탄이었음을 밝히는 미국 대통령의 특별 발표가 있었지만, 단파로 수신되는 그 소식을 생존자들이 들었을 리는 더더욱 만무했다. "그 폭탄은 2만 4000톤의 티엔티^{TNT}보다 더 강력한 위력을 지녔습니다. 또한 전쟁사상 가장 강력했던 폭탄인 영국의 그랜드슬램보다도 폭발력이 2000배나 더 강한 것입니다."

무슨 일인지 조금이라도 생각할 여력이 있는 희생자들은 원시적이고 유치한 방식으로 그 정체를 생각하고 논의했다. 비행기에서 뿌린 휘발유가 아닐까, 아니면 가연성 가스, 혹은 커다란 소이탄 다발, 그것도 아니면 낙하산병들의 소행일까 등등. 그러나 진실을 알았다 한들, 그토록 경황이 없고 지쳐서 몸을 가누기도 힘들고 심한 부상에 목숨이 왔다갔다하는 상황에서 자신들이 원자폭탄의 위력을 시험하는 경이적인 첫 시험대에 오른 피실험자였음을 신경 쓸 겨를이나 있었겠는가. (단파방송에서 시끄럽게 외쳐대듯이) 산업기술이 있고 전시에 20억 달러나 되는 막대한 돈을 엄청난 도박에 기꺼이 쏟아 부을 의지도 있는 미국 이외에는 그 어떤 나라도 이러한 원자폭탄을 개발할 엄두도 내지 못했을 것이다.

다니모토 목사는 의사를 향한 화가 좀처럼 풀리지 않았다. 급기야 자신이 직접, 그리고 필요하다면 목덜미를 잡고서라도, 아사노 공원으로 의사를 데리고 와야겠다고 결심했다. 그는 강을 건너 전날 짧은 순간이었지만 아내를 만났던 신사를 지나서 동부 연병장에 도착했다. 이곳은 오래전부터 대피지역으로 지정되어 있었으므로 분명 구호소가 있으리라 생각했다. 짐작대로 그곳에 정말 육군 위생반이 운영하는 구호소가 하나 있었다. 그러나 그곳 의사들이 끔찍하리만큼 과중한 업무에 시달리고 있다는 사실을 깨달았다. 구호소 앞 운동장 곳곳에 수천 명의 환자들이 시신들 틈에 끼어 널브러져 있었다. 그러나 포기하지 않고 군의관 한 명에게 다가가 최대한 책망하는 어조로 말했다. "아사노공원에는 왜 의사가 오지 않는 겁니까? 그곳도 의사가 절실히 필요합니다."

그러나 군의관은 하던 일에서 눈도 떼지 않고 피곤한 목소리로 말했다. "전 이곳에 배치됐어요."

"하지만 저쪽 강둑에 많은 사람들이 죽어가고 있어요."

"경상자를 돌보는 것이 최우선입니다." 의사는 말했다.

"왜죠? 저 강둑에 있는 중상자들은 도대체 어떻게 하라고요?"

의사는 다른 환자를 보러 자리를 이동했다. "이런 비상시에는 가능한 많은 사람들을 보살피고, 가능한 많은 인명을 구하는 것이 급선무입니다. 중환자들은 어차피 가망이 없어요. 그들은 곧 죽습니다. 그들 때문에 시간을 허비할 수는 없어요." 그는 마치 매뉴얼을 암송하듯이 말했다.

"의학석인 관점에서 보면 그 말이 맞을 수도 있지만……." 다니모토 목사가 말했다. 그러나 숱한 시체들이 아직 목숨이 붙어 있는 사람들과 엉켜 누워 있는 연병장 광경을 보는 순간, 그는 더는 말을 잇지 못하고 등을 돌렸다. 이제는 자신한테 화가 치밀었다. 도대체 어떻게 해야 한단 말인가? 공원에서 죽어가는 사람들에게 의사를 데려오겠다고 약속하지 않았던가. 그들은 속았다고 생각하며 죽을지도 모른다. 그때 연병장 한편에 배급소가 있는 게 보였다. 그는 그곳에 가서 떡과 과자를 싸달라고 부탁했다. 그리고 의사 대신 그 떡과 과자를 들고 공원에 있는 사람들에게 돌아왔다.

그날 아침도 무더웠다. 클라인조르게 신부는 빌린 물병과 찻주전자를 들고 부상자들을 먹일 물을 뜨러 갔다. 들은 바에 따르면, 아사노공원 밖으로 나가면 신선한 수돗물을 구할 수 있다고 했다. 암석정원을 지날 때 쓰러진 소나무들이 길을 막고 있어 그 나무들을 타고 넘기도 하고 밑으로 기어나오기도 해야 했다. 그러다 보니 자신의 몸이 무척 허약해진 것을 알게 되었다. 암석정원은 시체로 넘쳐났다. 아름다운 무지개다리에 이르렀을 때, 머리에서 발끝까지 화상을 입은 듯 온몸이 뻘건 벌거벗은 여자를 보았는데 아직 목숨은 붙어 있었다. 공원 입구 근처에서 군의관 한 명이 부상자들을 돌보고 있었다. 그러나 그가 가진 의약품은 요오드가 전부였다. 베인 상처에도, 멍든 곳에도, 진물이 나는 화상 부위에도 무조건 요오드를 발랐다. 그런데다 그때쯤엔 요오드를 바르는 건지 고름을 바르는 건지 구분이 안 될 정도로 요오드 솜뭉치들이 온통 고름 천지였다. 공원 정문 밖으로 나가 보니 아직 멀쩡한 수도가 한 개 눈에 들어왔다. 지금은 사라진 어느 집에 설치된 수도 배관의 일부였다. 그는 들고 온 용기에 물을 가득 채워 돌아왔다. 그리고 떠온 물을 부상자들에게 나눠 먹인 후 재차 물을 뜨러 갔다. 가는 길에 보니 다리에 있던 여자가 죽어 있었다.

신부는 물을 길어 돌아오는 길에 쓰러진 나무를 피해 걷다가 그만 길을 잃었다. 그렇게 숲 속에서 갈팡질팡하고 있을 때였다. 덤불에서 도움을 청하는 목소리가 들려왔다. "물 좀 있으세요?" 군복이 보였다. 그는 군인 한 명이 있나 보다 싶어 물을 들고 다가갔다. 그러나 덤불 너머에는 스무 명 남짓한 군인들이 하나같이 악몽처럼 섬뜩한 몰골을 하고 있었다. 온 얼굴에 화상을 입어 눈구멍이 움푹 꺼지고, 녹아버린 눈에서 스며 나오는 진물이 뺨을 타고 흘러내렸다(그들은 폭탄이 터졌을 때 얼굴을 위로 치켜든 것이 분명했다. 아마도 대공부대원이었을 것이다). 입은 또 퉁퉁 붓고 고름으로 뒤덮인 고통스런 상처일 뿐, 벌리는 것 자체가 힘들 듯싶었다. 주전자 주둥이에 입을 대고 마시는 건 무리인 것 같아 클라인조르게 신부는 커다란 풀을 구해다가 줄기를 뽑아내서 빨대를 만들었다. 그리고 그들 모두가 그 빨대로 물을 마실 수 있게 도와주었다. 군인 한 명이 입을 열었다. "아무것도 안 보여요." 클라인조르게 신부는 최대한 호쾌히 대답했다. "공원 입구에 의사가 와 있어요. 지금은 바빠서 바로 오기 어렵지만, 금방 와서 눈을 고쳐줄 거예요."

나중에 생각해낸 것이지만, 클라인조르게 신부는 전에는 누군가 고통스러워하는 모습만 봐도 속이 울렁거렸고 누군가의 베인 손가락만 봐도 얼굴이 창백해지곤 했다. 그러나 당시 공원에서는 감정이 완전히 마비된 것 같았다. 그 참혹한 현장에서 발길을 돌리자마자 연못 옆 길가에서 부상이 가벼운 남자와 사소한 걸로 실랑이까지 벌였다. 연못에 60센티미터 정도의 큰 잉어가 죽은 채 떠 있었는데, 두 사람은 그걸 건져서 먹어도 될까 어쩔까 서로 의논 끝에 결국 안 먹는 쪽이 낫겠다고 결정했던 것이다.

클라인조르게 신부는 세 번째로 물을 채워 강둑으로 돌아왔다. 그곳에서 젊은 여자가 죽은 사람과 빈사 상태의 사람 틈에서 바늘에 실을 꿰어 조금 찢어진 자신의 기모노를 수선하는 걸 보았다. 그는 그 여자에게 농담조로 말을 건넸다. "아이쿠, 저런! 여하튼 멋쟁이시네요." 그 말을 듣고 그녀는 웃음을 터뜨렸다.

피곤이 몰려와 누운 클라인조르게 신부는 전날 오후에 알게 된 두 귀여운 아이들과 이야기를 나누기 시작했다. 남매인 두 아이의 성은 가타오카였고, 여자아이는 열세 살, 남자아이는 다섯 살이었다. 여자아이는 폭탄이 떨어졌을 때 막 이발소를 향해 출발하려던 참이었다. 난리가 나자 가족과 함께 이곳 아사노공원을 향해 출발했는데, 엄마가 먹을 것과 여분의 옷을 챙겨오겠다며 집으로 되돌아갔다. 그러고 나서 남매는 피난 인파에 떠밀려 엄마와 헤어지게 되었고, 그 뒤로 엄마를 보지 못했다. 남매는 아무 생각 없이 유쾌하게 놀다가도 엄마, 엄마 하며 울음을 터뜨렸다.

공원에 있는 모든 아이들이 언제까지나 슬픔에 잠겨 있기란 쉽지 않은 일이었다. 나카무라 도시오는 사토 세이치라는 친구가 가족과 함께 배를 타고 강으로 다가오는 것을 보고, 신이 나서 강둑으로 달려가 손을 흔들며 외쳤다. "사토! 사토!"

남자아이가 고개를 돌려 소리쳤다. "누구야?"

"나카무라야."

"안녕, 도시오!"

"모두 무사하니?"

"응, 괜찮아. 너희는 어때?"

"응, 모두 무사해. 여동생들은 토하는데 난 괜찮아."

클라인조르게 신부는 펄펄 끓는 열 때문에 목이 타기 시작했다. 이 상황에서 또 물을 뜨러 가는 건 무리라는 생각이 들었다. 정오가 채 안 되었을 무렵, 한 부인이 사람들에게 뭔가를 나눠주고 있었다. 금세 그에게도 다가와 친절하게 말했다. "이건 찻잎이에요. 젊은 양반, 이걸 씹으면 갈증이 좀 해소될 거예요." 그런 온화함을 마주하자 클라인조르게 신부는 왈칵 눈물이 쏟아지려 했다. 몇 주 동안 그는 일본인들 사이에서 갈수록 확산되던 외국인 혐오증 때문에 마음고생이 심했고, 심지어 일본인 친구와도 서먹서먹했다. 그러다 보니 이 낯선 사람의 따뜻한 태도가 그를 다소 과하게 감동시켰던 것이다.

　정오 무렵에 수련원에서 손수레를 가지고 사제들이 도착했다. 그들은 시내의 사제관 터에 들러 방공호에 보관해둔 짐 가방 몇 개를 챙기고, 잿더미가 된 예배당에서 녹아내린 성배의 잔해도 수거했다. 그들은 이제 클라인조르게 신부의 종이 공예로 만든 짐 가방과 무라타 부인과 나카무라 부인의 소지품을 손수레에 싣고, 나카무라 부인의 두 딸아이를 손수레에 태운 후 출발할 채비를 했다. 그때 실리에 밝은 사제 한 명이 얼마 전에 통보를 받은 사실을 떠올렸다. 내용인즉, 그들이 적들에 의해 재산상 피해를 입을 경우 현 경찰에 배상을 신청할 수 있다는 것이었다. 부상자들이 시체처럼 쥐 죽은 듯 주변에 널려 있는데, 이른바 성직자라고 하는 사람들이 그 문제를 논의하기 시작했다. 결국 무너진 사제관에 거주했던 클라인조르게 신부가 배상 신청을 하는 것이 적절하다고 결론을 내렸다. 그래서 나머지 사제들은 손수레를 끌고 떠나고, 클라인조르게 신부는 가타오카 남매와 작별 인사를 나눈 후 터덜터덜 경찰서로 갔다. 그곳에서는 다른 도시에서 파견된 말쑥하고 깔끔한 제복 차림의 경찰관들이 일을 맡아보고 있었는데, 지저분하고 부산스러운 시민들이 그들을 빙 둘러 에워싸고 있었다. 대부분이 잃어버린 친지들의 소식을 묻고 있었다.

　클라인조르게 신부는 신청서 작성을 마친 후에 시내 중심을 빠져나와 나가쓰카를 향해 걸었다. 그제야 처음으로 폭발로 인한 피해 규모를 깨달았다. 폐허로 변한 구역을 하나둘 지나쳐 가다 보니, 공원에서 이미 볼 만큼 다 보았음에도 숨이 막혔다. 수련원에 도착했을 때는 몸을 가누기 힘들 정도로 지쳐 있었다. 침대에 쓰러지면서 그가 마지막으로 한 일은 누군가 공원으로 돌아가서 엄마를 잃은 가타오카 남매를 데려오라고 부탁하는 것이었다.

사사키 양은 이틀 밤낮을 비스듬히 받쳐놓은 함석 지붕 아래서 고통에 신음하며 두 명의 섬뜩한 이웃과 함께 보냈다. 이따금씩 남자들이 공장 방공호에 들어가 밧줄로 시신들을 밖으로 끌어 올리는 모습이 엉성한 피난처 밑으로 내다보이곤 했는데, 그게 그녀의 관심을 끄는 유일한 것이었다. 이미 변색된 다리는 통통 붓고 썩어갔다. 이틀 내내 먹을 음식도 마실 물도 없이 지냈다. 사흘째 되던 날, 즉 8월 8일에 사사키 양이 죽었을 거라고 생각한 몇몇 친구들이 시신이라도 찾아보려고 공장에 들렀다가 그녀를 발견했다. 그들은 사사키 양의 가족 누구도 살아 있을 것 같지 않다고 말했다. 폭발 당시 부모님은 아픈 남동생과 함께 다무라소아과병원에 함께 있었는데, 병원이 폭발로 초토화된 것이다.

친구들은 가고 사사키 양은 그 소식을 골똘히 생각하고 있었다. 얼마 후에 몇몇 남자들이 다가와서 그녀의 팔다리를 번쩍 들어올린 채로 한참을 가더니 어느 트럭에 그녀를 실었다. 트럭은 한 시간 가량 이동했다. 도로가 어찌나 울퉁불퉁한지, 한동안 자신이 고통에 둔감해진 줄로만 알았는데 그렇지만도 않다는 걸 깨달았다. 남자들은 그녀를 이노쿠치ㅈ∫ㅁ 구역에 있는 구호소에 내려주었다. 그곳에서 두 명의 군의관이 그녀를 진찰했다. 그중 한 의사가 상처를 건드리자마자 그녀는 기절했다. 의식이 돌아왔을 때 두 의사가 자신의 다리를 절단할지 말지를 놓고 상의하는 소리가 들렸다. 한 명은 상처 부위에 가스괴저(상처 부위가 세균에 감염되어 독소와 가스가 만들어지면서 근육이 괴사되며 전신적인 증상이 발현되는 중증 질환—옮긴이)가 발생해서 다리를 절단하지 않으면 그녀가 죽을 것이라고 진단했고, 다른 한 명은 안타깝지만 절단 수술을 할 만한 장비가 없다고 말했다. 그녀는 다시 기절했다.

의식을 회복했을 때 그녀는 들것에 실려 어디론가 이동 중이었다. 그리고 대형 보트에 옮겨져 근처의 니노시마似島로 갔고, 그곳에 있는 군병원에 수용되었다. 그곳 의사가 그녀를 살펴보더니, 복합골절이 꽤 심각한 상태이지만 가스괴저 증세는 없다고 말했다. 그런 다음에 몹시 냉랭한 어조로 유감스럽지만 이곳은 수술 환자만을 위한 외과병원이기 때문에 가스괴저가 아닌 이상 그녀가 그날 밤 히로시마로 바로 돌아가야 한다고 덧붙였다. 그러나 그녀의 체온을 재고 체온계를 보더니 그냥 그곳에 머무르라고 했다.

같은 날인 8월 8일, 시슬릭 신부는 시내로 들어가 교구의 일본인 서기 후카이 씨를 찾아나섰다. 후카이 씨는 클라인조르게 신부의 등에 업혀 마지못해 피난길에 올랐다가 어수선한 틈을 타 미친 듯이 화염에 휩싸인 도시로 도망쳤다. 시슬릭 신부는 예수회 사제들이 후카이 씨를 마지막으로 본 사카이교 인근 마을을 샅샅이 뒤지기 시작했다. 우선 후카이 씨가 갔을 만한 대피지역인 동부 연병장으로 가서 부상자와 시신들 사이사이를 둘러보았다. 현 경찰서에 가서 탐문도 해봤다. 그러나 종적이 묘연했다. 사제관에서 후카이 씨와 방을 함께 썼던 신학생이 그날 저녁 수련원으로 돌아와서 후카이 씨가 폭탄이 떨어지기 얼마 전 공습경보 때 한 말을 사제들에게 들려주었다. "일본은 이제 망했어. 이곳 히로시마까지 공습을 받으면 난 조국과 함께 죽고 싶어." 그 말을 들은 사제들은 후카이 씨가 죽을 각오를 하고 화염 속으로 뛰어든 것이라고 결론지었다. 그들은 그를 다시는 보지 못했다.

적십자병원의 사사키 박사는 한 시간밖에 못 잔 채로 꼬박 사흘을 일했다. 이튿날부터 가장 심한 상처 부위를 봉합하기 시작하여 그날 밤새 그리고 다음날 종일 줄곧 꿰매고 또 꿰맸다. 상처 부위가 대부분 곪아 있었다. 다행히 누군가 일본제 진정제인 나루코폰의 재고가 무사한 걸 발견한 덕분에 많은 부상자들의 고통을 조금이나마 덜어줄 수 있었다. 의료진 사이에서 이 엄청난 위력의 폭탄에 뭔가 기이한 것이 숨어 있었다는 말이 나돌았다. 다름이 아니라 이틀째 되던 날 병원 부원장이 지하실에 있는 엑스선 건판 보관실에 갔다가, 그 건판들이 놓여 있던 상태 그대로 모조리 감광된 것을 발견한 것이다. 그날 야마구치시山口市에서 의사한 명과 간호사 열 명이 여분의 붕대와 소독약을 가지고 파견을 나왔고, 사흘째에는 마쓰에시松江市에서 내과의사 한 명과 간호사 열두 명이 추가로 도착했다. 그러나 그렇다 해도 도합 여덟 명의 의사로는 만 명의 환자를 돌보기에 역부족이었다. 사흘째 날 오후, 악취가 진동하는 봉합 시술로 완전히 기진맥진한 사사키 박사는 어머니가 자신이 죽을 줄로 알 거라는 생각을 떨칠 수가 없었다. 간신히 무카이하라에 다녀와도 된다는 허락을 받은 그는 교외지역까지는 걸어서, 그리고 그곳 너머부터는 다행히 전차가 운행 중이어서 전차를 타고 밤늦게 집에 당도했다. 가서 보니 어머니는 부상을 입은 간호사가 집에 들러 그의 소식을 전해줘서 그가 무탈하다는 걸 이미 알고 있었다. 그날 밤 그는 내리 열일곱 시간을 잤다.

8월 8일 동트기 전, 클라인조르게 신부가 자고 있는 수련원 방 안으로 누군가 들어와서 천장에 매달린 전구에 손을 뻗어 불을 켰다. 갑작스런 빛의 홍수가 반쯤 잠든 클라인조르게 신부 위로 쏟아졌다. 깜짝 놀라 침대에서 뛰쳐나온 클라인조르게 신부는 또 폭탄이 터졌나 싶어 바짝 긴장했다. 그러나 이내 전후 상황을 파악하고는 겸연쩍게 웃으며 다시 침대로 돌아가 온종일 누워 있었다.

이튿날인 8월 9일에도 클라인조르게 신부는 피곤함이 가시질 않았다. 수련원장은 그의 베인 상처를 살펴본 후 붕대를 감을 필요도 없고 상처를 깨끗이 관리하면 사나흘 만에 다 나을 거라고 말했다. 그는 마음이 편치 않았다. 그때까지도 자신이 겪은 일을 도통 이해할 수 없었다. 뭔가 끔찍한 죄를 지은 듯, 자신이 경험한 그 폭력의 현장에 다시 가봐야 할 것만 같았다. 그는 자리를 털고 일어나 걸어서 시내로 갔다. 폐허가 된 사제관 이곳저곳을 헤집어 봤지만 아무것도 찾지 못했다. 두어 군데 학교 터에 가서 자신이 아는 사람들의 안부도 물어봤다. 또 시내에 사는 일본인 가톨릭신 자도 몇몇 찾아보았지만 보이는 건 무너진 집뿐이었다. 그는 별다른 소득 없이 멍하니 수련원으로 돌아왔다.

8월 9일 오전 11시 2분, 두 번째 원자폭탄이 나가사키에 떨어졌다. 그러나 히로시마의 생존자들은 수일이 지나서야 자신들과 똑같은 일을 당한 사람들이 있다는 사실을 알았다. 일본 라디오와 신문들이 이 정체를 알 수 없는 무기에 대해 보도를 엄격히 통제하는 태도를 취했기 때문이었다.

8월 9일, 다니모토 목사는 여전히 공원에서 분주한 날을 보내고 있었다. 그는 아내가 친구들과 함께 지내고 있는 우시다 교외 지역에 가서, 폭탄이 터지기 전에 그곳에 옮겨놓은 텐트를 공원으로 가져와 설치했다. 보행과 이송이 불가능한 부상자 몇몇을 위한 피난처로 쓸 요량이었다. 그는 공원에서 무엇을 하든 항시 자신을 지켜보는 눈길을 느꼈다. 바로 이웃에 살던 어린 가마이 부인이었다. 폭탄이 터진 당일 죽은 갓난쟁이 딸아이를 품에 안고 있는 가마이 부인을 그는 우연히 만났었다. 그녀는 이튿날부터 고약한 냄새가 진동했는데도 나흘 동안이나 그 조그마한 시체를 품에서 내려놓지 않았다. 한번은 다니모토 목사가 그녀 옆에 잠시 앉아 있자 그녀가 이야기를 시작했다. 그녀는 아기 띠로 아기를 등에 업고 있었는데, 폭탄이 터지면서 그 상태로 집 더미 아래 매몰되었고, 간신히 집 더미를 파헤쳐 나와보니까 아기 입 안에 흙과 먼지가 가득 차서 아기가 숨을 쉬지 못하고 있었다. 그래서 그녀가 새끼손가락으로 조심조심 깨끗이 걷어냈더니 아기의 호흡이 정상으로 돌아왔고 멀쩡해 보였다. 그런데 갑자기 아기가 숨을 거두고 말았다. 가마이 부인은 또 아기 아빠가 얼마나 좋은 사람이었는지에 관해서도 이야기하면서, 다니모토 목사에게 남편을 찾아달라고 부탁했다. 목사는 첫날 자신의 아내와 아기를 찾아 도시 전역을 훑었던 터라 가마이 씨가 배속된 추고쿠군관구 사령부에서 행군해 나오는 군인들이 얼마나 심하게 화상을 입었는지 두 눈으로 직접 보았다. 그래서 가마이 씨가 설령 살아 있다 해도 도저히 찾을 수 없다는 걸 알고 있었다. 하지만 차마 사실대로 이야기할 수 없었다. 가마이 부인은 그를 볼 때마다 자신의 남편을 찾았는지

묻곤 했다. 그는 아기를 그만 화장할 때가 된 듯싶어 달래 보았지만, 그녀는 오히려 아기를 더 꼭 끌어안았다. 그 후로 그는 그녀를 멀리했다. 하지만 그가 쳐다볼 때마다 그녀는 그를 뚫어져라 쳐다보며 눈으로 똑같은 질문을 반복했다. 그는 그 집요한 시선을 피하고 싶어 가능한 그녀에게 등을 지고 서 있곤 했다.

예수회 사제들은 수련원의 아름다운 예배당에 쉰 명 남짓의 피난민을 데려왔다. 수련원장은 그들에게 자신이 할 수 있는 범위 내에서 성심껏 치료를 해주었다. 그러나 대개의 경우 고름을 깨끗이 닦아내는 정도에 불과했다. 나카무라 부인 가족은 인원 수 만큼의 담요와 모기장을 공급받았다. 나카무라 부인과 작은딸은 식욕이 없어 아무것도 먹지 못했고, 아들과 큰딸은 끼니때마다 먹기는 했지만 모두 토했다. 8월 10일에는 친구인 오사키 부인이 그들을 만나러 찾아왔다. 그녀는 자신의 아들 히데오가 폭발 당일 공장에 일을 나갔다가 불에 타서 죽었다고 소식을 전했다. 사실 도시오는 히데오를 영웅처럼 여겼기 때문에 종종 공장에 가서 히데오가 기계 돌리는 걸 지켜보곤 했다. 그날 밤 도시오는 비명을 지르며 잠에서 깼다. 꿈을 꾸었던 것이다. 꿈속에서 오사키 부인이 가족과 함께 땅 구덩이에서 불쑥 솟아나오고, 또 히데오가 커다란 회전벨트가 달린 기계를 돌리고 있고, 도시오 자신은 그 옆에 서 있었다. 왠지 모르게 너무나 무서웠다고 했다.

8월 10일, 클라인조르게 신부는 후지이 박사가 부상을 당해 친구 오쿠마 씨의 여름 별장에 가 있다는 소식을 전해 들었다. 그 별장은 후카와深川라는 마을에 있었다. 클라인조르게 신부는 시슬릭 신부에게 그곳에 가서 후지이 박사가 괜찮은지 봐달라고 부탁했다. 시슬릭 신부는 히로시마 시외에 있는 미사사역으로 가서 이십 분 동안 전차를 타고 이동했다. 그리고 한여름 뙤약볕 아래서 한 시간 반가량을 걸어서 오타강 근처 산기슭에 있는 오쿠마 씨의 여름 별장에 도착했다. 후지이 박사는 기모노를 입고 의자에 앉아 있었고, 부러진 쇄골에는 습포가 대어져 있었다. 후지이 박사는 시슬릭 신부에게 안경을 잃어버리게 된 사연을 늘어놓은 뒤 눈이 잘 안 보여 영 불편하다고 투덜댔다. 또 대들보에 짓눌려 생긴 줄무늬 모양의 크고 시퍼런 멍 자국도 보여주었다. 그리고 시슬릭 신부에게 담배를 권하더니, 오전 11시밖에 안 되었는데 위스키도 권했다. 시슬릭 신부는 조금이나마 함께 마시면 그가 좋아할 듯해서 기꺼이 받아들였다. 그러자 하인이 산토리 위스키를 내왔고, 두 사람은 집주인과 함께 유쾌하게 수다를 떨었다. 하와이에 살았던 오쿠마 씨는 미국인에 관해 이런저런 이야기를 했다. 후지이 박사는 이번 재앙에 관해 잠깐 언급하면서, 오쿠마 씨와 간호사 한 명이 폐허가 된 그의 병원에 들어가서 방공호에 옮겨놨던 작은 보관함을 가지고 나온 이야기를 들려주었다. 그 보관함에는 수술용 도구들이 들어 있었다. 후지이 박사는 수련원장에게 갖다 주라며 시슬릭 신부에게 가위와 핀셋 몇 개를 건넸다.

시슬릭 신부는 얻어들은 정보를 말하고 싶어 좀이 쑤셨지만 꾹 참았다. 그러다 대화의 주제가 자연스럽게 괴이한 폭탄 이야기로 넘어가자 이때다 싶어 그 폭탄이 어떤 종류의 폭탄인지 안다면서 말문을 열었다. 그는 수련원에 들른 일본인 신문기자가 말해준 기밀이라 아주 믿을 만하다고 하면서 그 폭탄은 폭탄이 아니라고 힘주어 말했다. 그것은 비행기 한 대가 도시 전체에 살포한 일종의 미세한 마그네슘 가루로, 그 가루가 도시 전력망의 전류가 흐르는 전선에 닿아 폭발했다는 것이다. 어찌 됐든 그 정보가 신문기자에게서 나왔다는 말에 후지이 박사는 대단히 만족스러워하며 말했다. "그렇다면 그건 대도시에만, 그것도 전찻길 같은 전력기기들이 작동하는 낮 시간대에만 투하될 수 있단 말이군요."

다니모토 목사는 닷새 동안 공원에서 부상자들을 보살핀 후 8월 11일에 목사관으로 돌아와 잔해 더미를 파헤쳤다. 책들 속에 끼워져 있어 가장자리만 탄 일기장과 교회 기록부 몇 권, 그리고 요리기구 몇 개와 질그릇 몇 점을 그 아수라장 속에서 찾아냈다. 그렇게 여기저기를 헤집고 있을 때 다나카 씨의 딸이 와서 자기 아버지가 그를 찾는다며 동행을 부탁했다. 다니모토 목사는 다나카 씨를 탐탁지 않게 여겼다. 그도 그럴 것이 기선회사의 전직 고위간부였던 다나카 씨는 겉으로는 요란스럽게 자선활동을 펼쳤지만 이기적이고 잔인한 성격으로 악명이 높은 사람이었는데, 폭발이 있기 며칠 전에 몇몇 사람들에게 다니모토 목사가 미국을 위해 일하는 첩자라고 떠들고 다녔던 것이다. 그뿐만 아니라 기독교를 조롱하고 비일본적인 종교라고 몰아세운 적도 몇 차례나 있었다.

폭탄이 투하될 때 히로시마의 라디오 방송국 앞을 걸어가던 다나카 씨는 심한 섬광 화상을 입었지만 집까지 걸어갈 수는 있었다. 그런 다음 마을반상회의 방공호로 대피하여 그곳에서 치료를 받으려고 무진장 애를 썼다. 그는 히로시마의 모든 의사들이 자신이 부르면 당연히 올 거라고 생각했다. 부자인 데다 돈도 척척 기부하는 사람으로 유명했기 때문이었다. 그러나 아무도 오지 않았다. 그는 너무 화가 나서 직접 의사들을 찾아나섰다. 딸의 팔에 기대어 걸으면서 개인병원은 죄다 가보았다. 그러나 모두 폐허로 변해 있어 하는 수 없이 방공호로 돌아와 드러누웠다. 이제 몹시 허약해진 그는 자신이 곧 죽으리라는 것을 예감했다. 어느 종교든 좋으니 누가 와서 자신을 위로해주었으면 하는 마음이 간절했다.

다니모토 목사는 다나카 씨를 도우러 갔다. 무덤 같은 방공호로 내려갔다. 깜깜해서 아무것도 보이지 않다가 어둠에 적응되니까 다나카 씨가 보였다. 얼굴은 퉁퉁 붓고 팔에는 고름과 피가 뒤덮여 있었으며 눈도 심하게 부어올라 제대로 뜰 수조차 없었다. 노인은 고약한 냄새를 풍기며 연신 신음소리를 냈다. 다행히 다니모토 목사의 목소리는 알아들은 것처럼 보였다. 그나마 빛이 들어오는 방공호 계단에 서서 다니모토 목사는 일본어로 된 휴대용 성경책을 큰 소리로 읽었다. "주의 목전에는 천 년이 지나간 어제 같으며 밤의 한 순간 같을 뿐임이니이다. 주께서 그들을 홍수처럼 쓸어가시나이다. 그들은 잠깐 자는 것 같으며 아침에 돋는 풀 같으니이다. 풀은 아침에 꽃이 피어 자라다가 저녁에는 시들어 마르나이다. 우리는 주의 노하심에 소멸되며 주의 분 내심에 놀라나이다. 주께서 우리의 죄악을 주의 앞에 놓으시며 우리의 은밀한 죄를 주의 얼굴 빛 가운데 두셨사오니 우리의 모든 날이 주의 분노 중에 지나가며 우리의 평생이 순식간에 다하였나이다……."

다나카 씨는 다니모토 목사가 읊조리는 〈시편〉을 듣다가 숨을 거뒀다.

8월 11일, 니노시마육군병원에 전언이 도착했다. 추고쿠군관구 사령부 소속의 부상병 다수가 그날 니노시마로 이송될 것이라는 내용이었다. 그 소식에 그곳에 있는 모든 민간인 환자들은 다른 곳으로 이송되어야 하는 처지에 놓였다. 사사키 양은 그때까지도 지독한 고열에 시달렸다. 커다란 배로 옮겨진 그녀는 다리 아래에 베개를 괸 채 갑판에 누워 있었다. 갑판 위에 차양이 있었시만 배의 항로 방향 때문에 그대로 햇빛에 노출되어 마치 태양빛을 모으는 돋보기 아래 놓여 있는 것처럼 뜨거웠다. 상처에서 고름이 새어나와 베개가 금세 고름 범벅이 되었다. 사사키 양은 히로시마 남서쪽으로 수 킬로미터 떨어진 하쓰카이치ㅂ日市 해안에 당도해 병원으로 전용 중인 간온초등학교觀音國民學校로 이송되었다. 그곳에 며칠 누워 있다 보니 고베에서 골절 전문의가 파견돼 나왔다. 그 무렵 다리는 뻘겋게 변하고 엉덩이 쪽까지 부어 있었다. 의사는 부러진 다리의 접합이 불가능하다고 진단을 내린 후 그녀의 다리를 절개했다. 그러고는 고름을 빼내기 위해 고무관을 삽입했다.

수련원에서는 엄마를 잃은 가타오카 남매가 슬픔에 빠져 있었다. 시슬릭 신부는 남매를 즐겁게 해주려고 애썼다. 수수께끼도 내주었다. 그는 "이 세상에서 가장 영리한 동물은 뭘까?" 하고 물었다. 열세 살 난 누나가 원숭이, 코끼리, 말 등 여러 가지 답변을 내놓았다. 답변을 들은 시슬릭 신부는 "아냐, 하마야."라고 알려주었다. 하마는 일본어로 '카바かば'인데, 이는 어리석다는 뜻의 일본어 '바카ばか'를 거꾸로 말한 것과 같기 때문이다. 또 천지창조부터 순서대로 성서 이야기를 들려주었다. 그리고 유럽에서 찍은 스냅사진첩도 보여주었다. 그런데도 두 남매는 툭하면 엄마가 보고 싶다며 울었다.

며칠 지나 시슬릭 신부는 남매의 가족을 찾아 나섰다. 처음에는 경찰을 통해 삼촌이라는 사람이 그곳에서 그리 멀지 않은 구레시吳市 관청에 들러 아이들에 관해 묻고 갔다는 걸 알았다. 그 후에는 그 집의 장남이 히로시마 교외 우지나宇品의 우체국을 통해 동생들의 종적을 찾으려고 이리저리 뛰어다니고 있다는 소식도 전해 들었다. 그 후에는 또 엄마가 살아 있고 나가사키 연안의 고토 섬에 머물고 있다는 걸 알았다. 마침내 시슬릭 신부는 우체국에 사실 여부를 확인한 후 장남에게 연락하여 아이들을 무사히 엄마 품으로 돌려보냈다.

폭탄이 투하되고 일주일가량 지나서 히로시마에 모호하고 이해할 수 없는 소문이 나돌았다. 원자가 둘로 쪼개질 때 방출되는 에너지가 히로시마를 초토화시켰다는 이야기였다. 이 입소문에 따르면 그 무기는 '겐시바쿠단原子爆彈'이라고 불리는 폭탄인데, 한 글자 한 글자 그 뜻을 따져보면 '근본, 아들, 폭탄'이라는 뜻이었다. 그게 무슨 뜻인지 그 누구도 이해하지도 못했고, 마그네슘 가루라는 등의 주장보다 더 믿을만하다고 생각하지도 않았다. 다른 도시에서 발행된 신문을 접할 수는 있었지만, 그때까지도 하나같이 극히 일반적인 내용만을 다뤘다. 예를 들어 8월 12일자 도메이통신同盟通信의 논설은 "이 비인간적인 폭탄의 가공할 만한 위력을 인정하는 것 이외에 달리 할 수 있는 것이 없다."라고 보도했다. 이미 일본의 물리학자들은 방사능 측정기인 로릿센 검전기와 네어 전위계를 들고 히로시마에 들어와 있었다. 물론 그들은 그게 뭔지 너무도 잘 알았다.

8월 12일에 나카무라 부인 가족은 성치 않은 몸을 이끌고 근처 가베可部에 사는 아이들 고모의 집으로 거처를 옮겼다. 이튿날 나카무라 부인은 걷기 힘들 정도로 아팠음에도 혼자서 히로시마에 갔다. 교외까지는 전차를 타고 가고 그곳부터는 걸어서 시내에 들어갔다. 한 주 내내 그리고 수련원에 있는 내내 후쿠로초袋町 근처에 사는 어머니와 남동생과 언니가 무사한지 걱정이 이만저만 아니었다. 게다가 클라인조르게 신부가 그랬던 것처럼 이상한 기운이 자신을 자꾸 그곳으로 데려가는 듯한 느낌이 들었다. 결국 가족들은 모두 이미 이 세상 사람들이 아니었다. 가베로 돌아온 나카무라 부인은 시내에서 보고 알게 된 사실 때문에 충격과 상심이 너무 커서 그날 저녁 아무 말도 하지 않았다.

적십자병원은 전보다 질서가 잡혀가기 시작했다. 사사키 박사는 집에서 휴식을 취하고 돌아와 환자 분류에 들어갔다(그때까지도 환자들은 병원 사방 천지에, 심지어 계단에까지 널브러져 있었다). 의료진은 조금씩 파편들을 치워나갔다. 그러나 무엇보다 반가운 사실은 간호사와 간병인들이 시신을 치우기 시작했다는 점이었다. 격식을 갖춘 화장과 봉안 과정을 통해 시신을 처리하는 일이 일본인에게는 산 자를 돌보는 일보다 더 중요한 도덕적 책임이었다. 첫날 병원 안팎에 흩어져 있던 시신들 대부분이 친지들에 의해 확인되었다. 이튿날부터는 환자가 빈사 상태에 빠진 듯하면 종이에 환자의 이름을 적어 옷에 매달아 두었다. 시신 처리 담당자는 시신을 병원 밖 빈터로 옮긴 후 무너진 집터에서 구해온 장작더미에 올려놓고 화장했다. 그런 다음 엑스선 감광건판 보관용 봉투에 재를 조금 담은 후, 고인의 이름을 적고 본부 사무실 안에 정중하고 가지런히 쌓아올렸다. 며칠 만에 임시로 마련한 빈소가 봉투들로 넘쳐났다.

8월 15일 아침 가베에서, 열 살 난 나카무라 도시오는 비행기 한 대가 머리 위로 날아가는 소리를 듣고 바깥으로 뛰쳐나가 그것이 눈에 익은 B-29임을 확인했다. "저기 B상이 날아가요!" 그는 외쳤다.

친척이 도시오에게 호통 쳤다. "B상이라면 이제 지겨울 때도 되지 않았니?"

그 질문에는 일종의 상징적인 의미가 담겨 있었다. 거의 같은 시각에 히로히토 천황이 건조하고 의기소침한 목소리로 일본 역사상 최초로 라디오에 대고 종전 조서를 발표하고 있었다. "전반적인 세계 대세와 우리 제국이 처한 현 상황을 깊이 숙고한 끝에, 우리는 비상조치를 통해 시국을 타개하기로 결정하였다……"

나카무라 부인은 다시 시내로 돌아가 마을반상회 방공호에서 자신이 묻어둔 쌀을 파내왔다. 그 쌀을 들고 가베로 돌아가는 도중에 선차에서 우연히 여농생을 만났다. 다행히 여동생은 폭발 당일 히로시마에 없었다. "소식 들었어?" 여동생이 물었다.

"무슨 소식?"

"전쟁이 끝났어."

"너는 무슨 그런 말도 안 되는 소리를 하니."

"하지만 라디오로 직접 들었어." 그러더니 갑자기 귀에 대고 속삭였다. "천황이 직접 말했다니까."

(원자폭탄을 겪고도 일본이 전쟁에서 이길 전망이 있다고 믿던 그녀는 이 말에 결국 단념했다.)

"아, 그렇다면⋯⋯." 나카무라 부인이 말했다

얼마 후 한 미국인에게 보낸 편지에서 다니모토 목사는 그날 아침의 사건을 다음과 같이 묘사했다.

종전 때 우리 역사상 정말 믿기지 않는 놀라운 일이 일어났다네. 천황이 라디오에 대고 우리에게, 우리 일본 국민에게 직접 자신의 목소리로 방송을 했단 말이네. 8월 15일에 매우 중요한 뉴스가 방송될 테니 모두 귀 기울이라는 말을 들었어. 그래서 나는 히로시마 철도역으로 갔지. 폐허로 변한 역에 확성기가 설치되어 있더군. 사람들도 많이 모여 있었다네. 모두가 붕대를 감고 있었지. 어떤 사람은 딸아이 어깨에 기대고 또 다리에 부상을 입은 사람은 지팡이에 몸을 의지하며 방송을 들었다네. 그리고 그 사람이 천황이라는 사실을 알고 사람들은 눈물을 철철 흘리며 울었어. "천황이 친히

나와 우리에게 그의 목소리를 들려주니 이 얼마나 크나큰 축복인가. 우리는 그런 위대한 희생에 완전히 감동했다네." 전쟁이 끝났다는 걸, 즉 일본이 패했다는 걸 알고서 사람들은 당연히 무척 실망했지만 영구적인 세계 평화를 위해 진심을 다해 천황의 어명을 차분히 따랐네. 그렇게 일본은 새 출발을 했다네.

4

기장과 명아주

그새 잡초들이 무성해져 잿더미를 뒤덮어버렸고, 죽은 도시의 앙상한 뼈대 사이사이로 야생화들이 만발했다. 가공할 만한 폭탄조차도 땅속에 숨어 있던 생명의 씨앗에는 그 위력을 미치지 못했다. 오히려 그들을 자극했다. 푸른색의 꽃들과 유카, 명아주, 나팔꽃, 원추리, 솜털이 보송보송 난 콩, 쇠비름, 우엉, 참깨, 기장, 캐모마일 등이 곳곳에 널려 있었다.

폭탄이 터진 지 열이틀째 되던 날인 8월 18일, 클라인조르게 신부는 한 손에 종이로 만든 짐 가방을 들고 수련원을 나서서 히로시마를 향해 걷기 시작했다. 그는 귀중품을 담은 그 가방에 불가사의한 힘이 깃들어 있다고 생각했다. 폭발 직후 가방을 발견했을 때의 상황이 매우 기이했기 때문이었다. 본래 가방을 책상 밑에 숨겨놨는데, 폭발로 책상이 산산조각 나서 바닥에 널려 있었던 반면에 가방은 문 앞에, 그것도 손잡이가 위를 향한 채 똑바로 놓여 있었던 것이다. 이제 그는 예수회 소유의 엔화를 가방에 챙겨 넣고, 반쯤 무너진 건물에서 영업을 재개한 요코하마쇼킨은행橫浜正金銀行(외국무역금융을 전담하는 특수은행으로 1880년 설립되었다가 1946년 폐쇄기관으로 지정되었고, 일반은행인 도쿄은행으로 재발족함―옮긴이)의 히로시마 지점으로 갔다.

그날 아침 몸 상태는 대체로 양호했다. 그가 입은 가벼운 부상은 수련원장이 살펴보고 사나흘 만에 나을 거라고 장담했지만 며칠이 지나도 낫지 않았다. 하지만 일주일 푹 쉬고 난 클라인조르게 신부는 이제 고된 일을 해도 별 무리가 없을 거란 생각이 들었다. 시내로 걸어가는 내내 마주친 참혹한 현장에도 익숙해졌다. 수련원 근처의 널따란 논은 갈색 줄무늬로 얼룩져 있었다. 또 창문이 모조리 깨지고 기왓장도 떨어져 나간 교외지역의 주택들은 초라한 몰골로 간신히 형체만 남아 있었다. 그러다가 갑자기 풍경이 바뀌어서 6.4제곱킬로미터에 달하는 적갈색의 폐허가 펼쳐졌다. 거의 모든 것들이 부서지고 불타버렸다. 파괴된 도시 구역마다 여기저기에 조잡한 팻말들이 재와 기왓장 더미 위에 세워져 있었다("언니, 어디 있어?", "우리는 모두 무사하고 지금 도요사카에 있어"). 나무는 벌거벗고 전신주는 금방이라도 쓰러질 듯 기울어져 있었다. 건물 몇 채는 무너지지 않고 흉측한 몰골로 서 있었는데, 오히려 그 때문에 죄다 무너져 휑해진 도시가 오히려 더 도드라져 보였다(이를테면 반구형 지붕이 날아가 버려 부검용 시신마냥 철골만 앙상하게 남아 있는 산업장려관, 폭격 전과 다름없이 차갑고 견고한 탑이 높이 솟아 있는 현대식 상공회의소 건물, 거대한 몸집을 낮게 웅크려 위장했던 시청 건물, 흔들리는 경제체제를 희화화하듯 볼품없이 늘어선 은행들). 또 거리에 널브러진 차량은 섬뜩한 장면을 연출했다. 수백 대의 짜부라진 자전거, 뼈대만 남은 전차와 자동차 등 모두가 운행 도중 멈춰버렸다.

시내로 가는 내내 클라인조르게 신부는 이 엄청난 피해가 단 한 개의 폭탄에 의해 한순간에 벌어진 일이라는 생각에 마음이 무거웠다.

시내 중심가에 도착했을 즈음 몹시 무더웠다. 그는 쇼킨은행까지 걸어갔다. 은행은 건물 1층에 임시로 마련한 목재 좌판에서 영업을 하고 있었다. 그는 돈을 입금하고 선교회 구내에 잠시 들러 폐허가 된 그곳을 또다시 둘러봤다. 그러고 나서 수련원으로 발길을 돌렸다. 그런데 절반가량 갔을 때쯤 기이한 기분이 들기 시작했다. 불가사의하다고 여기던 짐 가방이 이제 텅 비었는데도 갑자기 돌덩이가 든 것처럼 무겁게 느껴졌다. 무릎은 갈수록 힘이 빠졌다. 또 견디기 힘들 정도로 피곤함이 몰려왔다. 그는 상당한 정신력을 동원해 가까스로 수련원에 도착했다. 그러나 그 정도 일을 다른 사제들에게 알려 요란을 떨 필요는 없다고 생각했다. 그로부터 이틀 후였다. 미사를 보려는데 현기증이 나서 잠시 중단해야 했다. 그렇게 세 번을 반복하다 결국 미사를 끝마치지 못했다. 그리고 다음날 아침, 분명 경미한데도 잘 낫지 않는 클라인조르게 신부의 상처를 살펴보던 수련원장은 깜짝 놀라 물었다. "상처에 대체 무슨 짓을 한 겁니까?" 갑자기 상처들이 크게 벌어진 데다 붓고 염증까지 생긴 것이다.

8월 20일 아침, 나카무라 부인은 나가쓰카에서 멀지 않은 가베의 시누이 집에 머물고 있었다. 그녀는 상처나 화상으로 인한 고통은 없었지만, 클라인조르게 신부와 다른 가톨릭사제들과 함께 수련원의 손님으로 지내던 일주일 내내 속이 조금 메스꺼웠다. 그런데 그날 아침 옷을 챙겨 입고 머리를 매만지려고 빗질을 시작하자 머리카락 한 뭉텅이가 쑥 빠졌다. 두 번째도 똑같았다. 깜짝 놀란 나카무라 부인은 빗질을 당장 중단했다. 그러나 그로부터 사나흘 동안 머리카락이 저절로 빠지더니 거의 대머리가 될 지경에 이르렀다. 그 때문에 그녀는 집안에서만 지냈다. 사실 숨어 지내는 거나 다를 바 없었다. 8월 26일, 잠에서 깬 나카무라 부인과 그녀의 작은딸 미에코는 몸에 기력이 하나 없고 몹시 피곤해 도로 잠자리에 누웠다. 그녀의 아들과 큰딸은 폭발이 일어나던 순간부터 줄곧 모든 일상을 함께했는데 멀쩡했다.

거의 같은 무렵, 교외지역에 빌려놓은 한 개인 주택에 임시 예배당을 차리기 위해 동분서주하느라 날짜 가는 줄도 모르던 다니모토 목사가 갑자기 앓아누웠다. 느닷없이 온 몸이 불쾌하고 피곤하더니 열까지 올랐다. 결국 그도 우시다 교외지역에 사는 친구의 반쯤 무너진 집 마루에 자리를 깔고 누워 있어야 하는 처지가 되었다.

이 네 사람은 깨닫지 못했지만 모두가 이상하고 변덕스런 병에 걸렸던 것이다. 나중에 알려진 대로 그들은 원자병에 걸려 있었다.

사사키 양은 히로시마 남서쪽으로 네 번째 전차역인 하쓰카이

치에 위치한 간온초등학교에서 잦아들지 않는 고통 속에 신음하고 있었다. 체내 감염 때문에 왼쪽 하퇴부 복합골절을 제대로 접합할 수가 없었다. 이처럼 사사키 양이 고통에 시달리느라 여념이 없는 상황이었는데도 같은 병원에 있는 한 젊은 남자가 그녀에 대한 호감을 키워가고 있었다. 그게 아니라면 그런 그녀를 불쌍히 여긴 것이었을지도 모른다. 여하튼 그 남자는 그녀에게 일본어로 번역된 모파상 소설책 한 권을 빌려주었다. 사사키 양은 그 책을 읽어보려고 애썼지만 한 번에 5분 이상 집중할 수가 없었다.

폭탄이 터진 후 처음 몇 주 동안 히로시마 전역의 병원과 구호소들은 부상자들로 넘쳐났다. 그런데다 의료진도 변동이 심했다. 각자의 건강 상태가 달랐고 또 외부의 원조 인력은 언제 도착할지 알 수 없었다. 그러다 보니 환자들은 계속 이곳저곳으로 옮겨 다녀야 했다. 사사키 양도 벌써 세 차례나 병원을 옮겼다. 그중 두 번은 배로 이송되었다. 그리고 8월 말에 또다시 하쓰카이치에 있는 공업학교로 이송되었다. 그러나 사사키 양의 다리는 나아지기는커녕 갈수록 부어올랐다. 공업학교에서 의사들은 임시 부목에 다리를 고정시킨 후 그녀를 차에 실어 9월 9일 히로시마 적십자병원으로 또다시 이송했다. 사사키 양이 폐허로 변한 히로시마를 본 것은 그때가 처음이었다. 지난번 이송될 때 시가를 지나쳐 가기는 했지만 의식이 왔다갔다해서 제정신이 아니었다. 폐허의 현장이 어떤지 들은 바도 있고 고통이 심해 정신도 없었지만, 그래도 실제로 보니 정말 섬뜩하고 놀라울 따름이었다. 그러나 그 속에서 특히 더 오싹한 무언가를 그녀는 발견했다. 사방에서 싱싱하고 생생한 녹색의 생명체가 희망을 속삭이듯 무성하게 솟아나고 있었던 것이다. 도시의 잔해 더미를 뚫고, 도랑에서, 강둑을 따라, 기왓장과 양철 지붕들 틈에 뒤엉켜, 숯으로 변한 나무줄기를 타고 피어나고 있었다. 심지어 붕괴된 집의 지반을 뚫고 나온 파릇파릇한 장미도 눈에 띄었다. 그새 잡초들이 무성해져 잿더미를 뒤덮어버렸고, 죽은 도시의 앙상한 뼈대 사이사이로 야생화들이 만발했다. 가공할 만한 폭탄조차도 땅속에 숨어 있던 생명의 씨앗에는 그 위력을 미치지 못했다. 오히려 그들을 자극했다. 푸른색의 꽃들과 유카, 명아주, 나팔꽃, 원추리, 솜털이 보송보송 난 콩, 쇠비름, 우엉, 참깨, 기장, 캐모마일 등이 곳곳에 널려 있었다. 특히 시내 중심지에는 원을 그리며 무리를 지은 결명자가 왕성한 번식력을 뽐내고 있었다. 타다 남은 결명자 사이뿐만 아니라 벽돌 사이와 아스팔트의 갈라진 틈새에서도 고개를 삐죽 내밀고 있었다. 마치 폭탄을 투하할 때 결명자 한 부대도 함께 투하한 듯했다.

적십자병원으로 이송된 사사키 양은 사사키 박사에게 치료를 받았다. 폭탄이 투하된 지 한 달이 되어가자 병원은 질서가 조금씩 잡히고 있었다. 예를 들어 그때까지도 복도에 진을 치고 있는 환자들에게 최소한 깔고 누울 수 있는 돗자리가 지급되었고, 사건 발생 후 며칠 만에 동이 난 의약품도 다른 도시의 도움으로, 물론 충분하지는 않았지만 다시 공급되었다. 사흘째 되던 밤 집에서 열일곱 시간 수면을 취하고 돌아온 사사키 박사는 그 후로 밤마다 6시간씩, 병원 돗자리 바닥에서 휴식을 취했다. 그러잖아도 체구가 몹시 작은 편이었는데, 몸무게가 무려 9킬로그램이나 줄었다. 그리고 여전히 빌린 안경을 쓰고 있었다.

사사키 양은 여자인 데다가 고통이 심했기 때문에 (그리고 나중에 사사키 박사가 인정했듯이 성이 같다는 이유도 암암리에 작용해) 사사키 박사는 여덟 명의 환자만을 수용하던, 당시로서는 개인병실이나 다름없는 병실의 한 돗자리에 그녀를 데려다 놓았다. 그리고 그녀에게 일일이 물어가며 진료카드에 증세를 독일어로 정확히, 그리고 또박또박 기입했고, 자신의 소견도 모두 그곳에 기록했다. 진료카드에는 다음과 같은 내용이 적혀 있었다. "중간 체격의 여자 환자로 건강 상태 양호. 좌측 정강이뼈 복합골절. 좌측 종아리 부위 부어오름. 피부와 육안으로 관찰되는 점막에는 점상출혈로 곳곳에 반점이 나타남. 출혈의 크기는 보통 쌀알만 하지만 콩만 한 것도 눈에 띔. 그 외에 머리와 눈, 목, 폐, 심장은 정상으로 보임. 열이 있음." 사사키 박사는 그녀의 골절을 접합해 깁스를 해주고 싶었지만 오래 전에 석고가 동이 난 탓에 돗자리에 반듯이 눕히는 것밖에 할 수 있는 것이 없었다. 대신 열을 내리기 위해 아스피린을 처방해주고, 영양 보충을 위해 정맥주사로 포도당을 주입해주고, 디아스타제를 복용하게 해주었다(당시 모두가 영양 결핍 상태였기 때문에 진료카드에는 이를 기록하지 않았다). 그 무렵 사사키 박사의 환자들 대다수가 여러 기이한 증상을 보이기 시작했는데, 사사키 양은 그중 한 가지 증세만 보였다. 그것은 출혈 반점이었다.

후지이 박사는 불운이 잇따랐고 그 불운은 또 계속 강과 연관이 있었다. 그는 후카와에 있는 오쿠마 씨의 여름별장에 머물고 있었다. 별장은 오타강의 가파른 강둑에 자리잡고 있었다. 이곳에서 쉬면서 그의 부상은 상당히 회복된 듯 보였다. 교외지역의 은닉 장소에서 꺼내온 의료품으로 이웃에서 찾아온 피난민들을 치료해주는 일도 시작했다. 그런데 셋째 주 혹은 넷째 주부터 갑자기 일부 환자들에게서 기이한 증후가 발현되는 것이 눈에 띄었다. 그러나 상처와 화상 부위를 감싸는 것 외에 달리 다른 치료를 할 방도가 없었다. 9월 초순이 되자 폭우가 그칠 줄 모르고 쏟아졌다. 강물이 점점 불어났다. 9월 17일에는 집중호우에 뒤이어 태풍이 몰아쳐 급기야 강물이 서서히 강둑 위로 차올랐다. 깜짝 놀란 오쿠마 씨와 후지이 박사는 산을 기어올라 어느 농가로 피신했다(하류에 위치한 히로시마에서는 폭탄이 미처 처리하지 못해 남아 있는 것을 홍수가 마저 처리하고 있는 듯했다. 회오리바람에도 무사했던 다리가 휩쓸려 떠내려가고, 도로가 물에 씻겨 나가고, 그때까지 버티고 서 있던 건물들의 기반이 허물어졌다. 또 서쪽으로 16킬로미터쯤 떨어진 곳에 위치한 오노육군병원大野陸軍病院이 짙푸른 소나무로 뒤덮인 아름다운 산비탈을 따라 순식간에 쓸

126

려 내려가 세토나이카이瀬戸內海에 함몰되었다. 당시 병원에서는 교토제국대학에서 파견 나온 전문가 일행이 불가사의한 원자병 환자들의 예후豫後를 연구하고 있었는데, 그곳 환자들과 함께 그들 대부분이 익사했다). 태풍이 물러가자 후지이 박사와 오쿠마 씨는 강둑으로 내려왔다. 오쿠마 씨의 별장은 이미 강물에 휩쓸려가서 온데간데없었다.

원자폭탄이 투하된 지 한 달여 지나서 갑자기 몸이 아프다고 호소하는 사람들이 많아졌다. 그로 인해 흉흉한 소문이 나돌기 시작했고, 마침내 그 소문은 가베의 시누이 집에 기거하던 나카무라 부인에게도 전해졌다. 그 무렵 나카무라 부인은 대머리가 된 채 몸져누워 있었다. 소문에 따르면 원자폭탄이 터지면서 7년 동안 치명적인 방사능을 방출하는 독약이 히로시마에 살포되었고, 그 때문에 7년 동안 그 누구도 히로시마에 들어갈 수가 없다는 것이었다. 그 소문을 들은 나카무라 부인은 여느 때보다 특히 기분이 언짢았다. 폭발 당일 아침 모든 것이 아수라장인 상황에서 말 그대로 유일한 생계수단인 산고쿠 재봉틀을 무너진 집 앞의 작은 시멘트 물통 속에 빠뜨려놓았는데, 이제 아무도 그곳에 가서 그걸 꺼내올 수 없다고 생각하니, 화가 치밀었다. 그때까지만 해도 나카무라 부인과 친지들은 원자폭탄과 관련된 도덕적 판단에 대해 한 발짝 물러나 수동적인 입장을 취했다. 그러나 그 소문으로 그들은 미국에 대한 증오와 분노가 전쟁을 치르는 내내 느꼈던 것보다 훨씬 더 강렬하게 치솟았다.

일본의 물리학자들은 원자핵 분열에 관해 상당히 많은 것을 알고 있었다(그중 한 과학자는 원자핵을 파괴하는 사이클로트론을 가지고 있었다). 히로시마의 잔류 방사능을 걱정하던 그들은, 트루먼 대통령이 투하된 폭탄의 정체를 밝히는 발표를 한 지 얼마 지나지 않은 8월 중순에 히로시마로 들어와 조사를 시작했다.

그들은 먼저 시내 중심부 일대를 돌면서 전신주의 그슬린 면이 어느 방향을 향하고 있는지 관찰하여 대략적인 폭심지를 정했다. 그리고 추고쿠군관구 사령부 연병장에 인접한 고코쿠신사護國神社의 입구 기둥문 부근에 자리를 잡은 뒤, 그곳을 기점으로 남과 북을 조사했다. 과학자들은 베타 입자와 감마선에 민감하게 반응하는 로릿센 검전기를 사용했다. 검전기의 측정 결과에 따르면, 기둥문 부근의 경우 방사능 최고 강도가 그 지역 대지에서 자연 누전되는 방사선 평균치의 4.2배였다. 그들은 폭탄의 섬광으로 콘크리트가 밝은 적색으로 변색되고 화강암 표면이 벗겨졌으며 그 밖의 건물 자재가 그슬렸다는 사실도 발견했다. 그리고 그 결과 섬광에 의해 투사된 그림자 자국이 일부 장소에 양각되었다는 것도 함께 알게 되었다. 예를 들어 상공회의소(대략적인 폭심지에서 200미터 가량 떨어진 지점) 지붕에 영구적인 그림자 자국이 새겨져 있었는데, 이는 그 건물의 직사각형 첨탑이 투사된 것이었다. 그 외에도 간교은행勸業銀行 옥상에 위치한 방공감시소에 몇 개(약 1.9킬로미터 떨어진 지점), 추고쿠배전소^{中國配電所} 건물 첨탑에 1개(약 730미터 떨어진 지점), 히로시마가스회사 건물에 가스 펌프 손잡이가 투사된 자국 1개(약 2.4킬로미터 떨어진 지점), 고코쿠신사의 화강암 비석들에 몇 개(약 350미터) 등이 발견되었다.

과학자들은 이 그림자 자국들과 그 외의 여러 물체들이 투사되어 생긴 자국들을 삼각 측량하여 폭심지의 정확한 위치가 신사 기둥문에서 남쪽으로 약 137미터 떨어진 지점, 즉 폐허로 변한 시마병원^{島病院}에서 남동쪽으로 몇 미터 떨어진 지점이라는 결론에 도달했다(어슴푸레하게 인간의 실루엣을 띤 그림자 자국도 몇 개 발견되었는데, 이러한 자국들은 상상력이 더해지고 세부적인 살이 덧붙어 하나의 이야기로 재탄생했다. 그중 한 이야기는 도장공이 사다리에서 페인트 통에 붓을 담그는 형상이 자신이 일하던 은행 건물 정면의 석벽에 양각되어 기념물처럼 영구히 남게 된 것에 관한 것이었다. 또 폭심지에 인접한 산업장려관 부근 다리 위에 있던 한 남자가 자신의 수레와 함께 투사되어 양각된 그림자와 관련된 이야기도 있었는데, 그 그림자에는 그가 말에 채찍질을 하려던 모습이 또렷이 드러나 있었다). 9월 초순 과학자들은 실제 폭심지를 기점으로 삼아 동쪽과 서쪽부터 방사능 측정을 시작했다. 그 결과로 당시 발견된 방사능 최고 강도는 자연 누전의 3.9배였다. 방사능이 인체에 심각한 영향을 미치려면 그 강도가 자연 누전의 최소 1000배는 되어야 했기 때문에 과학자들은 사람들이 히로시마에 들어와도 전혀 위험하지 않다고 발표했다.

이런 안도의 소식이 나카무라 부인이 은둔하는 거처에 전해지
자 (혹은 오래지 않아 다시 머리가 자라기 시작하면서부터) 그 일가는 미
국에 대한 극도의 증오심을 누그러뜨렸고, 나카무라 부인은 시동
생에게 자기 집에 가서 재봉틀을 찾아봐 달라고 부탁했다. 재봉틀
은 물통 속에 그대로 잠겨 있었다. 그러나 실망스럽게도 온통 녹
이 쓸어 무용지물이었다.

9월 첫 번째 주가 끝나갈 무렵, 클라인조르게 신부는 수련원에
서 39도 5분의 고열에 시달리며 누워 있었다. 그의 상태가 점점
악화되는 것처럼 보이자 동료 사제들은 그를 도쿄에 있는 국제성
모병원으로 옮기기로 결정했다. 고베까지는 시슬릭 신부와 수련
원장이 그와 동행했고, 나머지 여정은 고베의 예수회 사제 한 명
이 동행했다. 그는 고베 의사가 국제성모병원 원장수녀에게 보내
는 편지를 가지고 있었다. "귀 병원에서 이 환자에게 수혈을 실시
하고자 할 경우 재삼 숙고하길 요청하는 바입니다. 원자폭탄 환자
에게 주삿바늘을 꽂을 경우 그 부위의 출혈이 멈출지 결코 장담할
수 없습니다."

병원에 도착했을 때 클라인조르게 신부는 얼굴이 몹시 창백하
고 몸도 제대로 가누지 못했다. 그는 폭탄 때문에 소화도 안 되고
복통도 심하다고 호소했다. 또 백혈구 수는 3000개밖에 안 되었
고(5000에서 7000개가 정상임) 빈혈이 심했으며 체온은 40도나 되었

다. 당시 도쿄로 이송된 원자병 환자는 극소수에 불과했기 때문에 담당의사는 이 기이한 증세에 관해 아는 것이 별로 없었다. 진찰을 마친 의사는 환자의 면전에서 고무적인 말을 아끼지 않았다. "2주만 지나면 퇴원하실 수 있을 겁니다."라고 그는 말했다. 그러나 병실 밖 복도에 나와서는 원장수녀에게 "저 환자는 곧 죽을 겁니다. 원자폭탄 환자들은 모두 죽어요. 곧 아시게 될 거예요."라고 말했다.

담당의사는 클라인조르게 신부에게 고영양 공급 처방을 내렸다. 그 때문에 클라인조르게 신부는 좋든 싫든 세 시간마다 달걀 몇 알 또는 육수를 먹어야 했고, 설탕도 견딜 수 있을 만큼 최대한 많이 먹어야 했다. 그 외에도 병원에서는 그에게 비타민제, 그리고 빈혈 치료를 위한 철분제와 비소제(파울러 용액)를 제공했다. 담당의사의 예측은 빗나갔다. 클라인조르게 신부는 죽지 않았고 2주 만에 퇴원하지도 않았다. 고베 의사의 편지 때문에 그는 수혈은 받지 못했다. 수혈요법이야말로 그의 병을 낫게 할 수 있는 최고의 치료방법이었을 텐데 말이다. 그럼에도 그는 상당히 빠른 속도로 고열과 소화 장애로부터 벗어났다. 백혈구 수치가 한동안 올라갔다가 시월 초순에 다시 3600으로까지 내려갔다. 그러다가 열흘 지나 갑자기 정상 수치를 웃도는 8800으로 올라갔지만, 나중에는 5800으로 안정되었다. 한편 그의 상처를 본 사람들은 모두 고개를 갸우뚱했다. 상처들은 며칠간 잘 아문다 싶다가도 이리저리 돌아다니면 다시 벌어지곤 했다.

클라인조르게 신부는 상태가 호전되자 이내 기분이 날아갈 듯 좋아졌다. 사실 히로시마에서 그는 고통에 신음하는 수천 명의 환자 중 한 명에 불과했지만, 도쿄에서는 호기심을 유발하는 환자였다. 미국 군의관들이 십여 명씩 그를 관찰하기 위해 병원에 들르기도 하고, 일본인 전문가들이 찾아와 질문하기도 했다. 또 어느 신문사에서는 그를 인터뷰하기도 했다. 한번은 당황한 의사가 와서 고개를 저으며 말했다. "도대체 이해가 안 된다니까, 이 원자폭탄 환자들은."

나카무라 부인은 미에코와 함께 집안에 누워 있었다. 둘은 계속 아팠고, 나카무라 부인은 그들의 병이 폭탄 때문이라는 걸 어렴풋이 짐작했지만, 가정형편이 너무 어려워 병원에 갈 처지가 안 되는 바람에 뭐가 문제인지 정확히 알지 못했다. 치료를 못 받고 그저 휴식만 취하고 있었는데, 점차 상태가 호전되기 시작했다. 미에코는 머리카락이 약간 빠졌고 몇 개월 지나 팔에 입은 작은 화상이 치유되었다. 아들 도시오와 큰딸 야에코는 둘 다 머리카락이 조금 빠지고 이따금씩 두통이 심하기는 했지만, 꽤 건강해 보였다. 도시오는 여전히 잘 때마다 가위에 눌렸는데, 도시오의 영웅이었던 열아홉 살의 기계공 오사키 히데오가 폭격으로 죽는 꿈 때문이었다.

다니모토 목사는 40도나 되는 고열에 시달리며 누워서도 사망한 교회 신도들의 장례를 치러주지 못해 근심했다. 그는 폭탄이 터진 이래로 사람들을 돕느라 쉬지를 못해 아프겠거니 생각했다. 그러다 며칠이 지나도 체온이 떨어지지 않자 결국 의사의 왕진을 청했다. 의사는 너무 바빠 우시다까지 왕진을 나오지 못하고 대신 간호사를 보냈다. 간호사는 증세를 살핀 후 그리 심하지 않은 원자병이라고 진단했고, 이따금씩 들러 그에게 비타민 B를 주사했다. 다니모토 목사가 알고 지내던 승려 한 명이 그를 방문해서 뜸을 뜨면 증세가 완화될지도 모른다며 추천했다. 그러면서 예로부터 내려오는 일본의 치료법을 손수 보여주었다. 그는 자신의 손목 맥 위에 자극성 약초인 뜸쑥을 올려놓은 후 불을 붙여 태웠다. 다니모토 목사는 뜸을 뜰 때마다 일시적으로 열이 1도 내려간다는 사실을 알게 되었다. 간호사는 그에게 음식을 가능한 많이 먹으라고 했고, 그곳에서 32킬로미터 떨어진 쓰즈에 사는 그의 장모는 며칠마다 한 번씩 그에게 들러 야채와 생선을 놓고 갔다. 그렇게 한 달을 누워 지내고 난 후 그는 기차로 10시간 걸려 시코쿠四國에 있는 부친 집에 가서 한 달을 더 요양하며 보냈다.

적십자병원의 사사키 박사와 동료 의사들은 이 전례 없는 병의 추이를 쭉 지켜보다가 마침내 병의 특성에 관한 이론을 내놓았다. 그들의 결론에 따르면 이 질병은 세 단계로 진행되었다. 첫 번째 단계는 전혀 새로운 질병을 다루고 있다는 사실을 의사들이 미처 깨닫기도 전에 진행이 끝나 있었다. 이 단계에서 나타난 반응들은, 폭탄이 터지는 순간 방출된 중성자와 베타 입자 그리고 감마선에 의한 충격에 신체가 직접적인 영향을 받아 비롯되었다. 겉으로 보기에 외상이 없는데도 처음 몇 시간 내지 며칠 만에 미스터리한 죽음을 맞은 사람들은 이 첫 단계에서 굴복한 것이었다. 폭심지에서 800미터 이내에 있던 사람들의 95퍼센트가 이 단계에서 사망했고, 그보다 멀리 떨어진 지점에서도 수천 명이 사망했다. 돌이켜 생각해보고 의사들이 깨달은 바에 따르면, 이 경우에 해당되는 사망자 대부분은 설령 화상과 돌풍 때문에 고통을 당했더라도 그 때문이 아니라 치사량의 방사능을 흡수했기 때문에 생존이 불가능했던 것이다. 방사선은 간단히 인체 세포를 파괴해 세포핵을 변질시키고 세포벽을 붕괴시켰다. 즉사하지 않은 수많은 사람들은 며칠간 지속되는 구역질, 두통, 설사, 불쾌감, 고열 등에 시달렸다. 의사들은 이러한 증세 중 일부가 방사능 때문인지 신경성 쇼크 때문인지 확신할 수 없었다.

두 번째 단계는 폭발 후 열흘 내지 보름이 지나서 시작되었다. 첫 번째 증세는 탈모였다. 그 뒤를 이어 설사와 발열 증세가 나타났는데, 일부 경우에는 체온이 41도까지 올랐다. 폭발 후 25일 내지 한 달여 지나서는 혈액 이상 증세가 나타났다. 잇몸에서 피가 나고 백혈구 수치가 급격히 떨어졌으며 피부와 점막에 점상출혈이 생겼다. 백혈구 감소는 환자들의 면역 능력을 저하시켰고, 그 결과 벌어진 상처가 아물기까지 비정상적으로 오래 걸렸으며 많은 환자들이 인후염과 구내염에 시달렸다. 의사들의 예후 판정에 기초가 된 두 가지 주요한 증세는 발열과 백혈구 감소였다. 고열 증세가 지속될 경우 환자의 생존 가능성은 낮았다. 백혈구 수치는 거의 항상 4000 밑으로 떨어졌는데, 그 수치가 1000 이하로 떨어진 환자 또한 생존 가능성이 희박했다. 두 번째 단계가 끝나갈 무렵에는, 물론 환자가 그때까지 생존해 있을 경우에 적혈구 감소로 인한 빈혈도 발병했다.

그리고 마지막 세 번째 단계에서는 인체가 질병으로 인한 손실을 만회하기 위해 전력투구할 때 생기는 반응들이 나타났다. 예를 들어 백혈구 수치가 정상을 회복할 뿐만 아니라 오히려 과도하게 증가하여 정상수치를 훨씬 웃돌았다. 이 단계에서 많은 환자들이 흉강 감염 같은 합병증으로 사망했다. 대부분의 화상은 치유되었으나 대신 켈로이드(피부 손상 후 상처가 낫는 과정에서 생기는 흉터종―옮긴이)로 알려진, 분홍빛이 도는 두툼한 고무 같은 흉터 조직이 생겼다. 질병의 지속기간은 환자의 체질과 방사능 흡수량에 따라 매우 다양했다. 희생자들 중 일주일 만에 회복된 사람도 있고, 수개월 동안 지속된 사람도 있었다.

증세들이 그 정체를 모두 드러내자 그중 다수가 엑스선에 과다하게 노출된 경우와 비슷하다는 것이 명백해졌다. 그래서 의사들은 그러한 유사성에 기초해서 환자들을 치료했다. 즉 환자들에게

간유와 수혈, 비타민, 특히 비타민 B₁ 처방을 내렸다. 그러나 의약품과 기구가 부족해서 그도 쉽지 않았다. 종전 후 들어온 연합군 군의관들은 혈장과 페니실린이 매우 효과적이라는 사실을 알아냈다. 또 혈액 이상이 종국에 이 원자병의 결정적 요인으로 작용했기 때문에 일부 일본인 의사들은 이 질병의 유발 지점에 관한 이론을 발전시켰다. 즉 그들은 폭발 당시 인체에 흡수된 감마선이 뼈의 구성물질인 인燐을 방사능으로 오염시키고, 그런 다음 베타 입자를 방출하여 그 입자들이 피부 깊숙한 곳까지 침투하지는 않더라도 조혈을 담당하는 골수에 침투하여 점진적으로 골수를 파괴시킨다고 생각했다.

여하튼 원인이 무엇이든 간에 이 질병은 도통 이해할 수 없는 몇몇 특징이 있었다. 환자가 이 질병에 걸렸다고 해서 주요한 증세가 모두 나타나는 것은 아니었다. 예를 들어 섬광 화상을 입은 환자들은 상당수가 이 원자병에 걸리지 않았다. 또 폭발 후 며칠간 또는 단 몇 시간만이라도 안정을 취한 사람들은 이리저리 돌아다닌 사람들보다 발병 확률이 훨씬 적었다. 그리고 또 흰머리는 거의 빠지지 않았다. 그리고 마치 자연이 인간 자신의 재간으로부터 인간을 보호하려는 듯 생식 작용이 한동안 영향을 받았다. 남자들은 불임이 되고 여자들은 유산했으며 생리도 멈추었다.

홍수가 지나가고 열흘 동안 후지이 박사는 오타강에 인접한 산

위에 자리잡은 농가에서 지냈다. 그곳에서 그는 히로시마 동부 교외지역인 가이타이치海田市에 개인병원 한 곳이 비어 있다는 소리를 들었다. 그는 곧장 그 병원을 매입해서 그곳으로 이사를 갔다. 그리고 정복자들에게 경의를 표하는 뜻에서 영어로 된 간판을 내걸었다.

M. FUJII, M. D.

MEDICAL & VENEREAL

(후지이 의학박사 / 내과 · 성병과)

부상에서 거의 회복된 그는 금세 병원 기반을 튼실하게 다잡았고, 또 저녁마다 찾아오는 점령군 군인들을 반갑게 맞이하며 위스키도 후하게 대접하고 영어도 연습했다.

10월 23일, 사사키 박사는 사사키 양에게 프로카인 국소 마취제를 투여한 후 다리를 절개했다. 부상 후 11주 동안이나 고여 있던 고름을 빼내기 위함이었다. 그로부터 며칠 동안 고름이 너무 많이 생겨 사사키 박사는 아침과 저녁으로 사사키 양의 절개 부위를 소독하고 붕대로 감아주어야 했다. 일주일 후 사사키 양이 극심한 고통을 호소하는 바람에 그는 또다시 절개했다. 11월 9일에는 세 번째 절개 수술을 했고, 26일에는 그 부위를 넓혔다. 그러는 동안 사사키 양은 갈수록 쇠약해지고 기력도 떨어졌다. 어느 날, 하쓰카이치에서 그녀에게 일본어판 모파상 소설책을 빌려주었던 젊은 남자가 찾아왔다. 그는 규슈에 간다고 하면서 돌아오면 다시 만나러 오고 싶다고 말했다. 그러나 사사키 양은 별 관심이 없었다. 사사키 박사는 그녀의 다리가 내내 몹시 부어 있고 고통이 심해서 골절 접합은 엄두도 내지 못했다. 11월에 촬영한 엑스선 사진에서 뼈들이 치유되고 있는 것으로 나타났지만, 사사키 양은 이불로 덮어놓은 자신의 왼쪽 다리가 오른쪽 다리보다 거의 9센티미터나 짧고 왼발은 안쪽으로 굽었다는 걸 알고 있었다. 사사키 양은 종종 자신과 약혼했던 남자를 떠올리곤 했다. 누군가 그가 해외에서 돌아왔다고 말해주었다. 그가 자신의 부상에 관해 무슨 소리를 들었는지, 혹여나 부상 때문에 자신을 멀리하는 것은 아닌지 궁금했다.

12월 19일 클라인조르게 신부는 도쿄의 병원에서 퇴원해 집으로 가는 기차를 탔다. 이틀 후 그가 탄 기차가 히로시마 바로 전 정류장인 가이타이치역에 정차했을 때 후지이 박사가 올라탔다. 폭발 후 두 사람이 만난 건 그때가 처음이었다. 그들은 합석했다. 후지이 박사는 부친 기일에 맞춰 1년에 한 번씩 모이는 가족들을 만나러 가는 길이었다. 두 사람은 이번 재앙에서 자신들이 겪은 일들을 늘어놓기 시작했다. 후지이 박사는 자신이 거처하는 곳마다 강 속에 처박힌 사연들을 재미있게 이야기하였다. 그러고 나서 클라인조르게 신부에게 어떻게 지냈는지 물었다. 클라인조르게 신부는 병원에서 지낸 이야기를 해주었다. "의사들이 저보고 조심하랍니다. 그리고 매일 두 시간씩 낮잠을 자라고 지시했어요." 클라인조르게 신부가 말했다.

"요즘 히로시마에서 조심하기가 쉽지 않아요. 너나 할 것 없이 다들 바빠 보여요." 후지이 박사가 말했다.

연합군 군정부의 지령으로 시청의 조직이 새롭게 정비되고 마침내 업무를 개시했다. 원자병의 경중은 저마다 달랐지만, 어느 정도 회복된 시민들이 히로시마로 돌아오고 있었다. 11월 1일 히로시마 인구는 전시 최고 인구의 3분의 1이 넘는 13만 7000명에 달했다. 대부분 교외지역으로 모여들었다. 시 정부는 이러한 시민들을 도시재건사업에 투입하기 위해 온갖 종류의 계획을 실행에 옮겼다. 거리를 청소할 사람을 고용하기도 하고, 고철 파편을 수거할 사람을 고용하기도 했다. 종류별로 수거된 고철이 시청 맞은편에 산처럼 쌓였다. 복귀한 시민들 중 일부는 기거할 판잣집과 움막집을 짓고 근처 작은 공터에 겨울보리를 심었다. 시 당국 또한 1가구용 바라크(막사) 400호를 인가해 건설토록 했다. 공공시설은 보수가 끝나 전기가 다시 들어오고 전차 운행이 재개되었다. 또한 수도국 직원들은 본관과 배관의 누수지점 7만여 곳을 보수했다.

도시계획위원회는 고문관인 캘러머주 출신의 젊고 열정적인, 군정부 소속 존 D. 몽고메리 중위와 함께 히로시마가 어떤 종류의 도시로 재탄생해야 할지 고민하기 시작했다. 폐허로 변하기 전 히로시마는 번성하는 도시였다. 그 때문에 적군의 솔깃한 표적이 되기도 했지만. 그처럼 번성했던 주요한 이유는 히로시마가 일본에서 가장 중요한 군 지휘 및 통신 중심지에 속했기 때문이었다. 만일 일본에 적군이 쳐들어와 도쿄가 함락된다면 이곳 히로시마가 제국의 본영이 되었을 것이다. 그러나 이제는 옛이야기일 뿐, 도시를 재건하는 데 보탬이 되어줄 그런 대규모 군사기지 따위는 없었다. 도시계획위원회는 히로시마가 어떤 주요한 특색을 띤 도시로 거듭날 수 있을지에 대한 뚜렷한 전망 없이, 다소 모호한 문화사업 및 도로 복구 계획으로 얼버무려버렸다. 위원회는 폭이 100미터 가량 되는 간선도로가 뻗어 있는 시가 지도를 작성했다. 또한 이 재난을 기념하는 건물 단지를 조성하고 그 명칭을 국제우호시설이라고 칭하는 계획도 신중히 검토했다.

한편 통계조사자들은 원자폭탄 피해에 관한 수치들을 최대한 도로 수집했다. 그들의 보고에 따르면 사망자는 7만 8150명, 실종자는 1만 3983명, 부상자는 3만 7425명이었다. 미국 측에서는 이러한 수치를 공식적인 것으로 받아들였지만, 시 당국 측에서는 그 누구도 정확한 수치라고 단언하지 않았다. 시간이 경과함에 따라 폐허 더미에서 발견되는 시신의 수가 갈수록 늘어났고, 고이의 선법사善法寺에 안치된 무연고 유골함의 수도 수천 개로 불어났다. 그러자 통계조사자들은 적어도 10만 명의 사람들이 폭탄 투하로 목숨을 잃었다고 말하기 시작했다. 많은 사람들이 복합적인 원인으로 사망했기 때문에 원인별 사망자 수를 정확히 집계하는 것은 불가능했지만, 조사자들의 추산에 따르면 약 25퍼센트가 폭탄에 의한 직접적인 화상으로, 약 50퍼센트가 그 외의 부상으로, 그리고 약 20퍼센트가 방사능 피해의 결과로 사망했다.

재산 피해에 관한 조사자들의 수치는 훨씬 더 믿을 만했다. 9만 채의 건물 중 6만 2000채의 건물이 파괴되었고, 추가로 6000채가 복구가 불가능할 정도로 파괴되었다. 시내 중심지에서 큰 수리 없이 재사용할 수 있는 건물은 현대식 건물 다섯 동뿐이었다. 그러나 이는 일본 건축물이 부실해서 그런 것이 결코 아니었다. 사실 1923년 간토대지진關東大地震 발생 이후 일본의 건축 법규는 대형 건물의 경우, 지붕이 버텨내야 하는 최소한의 하중을 30제곱센티미터에 30킬로그램으로 정해놓았다. 반면에 미국의 법규는 통상적으로 30제곱센티미터에 18킬로그램 이상을 요구하는 경우가 없었다.

과학자들이 히로시마로 떼 지어 몰려왔다. 그들 중 일부는 묘지의 대리석 비석을 움직이는 데 필요한 힘, 히로시마 역 구내의 47량짜리 기차에서 22량을 전복시키는 데 필요한 힘, 다리의 콘크리트 도로를 들어 이동시키는 데 필요한 힘 등을 측정했다. 그리고 그 수치에 기초해 폭발로 인한 압력이 90제곱센티미터 당 5.3톤에서 8.0톤으로 매우 다양했다는 결론을 내렸다. 또 다른 과학자들은 녹는점이 900도인 운모가 폭심지에서 350미터 가량 떨어진 화강암 묘비에서 녹아내린 것, 탄화온도가 240도인 삼나무 전신주가 폭심지에서 4킬로미터가량 떨어진 지점에서 숯으로 변한 것, 히로시마에서 일반적으로 사용되는 녹는점이 1300도인 회색 점토 기왓장 표면이 폭심지에서 550미터 가량 떨어진 지점에서 녹아 있는 것 등을 발견했다. 그리고 기타 특이한 재와 녹아버린 파편들을 추가로 조사한 결과, 폭심지의 지상에서 원폭이 발하는 열은 6000도였다고 결론지었다.

그리고 방사능도 측정했는데, 여기에는 특히 폭심지에서 3킬로미터나 떨어진 교외지역인 다카스高須의 지붕 물받이와 배수관에서 수거한 핵분열 시 생성된 파편이 포함되었다. 이러한 강도 측정을 통해 과학자들은 원자폭탄의 특성에 관해 훨씬 더 중요한 사실을 알게 되었다. 맥아더 장군의 총사령부는 일본 내의 과학 출판물에 실린, 폭탄과 관련된 모든 글을 조직적으로 검열했다. 그러나 이러한 과학자들의 연구 성과는, 순식간에 일본의 물리학자와 의사, 화학자, 언론인, 교수 등은 물론이고 아직 활동 중인 정치인과 군인들까지도 의심할 바 없이 다 아는 상식이 되었다. 다른 나라 사람들이 알기 훨씬 전에, 이미 일본에서는 대부분의 과학자들과 상당수 일반인들이 일본의 핵물리학자들의 추산을 통해 히로시마에 우라늄 폭탄이, 그리고 나가사키에는 더 강력한 플루토늄 폭탄이 투하되었다는 사실을 알게 되었다. 그뿐만 아니라 이론상 10배, 아니 20배 더 강력한 폭탄이 개발될 수 있다는 것도 알게 되었다. 일본 과학자들은 히로시마 상공에 투하된 폭탄의 정확한 폭발 고도와 사용된 우라늄의 대략적인 중량도 추산할 수 있다고 생각했다. 그리고 히로시마에 투하된 이 초보적인 원자폭탄조차도 인간을 그로 인한 원자병에서 완벽히 보호하려면 1.3미터 두께의 콘크리트 엄폐물이 필요할 것이라고 추정했다. 이 과학자들은 이러한 사실을 비롯한 여러 세부적인 사항들을, 미국 측에서 기밀 사항으로 취급하고 있었음에도, 등사판으로 인쇄하고 철해서 소책자로 만들었다. 미국 측은 이러한 소책자의 존재를 알고 있었다. 그러나 주둔군 당국으로서는 이를 추적해서 불순분자의 수중에 넘어갔는지 알아내려면 일본에서 거대한 경찰 조직을 동원해야만 하는 상황이었다. 그들은 차마 이 한 가지를 위해 그렇게까지 할 수는 없었다. 일본 과학자들은 원폭을 기밀로 유지하려는 미국의 노력을 보고 약간 재미있어했다.

1946년 2월 하순, 사사키 양의 친구가 클라인조르게 신부를 찾아와서 병원에 있는 사사키 양을 방문해달라고 부탁했다. 사사키 양은 시간이 흐를수록 우울증이 심해져 병적인 수준에까지 이르렀다. 사는 것 자체에 거의 흥미를 잃은 듯 보였다. 클라인조르게 신부는 몇 차례 그녀를 방문했다. 첫 번째 방문 때 그는 따뜻하고 정중하게 세상 사는 이야기를 나누었고 종교에 관해서는 언급하지 않았다. 두 번째 방문 때는 사사키 양이 직접 종교를 대화의 화제로 꺼냈다. 그녀는 전에 가톨릭신자와 얘기를 나눠본 적이 있는 듯했다. 그녀는 퉁명스럽게 물었다. "신부님의 신이 그토록 선하고 친절하다면 어떻게 이 많은 사람들이 이런 고통을 당하게 두죠? 이상하잖아요?" 그녀는 자신의 짧아진 다리와 병실에서 함께 지내는 다른 환자들 그리고 히로시마 전체를 대변하는 듯한 몸짓을 했다.

"나의 어린 양이여, 현재 인간의 상태는 하느님이 처음 의도하셨던 바가 아니에요. 인간은 원죄를 짓고 하느님의 은총으로부터 멀어졌지요."라고 클라인조르게 신부는 말했다. 그리고 모든 일의 원인에 관해 차근차근 설명해주었다.

한 목수가 히로시마에 판잣집 여러 채를 지어 월 50엔(1950년대 환율을 비교해보면, 1달러 당 엔화는 360엔, 원화는 18원이었음─옮긴이)에 임대한다는 이야기를 들은 나카무라 부인은 귀가 솔깃했다. 나카무라 부인은 채권 증서와 기타 전시적금 증서들을 잃어버렸지만, 다행히 폭탄이 터지기 며칠 전에 번호들을 모두 적어두었다. 그 목록은 가베에 갖고 나왔다. 그녀는 남들 앞에 모습을 드러내도 괜찮을 만큼 머리가 자라자 히로시마에 있는 은행에 갔다. 은행 직원은 번호와 기록을 대조한 후 돈을 지급하겠다고 말했다. 그녀는 돈을 받자마자 그 목수에게 가서 판잣집 한 채를 빌렸다. 그 집은 전에 살던 집터에서 가까운 노보리초에 있었다. 마루도 더럽고 실내도 어두웠지만 어찌 되었건 히로시마에 거처할 집이 생긴 것이다. 더는 시누이에게 폐를 끼칠 수 없었다.

봄이 되자 부근의 불탄 자리를 치우고 채소밭을 일궜다. 또 그잔해 더미를 뒤져 찾아낸 요리도구와 식기류를 이용해 밥도 짓고 음식도 담아 먹었다. 막내 미에코는 다시 문을 연 예수회 유치원에 보내고, 그 위의 두 아이는 건물이 부족해서 실외에 교실을 마련한 노보리초초등학교에 보냈다. 도시오는 자신의 영웅인 오사키 히데오처럼 장래에 기계공이 될 수 있는 공부를 하고 싶어 했다. 물가가 비싸 한여름쯤이 되자 나카무라 부인의 저금이 바닥났다. 그래서 기모노를 팔아 식료품을 장만했다. 예전에 고가의 기모노를 몇 벌 가지고 있었는데, 전쟁 통에 한 벌은 도둑을 맞고, 또 한 벌은 도쿠야마에서 폭격으로 집을 잃은 여동생에게 주었고, 또 두 벌은 히로시마 폭격으로 잃어버렸다. 마침내 마지막 남은 한 벌을 판 것이었다. 그것도 100엔밖에 못 받아 어느새 다 써버렸다. 6월에 그녀는 클라인조르게 신부를 찾아가 어떻게 먹고 살아야 할지 조언을 구했다. 그리고 8월 초순이 되도록 신부가 제시한 두 가지 대안을 놓고 고민을 거듭했다. 점령군 가정의 가정부로 일할 것인가, 아니면 친척에게 500엔 정도를 빌려 녹슨 재봉틀을 고쳐 삯바느질 일을 다시 시작할 것인가.

시코쿠에서 돌아온 다니모토 목사는 우시다에서 빌린 심하게 파손된 집 지붕에 천막을 쳤다. 그래도 여전히 지붕에서 비가 새서 거실이 축축했지만 참고 예배를 보았다. 자신의 히로시마 교회를 원상태로 회복시키기 위해 모금활동을 해야겠다고 생각했다. 목사는 클라인조르게 신부와 꽤 친해져 예수회에 자주 찾아가곤 했는데, 그때마다 부유한 예수회 교회가 부러웠다. 그들은 원하는 건 뭐든 할 수 있을 것처럼 보였다. 반면에 자신에게는 뜨거운 혈기밖에 없었다. 게다가 그마저도 예전 같지 않았다.

예수회는 폐허가 된 히로시마에 비교적 영구적인 건물을 지은 최초의 단체였다. 그 건물은 클라인조르게 신부가 병원에 입원하고 있을 때 지어졌다. 병원에서 퇴원한 그는 돌아오자마자 그 집에서 지냈다. 그리고 시 교단의 동료 사제인 라더만 신부와 함께 규격화된 '바라크' 세 채를 구매하기로 했다. 당시 이 바라크는 시에서 한 채 당 7000엔에 팔았다. 그들은 두 채는 끝과 끝을 연결하여 자그마한 예배당으로 만들고, 나머지 한 채는 식당으로 사용했다. 자재 구입이 용이해지자 그들은 건축업자에게 화재로 소실된 이전 건물과 똑같은 3층짜리 사제관을 지어달라고 의뢰했다. 선교회 구내에서 목수들은 목재를 자르고, 장붓구멍을 도려내고, 장부를 만들고, 나무못 수십 개를 깎고, 나무못을 끼워 넣을 구멍을 뚫었다. 그렇게 차곡차곡 쌓여가던 부품들이 마침내 모두 마련되었다. 그로부터 사흘째 되던 날, 마치 퍼즐처럼 못 하나 박지 않고 건물이 완성되었다.

클라인조르게 신부는 후지이 박사의 말마따나 몸조심을 하고 꼬박꼬박 낮잠을 자는 것이 어려운 일이라는 걸 점점 깨닫고 있었다. 그는 매일 걸어서 일본인 가톨릭신자와 개종의 여지가 있는 사람들을 방문했다. 시간이 흐를수록 피곤함도 심해졌다. 6월에 히로시마 《추고쿠신문》에 실린 기사를 읽었는데, 내용인즉 생존자들은 고된 일을 피하라는 것이었다. 그렇다면 도대체 뭘 하라는 말인가. 7월이 되자 그는 완전히 기력이 쇠했고, 급기야 8월 초순 원자폭탄 투하 1주년에 임박해서 도쿄에 있는 국제성모병원에 다시 입원했다. 그리고 그곳에서 한 달 동안 요양했다.

삶에 관한 클라인조르게 신부의 대답이 궁극적이고 절대적인 진리인가에 상관없이, 사사키 양은 여하간 그 이후부터 빠르게 체력을 회복하는 듯 보였다. 사사키 박사는 이러한 변화를 알아채고 클라인조르게 신부에게 축하의 말을 전했다. 4월 15일, 사사키 양의 체온과 백혈구 수는 정상을 회복했고 상처 부위의 감염도 잦아들기 시작했다. 20일에는 고름도 거의 생기지 않았고 부상 후 처음으로 목발을 짚고 복도를 휘청대며 걸어 다녔다. 닷새 후에는 상처가 치유되기 시작해 그 달 말일에 드디어 병원에서 퇴원했다.

초여름 동안 사사키 양은 가톨릭으로 개종할 준비를 했다. 그 기간에도 그녀의 병세는 엎치락뒤치락했다. 우울증도 뿌리가 매우 깊었다. 자신이 평생 절름발이로 살아야 한다는 걸 알았고, 약혼자는 그런 자신을 한 번도 보러 오지 않았다. 고이의 산비탈에 위치한 집에서 책을 읽거나 부모님과 동생을 앗아간 히로시마의 폐허를 내다보는 것 이외에 달리 할 수 있는 일이 없었다. 또 불안증도 있어 예상치 못한 소리가 들리기라도 하면 잽싸게 목에 손을 갖다 대곤 했다. 다친 다리는 여전히 아팠다. 그녀는 그곳을 자주 쓰다듬고 토닥였다. 마치 다리를 위로하기라도 하는 것처럼.

적십자병원의 운영이 정상으로 돌아오기까지 6개월이나 걸렸는데 사사키 박사의 경우는 훨씬 더 오래 걸렸다. 시에서 전력을 복구할 때까지 병원은 뒤뜰에 있는 일본 육군의 발전기에 의지해 근근이 버텨나가야 했다. 또 수술대, 엑스선 촬영기, 치과용 의자 등 복잡하고 중요한 기구들은, 많지는 않지만 꾸준히 이어지는 타 도시의 기부에 의존해 구비했다. 일본은 체면을 중시하는 나라였고 이 점에서는 공공단체도 예외는 아니었다. 다름 아니라 기본적인 의료설비 수준이 정상으로 회복되기 훨씬 이전에, 적십자병원 이사진은 정면 외벽에 노란 화장벽돌을 붙여 병원 건물을 히로시마에서 가장 멋진 건물로 변신시켰다. 거리에서 바라볼 때만큼은 말이다.

처음 넉 달 동안 사사키 박사는 병원 의료진 중에서 유일한 외과의사였기 때문에 거의 병원을 뜰 수 없었다. 그 후에는 차츰 자신의 사생활에도 신경을 쓸 틈이 나기 시작했다. 그는 이듬해 3월에 결혼했다. 빠진 체중도 어느 정도 회복되었다. 하지만 식욕은 간신히 괜찮은 정도에 머물렀다. 사실 폭탄이 터지기 이전에 그는 매끼 주먹밥을 네 개씩 먹곤 했는데, 그로부터 1년이 지난 지금은 겨우 두 개 정도밖에 먹지 못했다. 그는 항상 피곤했다. "하지만 이 도시 전체가 피곤하다는 사실을 잊어선 안 돼."라고 그는 되뇌곤 했다.

원자폭탄이 투하된 지 1년 후, 사사키 양은 절름발이가 되었고 나카무라 부인은 가난에 허덕였다. 클라인조르게 신부는 재입원했으며, 사사키 박사는 예전만큼 일을 할 수 없었다. 또 후지이 박사는 수년이 걸려 장만한 서른 개 병실을 갖춘 병원을 잃었고, 그런 병원을 다시 지을 가망도 전혀 없었다. 다니모토 목사의 교회는 폐허로 변했고, 그의 남다른 활력도 더는 찾아볼 수 없었다. 히로시마에서 가장 운이 좋은 사람들에 속한 이 여섯 사람의 삶은 결코 같을 수 없었다. 각자가 겪은 경험과 원자폭탄의 사용에 관한 그들의 생각도 물론 저마다 달랐다. 그렇지만 공통적으로 느끼는 듯한 감정이 하나 있었는데, 바로 진귀한 유형의 의기양양한 공동체 정신이었다. 이는 독일군의 대공습 이후 런던 시민들이 보인 태도와 비슷한 것으로, 그들은 자신과 동료 생존자들이 끔찍한 시련을 함께 견뎌냈다는 자긍심을 가지고 있었다. 참사 1주년이 임박했을 무렵, 다니모토 목사는 미국인 지인에게 보낸 편지에 이러한 감정을 토로했다.

첫날 밤 목격한 광경에 내 가슴이 얼마나 찢어질 듯 아팠는지! 자정 무렵 나는 강둑에 도착했다네. 그런데 너무도 많은 부상자들이 바닥에 누워 있어서 앞으로 나아가려면 다리를 크게 벌리고 그들 위로 넘어 다녀야 했어. 난 "죄송합니다!"라는 말을 연신 외치며 강가로 가서 물을 한 통 길어다가 한 사람 한 사람에게 물을 건넸지. 그러자 그들은 상체를 천천히 일으키고 고개를 숙여 인사를 하며 물을 받아서 조용히 들이켰어. 물이 조금이라도 남아 있으면 따라버린 후에 컵을 돌려주었지. 또 진심 어린 표정으로 감사의 마음을 전하더군. 이렇게 말하는 사람도 있었어. "집 더미 아래 파묻힌 여동생을 도와줄 수 없었어요. 눈을 심하게 다친 어머니를 돌봐야 했거든요. 그리고 이내 집에 불이 나는 바람에 간신히 목숨만 건졌답니다. 보세요, 저는 집도 가족도 잃고, 게다가 저마저도 심하게 다쳤어요. 하지만 이제 저는 조국을 위해 제가 가진 모든 걸 바쳐 이 전쟁을 완수하기로 결심했어요." 그렇게 그들은 내게 맹세했지.

심지어 여자와 아이들까지도 말일세. 완전히 기진맥진한 나는 그들 틈에 누웠지만 잠이 오지 않았어. 이튿날 아침 일어나 보니 내가 물을 나눠주었던 사람들 대부분이 죽어 있더군. 하지만 정말 놀라운 건 누구 하나 수선을 떨며 울지 않았다는 거야. 그토록 끔찍한 고통을 겪으면서도 말이지. 그들은 이를 악물고 고통을 참으며 아무런 여한 없이 조용히 죽음을 맞이했지. 모두 조국을 위해서라네.

히로시마 대학의 문리대 교수이고 우리 교회의 신도이기도 한 히라이와 교수는 폭탄이 터진 날 도쿄대학에 다니는 아들과 함께 이층집 아래에 깔리는 처지에 놓였다네. 두 사람은 엄청난 무게에 눌려 옴짝달싹할 수 없었지. 게다가 이미 집에 불이 붙은 상태였어. 그때 아들이 이렇게 말했다더군. "아버지, 이 상태로는 아무것도 할 수 없어요. 조국을 위해 우리의 생명을 바치기로 결심하는 것 말고는요. 그러니 우리 함께 천황 폐하를 위해 만세를 불러요." 히라이와 교수는 아들을 따라서 "천황 폐하 만세, 만세, 만세!"라고 외쳤다더군. 그런데 히라이와 교수는 "이상하게 들리겠지만 천황에게 만세를 외치는 순간 마음이 차분해지고 밝아지고 평화로워졌어."라고 말하더군. 그 후 아들이 먼저 잔해에서 빠져나와 아버지를 구해주었다네. 그렇게 두 사람은 목숨을 건졌지. 당시 겪은 일을 떠올릴 때마다 히라이와 교수는 이렇게 말하곤 한다네. "우리가 일본인이라는 것이 얼마나 행운이란 말인가! 천황을 위해 목숨을 바치기로 결심한 순간, 일본 민족 고유의 정신을 처음으로 깊게 알았네."

히로시마여학원 학생이고 우리 교회 신도의 자녀이기도 한 노부토키 가요코 양은, 친구들과 함께 어느 사찰의 육중한 담장 옆에서 쉬고 있었다네. 원자폭탄이 투하되는 순간, 그 담장이 그들을 덮쳤지. 그런 육중한 담장 밑에 깔려 꼼짝도 못하고 있는데, 틈새에서 연기까지 스며들어와서 그들은 질식할 지경이었다네. 그때 여학생 한 명이 일본 국가인 '기미가요'를 부르기 시작했고, 나머지 여학생들도 따라 합창을 하다 목숨을 잃었지. 가요코 양은 담장의 틈새를 발견하고 죽기 살기로 그곳을 빠져나왔다네. 적십자병원으로 실려 간 가요코 양은 당시 국가를 합창하던 기억을 더듬으며 사람들에게 친구들이 어떻게 죽어갔는지 이야기해주었다네. 고작 열세 살밖에 안 된 아이들이었는데.

맞아, 히로시마 사람들은 원자폭탄이 터졌을 때 의연하게 죽음을 맞이했다네. 그것이 천황을 위한 일이라고 믿으며 말일세.

놀랍게도 히로시마 사람들 대부분이 원자폭탄 사용에 관한 윤리적 문제에 다소 무관심했다. 아마 너무 무서워서 떠올리기조차 싫었을지도 모른다. 심지어 원자폭탄에 관해 많은 걸 알려고도 하지 않았다. 원자폭탄에 관해서는 나카무라 부인이 이해하는 정도, 그리고 그녀가 품고 있는 두려움 정도가 일반적인 것이었다. 예를

들어 나카무라 부인은 원자폭탄에 관해 질문을 받으면 이렇게 말하곤 했다. "원자폭탄은 성냥갑 크기만 해요. 뿜어내는 열은 태양의 6000배나 되고, 공중에서 터져요. 그 안에 라듐이 좀 들어 있는데, 그게 무슨 작용을 하는지는 모르지만, 하여간 그게 결합할 때 폭발이 일어난다고 하네요." 원자폭탄 사용에 관해서는 또 이렇게 말하곤 했다. "전쟁 중이었으니까, 그 정도는 예상했어야 해요." 그러고 나서는 "시카타가나이.しかたがない."라고 덧붙여 말하곤 했는데, 이는 러시아어의 '니치보ничего'에 해당하는 표현으로, 일본어로 '어쩔 수 없다'라는 뜻이었다. 후지이 박사도 어느 날 밤 클라인조르게 신부에게 폭탄 사용에 관해 독일어로 거의 비슷한 말을 했다. "다 이스트 니히츠 주 마흔.Da ist nichts zu machen." 이 또한 '뭐 별수 없다'라는 뜻이었다.

하지만 미국인에 대한 증오심만큼은 대다수 히로시마 시민들의 마음속에서 사그라지지 않았다. 아마 그 무엇으로도 지울 수 없으리라. 사사키 박사는 일전에 이렇게 말했다. "그들이 지금 도쿄에서 전범자들을 재판하고 있다는 걸 알아요. 저는 말이죠, 원자폭탄을 사용하기로 결정한 사람들도 재판해서 모두 교수형에 처해야 한다고 생각해요."

클라인조르게 신부를 비롯한 예수회의 독일인 사제들은 외국인인 만큼 상대적으로 객관적인 견해를 갖고 있었을지도 모른다. 그들은 종종 폭탄 사용에 관한 윤리적 문제를 토론하곤 했다.

특히 폭탄 투하 당시 나가쓰카에 가는 바람에 히로시마에 없었던 지메스라는 사제는 로마 교황청에 다음과 같은 보고서를 써 보냈다.

저희들 중 일부는 원자폭탄을 독가스와 동일한 범주에 넣어 민간인에게 사용하는 것을 반대하고 있습니다. 반면에 일본에서 줄곧 진행 중이던 총력전의 경우는 민간인과 군인을 따로 구분하지 않기 때문에, 폭탄 그 자체가 유혈 사태를 종지부 찍을 수 있는, 즉 일본을 항복시켜 총체적인 파괴를 막을 수 있는 효과적인 경고 수단이라고 생각하는 사람도 있습니다. 총력전을 원칙적으로 지지하는 사람이라면 민간인에 대한 전쟁 행위를 불평해선 안 된다는 견해는 꽤 논리적으로 보입니다. 그런데 이 문제의 난점은 현 형태의 총력전이 과연 정당화될 수 있는가 하는 점입니다. 아무리 정당한 목적을 위한 것일지라도 말이죠. 총력전이 제 아무리 선한 결과를 낳더라도 그 선을 상쇄하고도 남을 만큼 심각한 물질적, 정신적 악을 초래하지는 않을까요? 우리 도덕주의자들은 이런 질문에 언제쯤 명확한 대답을 할 수 있을까요?

히로시마에 폭탄이 터진 당일에 생존한 아이들의 마음속에 어떤 공포가 각인되었을지 아는 것은 불가능하다. 표면적으로 아이들은 그 재난을 겪은 지 수개월이 지나자 짜릿한 모험을 한 것처럼 회상

했다. 폭발 당시 열 살이었던 나카무라 도시오는 얼마 지나지 않아 스스럼없이, 심지어 명랑하게 당시 경험을 이야기할 수 있었다. 또 1주년이 되기 바로 몇 주 전에는 노보리초초등학교에서 마치 보고서를 작성하는 투의 작문을 해서 담임선생님에게 제출했다.

폭탄 투하 전날 저는 수영을 하러 갔습니다. 그날 아침에는 땅콩을 먹고 있었습니다. 그리고 불빛을 봤습니다. 저는 어린 여동생이 자고 있는 곳으로 날아가 떨어졌습니다. 우리가 살아서 나왔을 때는 저 멀리 전차만 보였습니다. 엄마와 저는 짐꾸러미를 싸기 시작했습니다. 이웃 사람들이 화상을 입고 피를 흘리며 걸어 다니고 있었습니다. 하타야 아줌마가 저에게 함께 도망가자고 말했습니다. 저는 엄마를 기다리고 있다고 말했습니다. 우리는 공원으로 갔습니다. 회오리바람이 불어왔습니다. 밤에 가스탱크에 불이 났고, 저는 강에서 그 빛이 반사되는 것을 봤습니다. 우리는 공원에서 함께 잤습니다. 다음날에는 다이코 다리에 갔다가 여자 친구 기쿠키와 무라카미를 만났습니다. 두 사람은 엄마를 찾고 있었습니다. 하지만 기쿠키의 엄마는 부상을 당했고, 무라카미의 엄마는 가엾게도, 죽었습니다.

5

원폭 투하 40년 후

전쟁은 원자폭탄과 소이탄 투하로 일본인들을 희생시켰고, 일본에게 침략당한 중국의 민간인들을 희생시켰으며, 죽을 수도 있고 불구가 될 수도 있는 전쟁에 마지못해 끌려나온 어린 일본인 병사와 미국인 병사들을 희생시켰다. 그리고 또 일본인 매춘부와 그들이 낳은 혼혈아도 희생시켰다.

나카무라 하쓰요 부인

나카무라 하쓰요 부인은 몸이 약하고 가난했지만 아이들과 자신의 생존을 위해 수년 간 계속될 용감한 사투를 시작했다.

그녀는 녹슨 산고쿠 재봉틀을 수리해서 삯바느질을 시작했고, 자신보다는 형편이 나은 이웃집에 가서 청소와 빨래, 설거지를 했다. 하지만 몸이 쉬이 지쳐 사흘 일하고 나면 이틀은 꼭 쉬어야 했고 사정이 생겨 한 주 내내 일을 해야 하는 경우에는 사나흘을 쉬어야 했다. 그렇게 번 돈으로 그녀는 가까스로 가족들의 끼니를 해결했다.

이처럼 불안정한 시기에 나카무라 부인은 병에 걸렸다. 배가 부풀어오르더니 설사도 나고 통증도 심해 더는 일을 할 수가 없었다. 근처에 사는 의사가 왕진을 왔다. 그는 진찰을 하더니 배에 회충이 생겼다면서, "이 회충이 장을 뜯어먹으면 아주머니는 죽어요."라고 잘못된 말을 했다. 당시 일본은 화학비료가 부족하여 농가에서 분뇨를 거름으로 사용했다. 그러다 보니 사람들 뱃속에 회충이 기생하는 경우가 많았다. 일반인의 경우 회충이 생명에 큰 지장을 주지 않았지만, 원자병에 걸린 사람의 경우에는 체력을 급격하게 쇠약하게 만드는 원인이 되었다. 의사는 나카무라 부인에게 쑥류 식물에서 추출한 산토닌을 처방했는데, 이 약은 복용할 때 주의를 요하는 다소 위험한 약이었다(의사가 이러한 점을 나카무라 부인에게 설명했을 테지만 말이다). 의사에게 치료비를 내기 위해 그녀는 마지막 남은 소중한 재산, 즉 남편의 재봉틀을 팔아야 했다. 그때가 나카무라 부인에게는 인생에서 가장 힘들고 슬픈 순간이었다.

히로시마와 나가사키 원자폭탄을 겪은 사람들을 지칭할 때, 일본인들은 '생존자'라는 단어를 가급적 사용하지 않으려 했다. 살아 있다는 점에 초점을 맞춘 이 단어는 숭고한 죽음을 맞은 자들을 다소 경시하는 듯한 느낌을 줄 수도 있기 때문이었다. 대신 나카무라 부인과 같은 부류의 사람들을 지칭할 때 '피폭자被爆者'(일본어로 '히바쿠샤ひばくしゃ'라고 읽음—옮긴이)라는 다소 중립적인 단어가 사용되었다. 폭탄이 투하되고 십여 년이 지나도록 피폭자들은 경제적으로 매우 불안한 처지에 놓여 있었다. 일본 정부는, 승전국인 미국이 저지른 극악무도한 행위에 대한 도덕적 책임 등을 비롯하여 그 어떤 책임도 지고 싶지 않은 것이 분명했다.

수많은 피폭자들이 원자폭탄에 노출되는 바람에 끔찍한 고통에 시달려야 했고, 그 증세의 특성과 정도 또한 다른 폭격 생존자들과 매우 달랐다. 심지어 소이탄 폭격이 무시무시했던 도쿄와 기타 지역의 생존자들과도 달랐다. 이러한 사실이 명백히 드러났음에도 일본 정부는 피폭자 구호를 위한 특별 대책을 전혀 마련하지 않았다. 그런데 1954년 비키니 환초에서 행해진 미국의 수소폭탄 실험으로 인해 일본 어선인 제5 후쿠류마루福龍丸, Lucky Dragon의 선원 23명과 창고에 쌓여 있던 참치가 방사능에 노출되는 사건이 발생했다. 그로 말미암아 일본 전역에 분노의 폭풍이 일자 일본 정부는 그제야 태도를 바꾸었다. 하지만 그러고 나서도 피폭자들을 위한 구호법인 원폭의료법이 국회에서 통과되기까지 무려 3년이 더 걸렸다.

나카무라 부인이 알 리는 없었지만, 이러한 이유로 그녀의 앞날은 암울할 수밖에 없었다. 게다가 종전 직후 몇 년 동안 히로시마에서는 무질서와 굶주림, 탐욕, 절도, 암시장이 판을 쳐서 그녀와 같은 가난한 사람들이 살기가 더 힘들었다. 게다가 피폭자가 아닌 고용주들은 피폭자들에 대한 편견이 심해서 그들을 고용하기를 꺼렸다. 피폭 생존자들은 온갖 질병에 걸리기 쉽다는 소문 때문이었다. 그뿐만 아니라 나카무라 부인처럼 신체 장애가 없고 겉으로 심각한 증세가 나타난 적이 없는 사람들마저도 믿을 수 없다는 소문이 나돌았다. 이는 나카무라 부인이 그랬듯이 그런 부류의 사람들 대부분이 도통 영문을 알 수 없지만 분명 실제로 존재하는 불쾌감을 겪는 것처럼 보였기 때문이다. 이러한 불쾌감은 후에 만성적인 원폭성 질병의 일종으로 알려졌다. 예를 들어 그들은 늘 허약하고 피곤했고, 간헐적으로 현기증 증세를 보였으며, 소화불량으로 고생했다. 또한 우울감과 파멸감이 모든 것을 더 악화시켰다. 이러한 심적 고통은 이루 다 말할 수 없는 무서운 질병들이 언제라도 피폭자의 몸에, 심지어 그들 자손의 몸에까지 고약한 꽃을 심을지도 모른다는, 항간에 떠도는 추측에서 비롯되었다.

나카무라 부인은 하루하루 연명하느라 바빠 폭탄이나 그 밖의 다른 것들에 관해 자신의 태도를 표명할 시간이 전혀 없었다. 신기하게도 그녀를 지탱해주는 힘은 오히려 수동적인 태도였다. 이를 한마디로 표현하면 '어쩔 수 없다'라는 뜻의 일본어 '시카타가나이'이다. 나카무라 부인은 간혹 이 표현을 직접 입에 올리기도 했다. 나카무라 부인은 종교적인 사람은 아니었지만, 사람은 집착을 버림으로써 깨달음을 얻을 수 있다는 불교적 신념이 깊숙이 밴 문화 속에 살았다. 다시 말해서 그녀는 당시 여느 일본인들과 다를 바 없이 1868년 메이지유신 이래 그 어느 때보다 강력해진 신성불가침의 국가 권위에 직면해 깊은 무력감에 빠져 있었다. 또한 그녀가 목격한 지옥과 그 끔찍한 여파는 인간의 이해력이 미치는 범위를 훨씬 뛰어넘는 것이었다. 그 때문에 그것이 분노해야 할 인간의 소행, 예를 들어 '에놀라 게이Enola Gay'(히로시마에 원자폭탄을 투하한 B-29 폭격기 ― 옮긴이) 조종사나 트루먼 대통령, 원자폭탄을 개발한 과학자들, 또는 멀리서 찾을 필요도 없이 전쟁을 일으킨 일본 군국주의자들 등의 소행이라고 여길 엄두조차 내지 않았다. 대신 그녀에게 원자폭탄은 거의 자연재해처럼 보였다. 즉 자신이 겪는 고통은 운이 없어서라고, (그저 받아들여만 하는) 운명이겠거니 하고 단순히 생각했다.

구충제를 복용하고 증세가 호전되자, 나카무라 부인은 다카하라 씨 빵집에서 배달 일을 했다. 빵집은 노보리초에 있었다. 그녀는 체력이 받쳐주는 날이면 이웃 소매점에서 빵 주문을 받아서 이튿날 아침에 필요한 수만큼의 빵을 가져다 바구니와 상자에 담아 시내를 누비며 각 소매점에 배달했다. 체력 소모가 몹시 많은 일이다 보니 쉬어야 하는 날이 많았다. 그녀는 이 일로 하루에 180엔 정도의 돈을 벌었다.

얼마 후, 몸이 꽤 튼튼해진 것 같다는 생각이 든 나카무라 부인은 행상도 시작했다. 어둑어둑할 때 일어나서 임대한 이륜 손수레를 밀고 두 시간여 도시를 가로질러 에바江波 구역으로 갔다. 그곳은 히로시마를 관통해 흐르는 오타강의 일곱 개 지류 중 하나인 강의 입구에 있었다. 동틀 무렵 그곳에서 어부들은 정어리를 잡으려고 납추가 달린 치마처럼 생긴 투망을 던지곤 했다. 나카무라 부인은 어부들이 그물을 끌어올릴 때 그들을 도와 잡힌 정어리를 한데 모았다. 그런 다음 그녀는 정어리를 실은 손수레를 끌고 다시 노보리초로 가서 어부들을 대신해 가가호호 방문하며 정어리를 팔았다. 이렇게 해서 번 돈은 간신히 먹고 살 정도밖에 안 되었다.

몇 년 후, 나카무라 부인은 가끔씩 휴식이 필요한 자신에게 더 안성맞춤인 일을 찾았다. 어느 정도까지는 개인적으로 시간이 날 때 하면 되는 일이었다. 그것은 히로시마 시민 대다수가 배달로 받아 보는 히로시마《추고쿠신문》의 구독료를 수금하러 다니는 일이었다. 담당 지역이 꽤 넓은 편이었는데, 방문 시 구독자가 집에 없거나 지금은 돈이 없다고 다음에 오라고 하는 경우가 종종 있어서 한 집을 여러 번 가는 일이 다반사였다. 이 일의 수입은 한 달에 7200엔(20달러) 정도였다. 매일 그녀는 의지력과 피곤함 사이에서 팽팽한 줄다리기를 했다.

1951년, 몇 년 동안의 고생 끝에 나카무라 부인은 조금 더 나은 집으로 이사를 갈 수 있는 자격을 갖추게 되었다. 그것 또한 그녀의 행운이었고, (받아들여야 하는) 운명이었다. 2년 전 플로이드 W. 슈모라는 사람이 히로시마를 찾았다. 퀘이커교도이며 워싱턴대학교의 수목학 교수인 그는 마음속 깊은 곳에서 우러나오는 속죄와 화해의 욕구에 이끌려 찾아온 듯 보였다. 그는 일단의 목수들을 모았다. 그리고 자신과 목수들의 손으로 원자폭탄 피해자들을 위한 일본식 집을 한 채, 두 채 짓기 시작했다. 그렇게 해서 지어 올린 집이 총 스물한 채가 되었다. 그런데 운 좋게도 그중 한 채가 나카무라 부인에게 할당된 것이다. 일본인들은 주택의 면적을 측정할 때 '평'이라는 단위를 사용했는데, 1평은 3.3제곱킬로미터였다. 슈모 하우스(히로시마 사람들은 그 집을 그렇게 부르곤 했다)는 6평짜리 방이 두 개 있었다. 그런 집에 살게 되다니, 나카무라 부인에게는 엄청난 발전이었다. 그 집에서는 신선한 나무 냄새와 청결한다다미 냄새가 났다. 시청에 내야 하는 집세는 한 달에 360엔 정도였다.

집이 가난했음에도 나카무라 부인의 자녀들은 무럭무럭 자라는 듯했다. 두 딸 야에코와 미에코는 빈혈이 있었지만, 셋 모두 그때까지 그보다 더 심각한 후유증은, 즉 당시 많은 나이 어린 피폭자들이 시달리던 심각한 후유증은 없이 지냈다. 이제 열네 살이 된 야에코와 열한 살이 된 미에코는 중학생이 되었다. 아들 도시오는 고등학교에 진학하기로 했기 때문에 학비를 마련하기 위해 돈을 벌어야 했다. 도시오는 어머니가 구독료를 수금하러 가는 집집마다 신문을 배달하는 일을 시작했다. 그곳들은 슈모 하우스에서 조금 멀리 떨어져 있었기 때문에 두 사람은 남들보다 일찍 전차를 타고 출근해야 했다.

노보리초의 낡은 오두막이 한동안 비어 있어서 나카무라 부인은 신문 구독료를 수금하는 틈틈이, 그 집을 아이들을 대상으로 하는 작은 가게로 개조했다. 그리고 집에서 구워온 고구마와 도매상에서 사온 사탕과 떡, 막과자와 값싼 장난감을 팔았다.

오래 전부터 나카무라 부인은 파라겐이라고 불리는 좀약을 만

드는 스야마화공이라는 작은 회사에서 신문 구독료를 수금해왔다. 나카무라 부인의 친구 한 명이 그 회사에 다녔는데, 어느 날 그 친구가 나카무라 부인에게 자기네 회사에 들어와서 제품 포장하는 일을 도우면 어떻겠냐고 제안했다. 알고 보니 스야마화공의 사장은 동정심이 많고, 대부분의 다른 고용주들과 달리 피폭자에 대한 편견이 없었다. 스무 명의 포장 담당 여직원 중에도 피폭자가 몇 명 있었다. 나카무라 부인은 자신은 연달아 며칠씩 근무할 수 없어서 안 되겠다고 제안을 거절했다. 그러나 그 친구는 포기하지 않고, 사장이 그런 사정을 충분히 이해해줄 거라면서 설득했다.

그렇게 해서 나카무라 부인은 그 회사에 다니기 시작했다. 회사 유니폼을 입은 여직원들은 두 대의 컨베이어벨트 양쪽에 약간 구부정하게 서서 두 종류의 파라겐을 가능한 민첩하게 셀로판지로 포장했다. 파라겐은 머리가 핑 돌 정도로 냄새가 독했고 처음에는 눈이 욱신거렸다. 파라겐은 주성분인 파라디클로로벤젠 분말을 압축해 마름모형의 좀약과 그보다 좀 더 큰, 작은 오렌지 크기만 한 구형 좀약으로 제조되어 일본의 재래식 변소에 걸렸다. 그러면 파라겐의 코를 찌르는 약품 냄새가 재래식 변소에서 나는 불쾌한 냄새를 없애주었다.

나카무라 부인은 초보자였기 때문에 170엔(약 50센트)을 일당으로 받았다. 처음에 일이 익숙하지 않아 갈팡질팡하고 몹시 피곤했을 뿐만 아니라 속도 메스꺼웠다. 그녀의 상사는 창백해진 그녀를

보고 걱정했다. 그러다 보니 쉬는 날도 많았다. 그러나 조금씩 공장 일에 익숙해지고, 친구도 사귀었다. 가족 같은 분위기였다. 일당도 올랐다. 오전과 오후에 각각 10분간 휴식시간이 있었는데, 그때는 컨베이어벨트가 멈췄다. 휴식시간에 직원들은 한데 모여 즐겁게 수다도 떨고 한바탕 웃기도 했다. 그녀도 거기에 끼어 즐거운 시간을 보냈다. 원래 그녀의 기질 속 깊은 곳에는 명랑함이 자리잡고 있었던 듯했다. 그리고 바로 그 명랑함이야말로, 즉 '어쩔 수 없는 일이지'라고 말하는 단순한 굴복보다 더 따뜻하고 생동감 넘치는 그 내면의 기질이야말로, 원폭성 무기력증에 대항한 기나긴 싸움을 버텨낼 수 있는 동력이었던 것이 분명했다. 함께 일하는 여직원들은 나카무라 부인을 좋아했다. 그녀도 항상 그들에게 작은 호의를 베풀었다. 여직원들은 그녀를 '오바상おばさん'이라고 다정하게 부르곤 했는데, 이 호칭은 '이모'라는 뜻이었다.

나카무라 부인은 13년 동안 스야마화공에서 일했다. 지금까지도 그녀의 에너지는 이따금씩 원폭증과 싸우는 데 쓰이고 있지만, 1945년 그날의 혹독한 시련은 점차 그녀의 마음 한 구석으로 뒷걸음치고 있는 듯 보였다.

1954년, 제5 후쿠류마루 사건이 일어났다. 나카무라 부인이 스야마화공에서 근무하기 시작한 이듬해 일이었다. 그 사건의 여파로 일본 열도에 분노의 열기가 휘몰아치자, 그제야 히로시마와 나가사키 원폭 희생자를 위한 의료 지원 문제가 정치적 사안으로 떠올랐다. 1946년 이후 거의 매년 히로시마 원폭 기념일에 평화추모제가 공원에서 개최되었다. 그 공원은 도시계획자들이 도시를 재건할 때 추모의 중심지로 마련해둔 장소였다. 그리고 1955년 8월 6일, 세계 각국 대표자들이 제1회 원수폭 금지 세계대회에 참석하고자 그 공원에 모였다. 또 그 이튿날 다수의 피폭자들이 자신들의 곤경을 방치하는 정부의 무책임한 태도에 대해 눈물로 호소하며 증언했다. 일본 정당들은 이러한 호소를 검토하기 시작했고, 마침내 1957년 일본 국회는 원폭의료법을 통과시켰다. 이 법과 차후 개정법들은 지원 자격이 되는 사람들을 4등급으로 정의했다. 구체적으로 원폭 투하 당일 시 경계선 안에 있던 사람, 원폭 투하 직후 14일 이내에 폭심지에서 반경 2킬로미터 이내 지역으로 들어간 사람, 응급조치 실시 과정이나 시신 처리 과정에서 원폭 희생자들과 신체 접촉이 있었던 사람, 이 세 범주 중 어느 한 범주에라도 속한 여성의 자궁에 태아로 있던 사람이 이에 속했다. 이러한 피폭자들에게는 이른바 건강수첩이라는 것을 받을 자격이 주어졌는데, 이 수첩이 있으면 무료로 의료 혜택을 받을 수 있었다. 그뿐만 아니라 차후 개정된 법에 따라 각종 후유증에 시달리는 희생자들은 매월 수당을 지급받았다.

다른 많은 피폭자들처럼 나카무라 부인은 모든 정치적 선동활동을 멀리했다. 그뿐만 아니라 다른 생존자들 대부분이 그랬던 것처럼, 심지어 피폭자 건강수첩이 발행된 지 3, 4년이 지나도록 수

첩조차 받으려고 하지 않았다. 너무 가난해서 꾸준히 병원을 다닐 수 없었던 나카무라 부인은 몸이 아무리 안 좋아도 되도록 혼자서 해결하는 습관이 이미 몸에 배어 있었다. 게다가 나카무라 부인은 일부 다른 생존자들과 마찬가지로, 연례 추모식이나 회의에 참석하는 정치적 성향을 지닌 사람들 중 일부가 뭔가 불순한 동기를 품고 있다고 생각했다.

아들 도시오는 고등학교를 졸업하자마자 일본국유철도의 버스 사업부에 취직했다. 관리국에 배치된 그는 처음에는 시간표 관리를, 후에는 회계 업무를 맡아 보았다. 20대 중반에 신부의 가족을 아는 친척의 소개로 결혼했다. 또 슈모 하우스를 증축한 후 이사를 들어와서 어머니를 부양하기 시작했다. 어머니에게 새 재봉틀을 선물하기도 했다.

큰딸 야에코는 중학교를 졸업한 직후인 열다섯 살에 히로시마를 떠나, 일본식 여관을 운영하는 몸 아픈 이모를 도왔다. 그리고 여관에서 식사를 하던 남자와 사랑에 빠져 결혼 적령기에 연애결혼을 했다.

세 자녀 중 원폭성 후유증에 가장 많이 시달린 미에코는 고등학교를 졸업한 후 타자 전문가가 되어 타자 학교의 선생님이 되었다. 또 결혼 적령기에 혼담도 이루어져 결혼했다.

모친저럼 세 사녀 모두 피폭자 구호나 반핵운동을 멀리했다.

1966년 55세를 맞이한 나카무라 부인은 스야마화공에서 퇴직했다. 직장생활 말미에는 월급이 3만 엔에 달했다. 세 자녀는 모두 자립했고 도시오는 나이든 어머니를 부양할 준비가 되어 있었다. 나카무라 부인은 이제 몸도 편안해졌다. 또 필요할 때 쉴 수 있었고, 자신에게 발행된 1023993번 건강수첩을 결국 수령했기 때문에 의료비를 걱정할 필요도 없었다. 인생을 즐길 때가 온 것이었다. 선물을 줄 수 있다는 즐거움에 나카무라 부인은 자수도 놓고, 행운을 가져다준다는 일본의 전통인형 기메코미 인형도 만들었다. 또 화사한 기모노를 입고 일주일에 한 번씩 일본민요연구회에 춤을 추러 갔다. 정해진 동작에 따라, 표현이 풍부한 몸짓으로, 이따금씩 양손으로 기모노 소맷자락의 긴 주름을 들어올리기도 하고 고개를 높이 쳐들기도 하면서, 서른 명의 유쾌한 여성들과 함께 상량식 축하 노래에 맞춰 둥둥 떠다니듯 춤을 추었다.

일천 세대 동안
팔천 세대 동안
가내 두루 번성하소서.

퇴직하고 1년 정도 지난 후에 나카무라 부인은 유족협회라고 불리는 단체로부터 도쿄의 야스쿠니 신사 참배를 위한 기차여행에 초대를 받았다. 100명가량의 전쟁미망인이 이 여행에 함께 참여할 예정이었다. 1869년에 건립된 야스쿠니 신사는 외세와의 전쟁에 나가서 싸우다 죽은 모든 일본인들의 혼령을 받들어 모시는 곳이다. 이 성지는 국가를 상징한다는 측면에서 미국의 알링턴 국립묘지와 대략 유사하지만, 그곳에 안치된 것이 육신이 아닌 혼령이라는 점에서 차이가 있다. 다수의 일본인들은 야스쿠니 신사를 여전히 모락모락 연기를 피우는 일본 군국주의의 총본산으로 여겼지만, 남편의 유해를 본 적이 없어 언젠가는 그가 돌아올 거라는 믿음을 버리지 않던 나카무라 부인은 그러한 사실을 알지 못했다. 그러나 그곳을 방문해보고 당혹감을 감출 수 없었다. 신사 경내에는 히로시마에서 온 100명의 미망인 이외에도 다른 도시에서 온 많은 여자들로 북적거렸다. 그런 곳에서 죽은 남편의 존재를 느끼기란 불가능했다. 나카무라 부인은 심기가 불편해진 채로 집으로 돌아왔다.

해마다 일본은 호황을 누리고 있었다. 나카무라 가족에게는 여전히 모든 것이 빠듯했고 도시오는 장시간 근무에 시달렸지만, 그래도 고생스럽던 지난날이 멀게 느껴지기 시작했다. 1975년 피폭자를 지원하는 법 하나가 개정되어 나카무라 부인은 이른바 건강관리수당이라는 명목으로 매달 6000엔(약 20달러)을 받기 시작했다. 그리고 이 수당은 꾸준히 올라 나중에는 그 액수가 2배 이상이 되었다. 스야마화공에 근무하면서 납입한 연금도 월 2만 엔씩 받았다. 그뿐만 아니라 몇 년 동안 전몰자유족연금이라는 명목으로 월 2만 엔을 또 받았다. 물론 급격한 경제성장으로 물가가 급등했다(몇 년 만에 도쿄는 세계에서 물가가 가장 비싼 도시로 떠올랐다). 하지만 도시오는 용케 미쓰비시 소형 자동차를 구입했고, 때로는 동트기 전에 일어나 두 시간 넘게 기차를 타고 업무상 동료와 골프를 치러 가기도 했다. 야에코의 남편은 냉난방기 판매 및 서비스 점포를 운영했고, 미에코의 남편은 철도역 근처에서 신문 가판대가 딸린 과자점을 운영했다.

매년 5월 천황의 생일 무렵에 넓은 평화대로를 따라 늘어선 나무들이 무성한 잎을 뿜내고 일렬로 늘어선 진달래가 사방에서 흐드러지게 꽃을 피울 때면, 히로시마에서는 꽃 축제가 열렸다. 노점들이 큰길을 따라 줄지어 들어서고, 꽃수레와 밴드와 수천 명의 참가자들 행렬이 길게 늘어선 퍼레이드도 벌어졌다. 원폭 투하 40주년에 나카무라 부인은 민요연구회 여성들과 6명씩 60줄로 편성되어 춤을 추었다. 그들은 '축하의 노래御祝い音頭'에 맞춰, 기쁨의 몸짓으로 팔을 들어올리고 삼박자 리듬으로 박수를 치면서 춤을 추었다.

소나무 숲에 학과 거북
고생하던 이야기 하나 해놓고
다음에 웃으면 복이 온대요.

원폭 투하는 40년 전 일이 되었다. 그새 참으로 많은 시간이 흘러갔다!

　40주년 기념일 당일 태양이 머리 위에서 이글거렸다. 나카무라 부인은 연이어 몇 시간 동안 스텝도 맞추고 쉼 없이 팔도 들어올리다 보니 몹시 피곤했다. 오후 중반 무렵 갑자기 머리가 핑 돌았다. 어느새 자신이 들것에 실려 있었다. 깜짝 놀라 괜찮으니 내려달라고 부탁했는데도 구급차로 이송되었다. 병원에 도착해서 괜찮으니 집에 가고 싶다고 하자 다행히 가도 좋다는 허락을 받았다.

사사키 데루부미 박사

사사키 데루부미 박사는 폭발 직후 며칠간 밤낮으로 겪어야 했던 참혹한 현실이 기억에서 사라지지 않아 고통스러웠다. 결국 그는 평생토록 그 기억에서 벗어나려고 애써야 했다. 적십자병원의 외과 수련의로서 해야 하는 업무 이외에 그는 매주 목요일이 되면 교외지역에 있는 히로시마대학에 가서 결핵성 충수염에 관한 박사 논문을 다듬어야 했다. 일본의 관행에 따라 그는 의과대학을 졸업하자마자 의사 일을 시작할 수 있는 자격을 얻었다. 하지만 실질적인 박사 학위를 취득하려면 추가로 공부를 더 해야 했는데, 대부분의 젊은 인턴들이 5년에 걸려 취득하는 것을 사사키 박사는 이러저러한 사정으로 10년이나 걸렸다.

그해 사사키 박사는 어머니가 살고 있는 무카이하라에서 통근을 했는데, 그 마을은 히로시마시에서 기차로 한 시간 정도의 거리에 있었다. 그는 부유한 집안의 자식이었다. 사실 몇 년이 지나 밝혀진 바에 따르면, (꽤 많은 일본의 의사들이 그랬던 것처럼) 그에게 있어 만병통치약이라면 다름 아닌 현금과 신용이었으며, 복용량이 많을수록 더 좋았다. 사사키 박사의 조부는 생전에 대지주였을 뿐만 아니라 자산가치가 높은 광대한 산림을 소유했었다. 또 고인이 된 아버지는 의사였는데, 개인병원을 차려 돈을 많이 벌었다. 원폭 투하 후 굶주림과 범죄가 맹위를 떨치던 격변의 시기에 도둑들이 어머니의 집에 있는 요새 같은 저장창고 두 동에 침입하여 귀중한 가보를 상당히 많이 훔쳐가 버렸다. 그 가운데에는 조부가 천황에게서 하사받은 칠함, 골동품인 연갑硯匣, 1000만 엔을 호가하는 호랑이가 그려진 고화 등도 있었다.

혼사는 술술 풀려가는 중이었다. 사사키 박사는 신부를 고를 수 있는 위치에 있었다. 무카이하라에 그만큼 적격한 젊은 남자가 많지 않았기 때문에 숱한 중매자들이 그의 의향을 물어왔다. 그중에는 솔깃한 혼담도 있었다. 그런데 주선이 들어온 한 신붓감의 부친이 그와의 혼담을 거절했다. 아마도 사사키 박사가 젊어서 '바람둥이'였다는 나쁜 평판 때문인 듯했다. 혹은 적십자병원에서 퇴근하고 와서 밤마다 무카이하라에서 불법적으로 의료행위를 했던 일이 부친의 귀에 들어갔을 수도 있다. 그러나 부친이 지나치게 조심스러운 사람이었던 탓일 수도 있었다. 듣기로 신붓감의 부친은 '돌다리도 두드려보고 건너라'는 속담을 따랐을 뿐만 아니라

심지어 확인한 후에도 건너려 하지 않았다. 살면서 그런 퇴짜를 맞아본 적이 없는 사사키 박사는 이 신붓감이 자기 짝이라고 결정하고는 두 명의 끈질긴 중매자들의 도움을 받아 결국 조심성 많은 부친을 설득했다. 결혼한 지 몇 달도 채 안 되어 그는 아내가 자신보다 더 현명하고 분별력 있는 사람이라는 것을 금세 알아챘다.

그 후 5년 동안 적십자병원에서 외과의사로서 사사키 박사가 해야 했던 업무 중에서 켈로이드 흉터를 제거하는 일이 상당한 비중을 차지했다. 이 흉터종은 소름이 돋을 정도로 흉측하고 두껍고 가렵고 고무 같고 구릿빛 게처럼 생겼는데, 주로 피폭자들이 당한 심각한 화상 부위에 생겼다. 특히 폭심지에서 반경 2킬로미터 이내에서 폭탄이 뿜는 엄청난 열에 노출된 피해자들은 증세가 더 심했다. 켈로이드를 치료할 때 사사키 박사와 그의 동료 의사들은 마치 어둠 속에서 더듬거리는 심정이었다. 믿을 만한 지침 자료가 없기 때문이었다. 그들은 그 둥글납작한 흉터 조직이 제거해도 다시 생긴다는 걸 알게 되었다. 또한 방치했다가 감염이 된 경우도 있고, 하부 근육이 경직되는 경우도 있었다. 종국에 사사키 박사와 그의 동료 의사들은 켈로이드 환자들 가운데 수술하지 말았어야 하는 경우가 꽤 많았다는 꺼림칙한 결론에 도달했다. 일정 시기가 되면 흉터 조직은 저절로 줄어드는 경향이 있었다. 그렇다면 그때 잘라내는 것이 오히려 더 수월했고, 간혹 방치해도 무방한 경우도 있었다.

1951년에 사사키 박사는 끔찍한 기억을 가슴에 묻고 적십자병원을 퇴직했고, 부친이 그랬던 것처럼 무카이하라에 개인병원을 차리기로 마음먹었다. 사사키 박사는 야심이 있었다. 그에게는 형이 한 명 있었는데, 일본의 의사 집안 관례에 따르면 장남이 부친의 병원을 물려받기로 되어 있었다. 따라서 차남은 스스로 자기 길을 개척해야 했다. 그래서 1939년에 사사키 데루부미는 중국의 광활한 미개발 지역에 가면 한 재산을 벌 수 있다는 당시 선전 문구에 이끌려 중국으로 갔다. 그리고 칭다오에 있는 동아의과전문학교에서 공부를 했다. 졸업한 후에는 히로시마로 돌아왔다. 그런데 돌아온 지 얼마 안 있어 바로 히로시마에 원자폭탄이 터진 것이다. 형은 전사했다. 그로 인해 그의 진로는 명확해졌다. 부친이 살던 곳에서 병원을 개업하는 것, 그리고 히로시마에서, 더 정확히 말하면 피폭자가 되는 것에서 도피하는 것이었다. 그로부터 40년 동안 사사키 박사는 폭탄 투하 직후의 몇 시간, 며칠간에 관해 그 누구와도 이야기하지 않았다.

사사키 박사의 조부는 히로시마은행에 거액을 예금했었다. 그래서 사사키 박사는 그 은행이라면 상당한 액수의 개원 자금을 빌릴 수 있으리라 자신했다. 그러나 은행에서는 그런 시골 마을에 병원을 차리면 망하기 쉽기 때문에 그에게 대출해줄 수 있는 한도가 30만 엔밖에 안 된다고 했다. 하는 수 없이 사사키 박사는 우선 처갓집에서 진료를 시작했다. 맹장, 위궤양, 복합골절 등과 같은 간단한 수술을 집도했다. 그러나 거기서 머물지 않고 다소 과감하게, 부인과와 산과를 제외한 모든 질병을 진료했다. 그의 실력은 대단했다. 오래지 않아 하루에 거의 100명의 환자가 그를 찾아왔다. 그중에는 상당히 먼 곳에서 온 환자도 있었다. 이러한 사실을 인정하여 히로시마은행은 그의 대출 한도를 100만 엔으로 상향 조정했다.

1954년, 그는 처가의 땅에 꽤 괜찮은 병원 건물을 지었다. 2층 건물에 입원환자용 침대가 19개 구비되어 있었고, 건평은 140평에 달했다. 건물 지을 자금을 마련하기 위해 그는 은행에서 30만 엔을 대출받았고, 조부로부터 물려받은 토지에서 베어낸 목재도 팔았다. 신축 병원에는 간호사 5명과 수습간호사 3명이 근무했고, 그는 일주일에 엿새 동안 아침 8시 30분에서 오후 6시까지 쉬지 않고 진료를 봤다. 그렇게 해서 병원은 나날이 번창했다.

이미 오래전에 히로시마의 의사들은 피폭 피해가 몹시 심각하다는 사실을 발견했다. 이러한 피해는 초창기에 겉으로 확연히 드러난 외상성 손상이나 켈로이드 흉터 조직보다도 훨씬 심각했다. 초기 원자병의 끔찍한 증세들은 일정 시기가 되자 대부분의 환자들에게서 더는 찾아볼 수 없게 되었다. 그러나 원자폭탄이 방출한 엄청난 양의 방사능 때문에 피폭자들이 더 깊고 훨씬 더 위험한 후유증에 걸릴 확률이 높다는 것이 금세 밝혀졌다. 무엇보다도 1950년에 이르러 피폭자들의 백혈병 발병률이 평균을 훨씬 웃

돈다는 사실이 명백하게 드러났다. 특히 폭심지에서 반경 1킬로미터 이내에 있던 피폭자들은 백혈병 발병률이 평균보다 10배에서 50배까지 더 높은 것으로 보고되었다. 또 한 해, 두 해 세월이 흐르면서 '자색반紫色斑'이라는 것이 피폭자들을 두려움에 떨게 만들었다. 자색반이란 백혈병 증세가 있는 작은 피하출혈 반점을 말한다. 그뿐이 아니었다. 추후에는 백혈병보다 훨씬 더 잠복기가 긴 여러 형태의 암도 발병했다. 갑상선, 폐, 유방, 침샘, 위, 간, 요로, 생식기관 등과 관련된 암이 이에 해당되었다. 일부 생존자들은, 심지어 어린아이들조차도 이른바 원폭성 백내장이라는 질병에 시달렸다. 또 방사능에 노출된 어린아이들 중에는 자라면서 발육 부진을 겪는 경우도 있었다.

그러나 가장 충격적인 발견 사실 중 하나는, 원폭 투하 당시 어머니의 자궁 속에 있었던 아이들 중 일부가 태어날 때 평균보다 머리 둘레가 더 작았다는 점이었다. 동물 실험에서 방사능이 유전자에 영향을 미칠 수 있다는 사실이 알려지면서 많은 피폭자들 사이에 훗날 돌연변이 자손이 태어나는 건 아닌가 하는 두려움이 확산되었다(1960년대 말 이후에야 실제로 히로시마와 나가사키 원폭 생존자들의 염색체에 이상이 있다는 분석들이 나오기 시작했다. 이러한 이상이 자손들에게 어떤 영향을 미칠지 알아내는 일은 당연히 더 오랜 시간이 걸렸다). 암보다 생명에 덜 치명적인 질병이 발병하는 경우도 있었는데, 많은 의사들이 그리고 그런 질병에 걸린 사람들 대부분이 발병 원인을 피폭 때문이라고 생각했다. 몇 가지 유형의 빈혈, 간 기능 장애, 성 기능 장애, 내분비 이상, 급격한 노화, 그리고 많은 피폭자들이 호소하던, 병이라고 꼭 집어 말할 수는 없지만 결코 부인할 수 없는 쇠약증 등이 이에 속했다.

마지막으로 언급된 쇠약증 외에는 어떤 증세도 없던 사사키 박사는 이러한 새로운 병증의 발견에 전혀 관심을 기울이지 않았다. 의학잡지에 실린 것도 자세히 살펴보지 않았다. 구릉지에 위치한 작은 마을에 살면서 피폭자들도 거의 치료하지 않았다. 그는 오로지 현재라는 시간에만 갇혀 살았다.

1963년 사사키 박사는 최신 마취기술을 따라잡고 싶은 마음에서 요코하마 적십자병원에 갔다. 그곳 병원장인 하토리 다쓰타로 박사라면 그에게 신기술을 알려줄 수 있으리라 생각했기 때문이었다. 히로시마 적십자병원의 외과부장을 지낸 하토리 박사는 원폭 당시 사사키 박사의 상사였는데, 원폭 투하 후 원자병에 걸려 요코하마로 이사했다. 하토리 박사는 사사키 박사에게 그곳에 온 김에 병원의 최첨단 의료설비를 이용해 정밀 건강검진을 받아보라고 권유했다. 그래서 사사키 박사는 그러겠다고 했다. 그런데 엑스선 단층촬영기로 흉부를 스캔한 결과, 왼쪽 폐에 음영이 나타났다. 사사키 박사는 흡연자였다. 하토리 박사는 피폭자의 폐암 발병과 관련해 기존에 밝혀진 사실을 상세히 설명하지 않은 채 사사키 박사에게 생체 조직 검사를 받으라고 권했다. 아마도 사사키 박사가 그 정도 정보는 다 알고 있으리라 생각했던 것 같다. 검사가 끝나고 사사키 박사가 마취 상태에서 깨어났을 때 그의 왼쪽 폐는 완전히 적출되고 없었다.

수술이 끝나고 몇 시간 뒤 폐 공동空洞과 다른 쪽 혈관을 이으면서 묶어놓은 실이 풀어지는 바람에 사사키 박사는 거의 한 주 내내 심한 출혈을 일으켰다. 계속해서 피를 토하고, 몸은 더 초췌해져 갔다. 그런 한 주가 거의 끝나갈 무렵 어느 날 아내와 하토리 박사, 병원 수간호사와 몇몇 간호사들이 그를 에워싸고 있는 것이 보였다. 그는 사람들이 자신의 임종을 지켜보는가 보다 생각하고는 그들에게 감사의 마음을 표시하고 아내에게 작별인사를 하고 죽었다.

아니, 정확히 말하면 그는 자신이 죽었다고 생각했다. 얼마 후 그는 의식을 회복했고 자신이 회복 중이라는 것을 알았다.

그 후 세월이 흐르면서 사사키 박사는 죽음에 임박했던 바로 그때가 인생에서 가장 중요한 순간이었다고 생각하게 되었다. 심지어 원폭 사건 때보다도 더 의미 있는 순간이었다고 손꼽았다. 이제 죽는구나 생각하는 순간 어쩌나 외로웠던지, 그 후에도 그때의 외로움이 그의 뇌리에서 떠나지 않았다. 아내와 자식들과 더 가깝게 지내려고 최선을 다한 것도 그 때문이었다. 그는 아들 둘, 딸 둘을 두었다. 어느 날 이모 한 분이 그에게 말했다. "데루부미, 넌 참 행운아야. 어쨌든 의술은 인술仁術이잖니." 그 말을 듣는 순간 그는 움찔했다. 의사가 되려는 일본의 모든 젊은이들이 본격적으로 교육을 받기 전에 가슴에 아로새기는 그 말, 그 격언에 담긴 의미에 관해 생각해본 적이 없었기 때문이었다. 그 후 사사키 박사는 차분하고 여유 있는 태도로 환자를 대하고, 또 할 수 있는 모든 것을 남김없이 환자에게 베풀기로 결심했다. 그뿐만 아니라 자기 마음에 안 드는 사람들에게도 친절하려고 애썼다. 사냥과 마작도 그만두었다. 그런 그를 보고 아내는 말했다. "당신은 사십 대가 되니까 철이 드네요. 저는 이십 대에 어른이 됐는데 말이죠."

그러나 담배는 끊지 못했다.

1972년, 사사키 박사의 아내가 유방암으로 죽었다. 그의 인생에서 세 번째 위기였다. 아내의 죽음과 함께 찾아온 외로움은 죽음과 관련해 그가 이전에 느꼈던 외로움과 차이가 있었다. 그 외로움은 지속적이고 강렬했다. 그는 어느 때보다 더 일에 몰두했다.

아내의 죽음과 자신에게 임박했던 죽음, 그리고 자신이 더는 젊지 않다는 깨달음은 노인들에 관해 생각해보는 계기가 되었다. 숙고 끝에 그는 훨씬 더 큰 규모로 노인전문병원을 건립해야겠다고 결심했다. 일본의 일부 유능한 의사들은 이미 인술을 베푸는 이 의학 부문에 주목하고 있었고, 때마침 수익성 또한 갈수록 증가하는 추세였다. 예순이 넘으면 누구나 온몸이 쑤시고 아프기 마련이고, 또 그렇게 쑤시고 아픈 사람들은 누구나 마사지와 온열치료, 침, 쑥뜸, 그리고 의사의 친절한 위로가 필요했다. 그러니 노인전문병원을 세우기만 하면 그들은 떼를 지어 몰려올 것이 분명했다. 그러나 이런 이야기를 들은 그의 친구는 상상이 지나치다며 웃어 넘겼다.

1977년, 증액된 히로시마은행의 대출 한도에 힘입어 사사키 박사는 은행에서 1900만 엔을 대출받았다. 그 돈으로 변두리 땅에 아주 인상적인 4층짜리 콘크리트 건물을 지었다. 그리고 입원환자용 침대 19개와 대규모 재활시설을 구비하고 자신을 위한 멋진 주거공간도 마련했다. 직원으로는 침술사 3명, 치료사 3명, 간호사 8명, 의료보조사와 관리직원 15명을 채용했다. 두 아들 요시히사와 류지는 당시 둘 다 의사였던 터라 특별히 바쁜 시기가 되면 와서 돕곤 했다.

노인들이 떼를 지어 몰려올 거라는 사사키 박사의 예측은 적중했다. 다시 그는 일주일에 엿새 동안 오전 8시 30분에서 오후 6시까지 진료했고 하루 평균 250명의 환자를 보았다. 구레, 온도, 아키쓰 등 먼 해안가에 위치한 시에서 찾아온 환자도 있었고, 히로시마현 곳곳의 작은 마을에서 찾아온 환자도 있었다. 그는 의사들에게 주어진 엄청난 세금 공제 혜택을 이용해서 거액을 모았고, 은행에 대출금을 갚자 신용 한도도 꾸준히 올라갔다. 그는 양로원을 지어야겠다는 생각을 하고 있었다. 양로원을 지으려면 2억 엔 정도가 들었고, 그 계획을 실행하려면 우선 다카타군高田郡 의사협회로부터 승인을 받아야 했다. 그래서 계획서를 제출했다. 그러나 거절당했다. 그로부터 얼마 안 있어 그 협회의 유력자 한 명이 요시다 초吉田町에 사사키 박사가 제안한 것과 유사한 양로원을 지었다.

그러나 사사키 박사는 이에 굴하지 않았다. 노인 환자들이 가장 좋아하는 세 가지를 알고 있기 때문이었다. 그것은 가족의 방문과 좋은 음식, 안락한 목욕이었다. 그는 은행에서 대출을 받아 이전 병원 땅에 호화로운 목욕탕을 지었다. 표면상으로는 환자들을 위한 것이었지만 동네 사람들에게도 개방했고, 어쨌든 욕조가 대리석이니까 일반 공중목욕탕보다 입장료를 비싸게 받았다. 목욕탕 유지비로만 한 달에 50만 엔(원래 이는 세법상 공제 대상이었다)이 지출되었다.

매일 아침 사사키 박사는 병원의 전 직원 앞에서 조례를 했다. 박사에게는 좋아하는 인생 지침이 몇 개 있었다. 돈을 최우선으로 해서 일하지 마라, 환자를 최우선해서 본분을 다하면 돈은 저절로 따라온다, 인생은 짧고 두 번 살 수 없다, 회오리바람 때문에 공중에서 빙빙 돌던 나뭇잎들도 이내 바닥에 떨어져 쌓인다 등등 훈계거리를 늘어놓았다.

사사키 박사의 재산은 점점 불어났다. 그는 1억 엔의 생명보험을 들었고, 3억 엔의 의료과실 대비 보험을 들었다. 또 흰색 BMW 자동차를 몰았고 거실 선반에는 진귀한 꽃병들을 갖다놓았다. 어디 그뿐인가. 의사들에게 허용되는 엄청난 세금 공제에도 불구하고 다카타군(인구수 약 3만 7000명)에서 가장 많은 소득세를 내는 납

세자가 되었다. 또 그의 세금은 히로시마현 전체(당시 인구수 270만 명)에서 상위 10위 안에 들 정도였다.

그는 또 새로운 구상을 했다. 병원 옆에 지하로 구멍을 뚫어 온천수를 끌어올려 욕조의 물을 온천수로 채우는 계획이었다. 이를 위해 그는 우선 도쿄지질공업이라는 회사에 조사를 의뢰했다. 조사 결과에 따르면 지하 800미터까지 뚫을 경우 섭씨 26도에서 30도에 이르는 온천수를 1분 당 60리터에서 100리터까지 끌어올릴 수 있었다. 그는 온천 휴양시설에 대한 선견지명을 가지고 있었다. 이 정도라면 세 개 호텔의 목욕탕에 온천수를 공급할 수 있을 거라고 추산했다. 그래서 1985년 6월에 땅을 파기 시작했다.

히로시마의 의사들은 사사키 박사를 꽤 기이한 사람으로 여기기 시작했다. 그들과 달리 그는 의학협회라는 배타적인 상류상회를 좋아하지 않았다. 대신 무카이하라에서 개최되는 게이트볼대회에 후원하는 일 등에 참여했다. 일례로 그는 'Gate Ball'이라는 영문을 수놓은 5000엔(약 20달러)짜리 넥타이를 매곤 했다. 또 일하는 것 이외에 그의 주된 즐거움은 이따금씩 히로시마에 가서 그랜드호텔 지하에서 파는 중국음식을 먹는 것이었다. 그리고 식사가 끝날 무렵에는 담배를 피우곤 했다. 그 담뱃갑에는 마일드세븐이라는 상품명이 영어로 인쇄되어 있었고, 또 그 글자 옆에 일본어로 '건강을 위해 지나친 흡연은 삼가세요.'라는 친절한 경고문이 쓰여 있었다.

그는 이제 히로시마와 마주할 수 있었다. 1945년에 폐허가 된 불모지에서 현란한 불사조가 날아올랐기 때문이었다. 히로시마는 이제 인구 100만 명(인구 10명 당 1명만이 피폭자임)이 넘는 놀랍도록 아름다운 도시로 변모했다. 현대식 고층빌딩들이 들어서고 가로수가 늘어선 널찍한 대로에는 영문 레터링이 있는, 모두 신형 차처럼 보이는 일본산 자동차들로 넘쳐났다. 열심히 일하는 사람들과 향락을 즐기는 사람의 도시가 된 이곳에는 753개의 서점과 2356개의 유흥주점이 들어섰다. 이제 사사키 박사는 과거의 기억이 떠올라도 별 고통 없이 살아갈 수 있었다. 다만 한 가지 회한은 있었다. 그것은 원폭 투하 직후 며칠 동안 아수라장으로 변한 적십자병원에서 집단화장터로 보내진 시신들의 신원 파악이 어느 시점부터 불가능했다는 점이다. 그렇게 화장된 이름 없는 영혼들이 지금까지도 그곳을 배회하며 찾아오는 사람이 없다고 투덜대고 있을지 모른다는 생각이 들었다.

빌헬름 클라인조르게 신부(다카쿠라 신부)

도쿄의 국제성모병원에 재입원한 클라인조르게 신부는 고열과 설사, 낫지 않는 상처, 종잡을 수 없이 오르락내리락하는 혈구 수치, 심한 탈진 등에 시달렸다. 살아 있는 동안 그가 겪은 질병은 딱히 원폭성 질병이라고 하기에 애매한 경계선 사례의 전형이었다. 한 사람 몸에 다양한 증상이 나타났던 것이다. 그 증세들 중 거의 대부분이 방사능 때문이라고 단정 지을 수 없는 것이었다. 하지만 또 여러 증세들이 자주 다양한 합병증을 동반하기도 하고, 정도도 제각각인 상태로 피폭자를 괴롭혔다. 그러다 보니 일부 의사들과 거의 모든 환자들이 이러한 증세가 원자폭탄 때문이라고 말하곤 했다.

클라인조르세 신부는 이러한 고통스러운 삶을 보기 드문 이타심으로 승화시켰다. 병원에서 퇴원한 후 그는 처음 건설할 당시에 힘을 보탠 노보리초의 작은 예배당으로 돌아와서 그곳에서 수도 자의 헌신적인 삶을 이어갔다.

1948년, 그는 히로시마시의 타 지역에 위치한, 훨씬 더 웅장한 미사사가톨릭교회의 신부로 임명되었다. 당시 시내에 높은 건물이 많지 않았기 때문에 이웃 사람들은 그 교회를 '미사사궁전'이라고 불렀다. 교회에는 '원조수녀회Helpers of Holy Souls'의 수녀원이 딸려 있었다. 그 때문에 클라인조르게 신부는 사제로서 미사를 보고, 고해를 듣고, 성서를 가르치는 일 이외에 그 수녀원 소속의 수녀와 수습수녀들을 위한 8일간의 묵상기도를 맡아보았다. 그 여성들은 8일간 영성체도 받고 날마다 클라인조르게 신부의 강론도 들으며 묵상에 전념했다. 그는 또 사사키 양을 비롯해 병과 부상에 시달리는 피폭자들을 꾸준히 방문했고, 때로는 젊은 엄마들의 갓난아기를 돌보기조차 했다. 또 시간이 날 때마다 사이조西條에 있는 요양원에 가서 결핵환자들을 위로하곤 했는데, 그곳은 히로시마에서 기차로 1시간 거리에 있었다.

클라인조르게 신부는 두 차례 더 도쿄의 국제성모병원에 단기 입원했다. 예수회 소속의 독일인 동료 사제들은 그가 늘 타인만 지나치게 챙기고 정작 자신을 돌보는 일에는 너무 소홀하다고 걱정했다. 그는 고집스런 사명감의 차원을 넘어 일본인의 '엔료遠慮' 정신, 즉 자신은 나중으로 미루고 타인의 소망을 우선시하는 정신을 몸소 실천했다. 독일인 동료 사제들은 클라인조르게 신부가 자칫하다가는 말 그대로 타인에게 친절을 베풀다가 자기 자신을 죽이고 말겠다 싶은 생각이 들었다. 그들은 그의 배려심이 지나치다고 말했다. 그리고 그 말은 사실이었다. 클라인조르게 신부는 독일에 사는 친지가 맛있는 음식을 보내와도 그것을 남김없이 다른 사람들에게 나눠주었다. 또 점령군 의사로부터 페니실린을 받았을 때도 자신처럼 아픈 교구민들에게 나눠주었다(그에게 발병한 숱한 증세 가운데 매독도 있었는데, 그가 머문 병원 중 어느 한 곳에서 받은 수혈로 감염된 것이 분명했다. 다행히 매독은 완치되었다). 그리고 고열에 시달리면서도 교리문답 강의를 빼먹지 않았다. 심지어 미사사가톨릭교회의 가정부는, 클라인조르게 신부가 멀리 떨어진 교구를 방문하고 돌아와서는 기진맥진해서 사제관 계단에 고개를 푹 떨구고 주저앉는 것을 몇 번이나 보았다. 그 모습은 마치 패배의 고배를 마신 사람처럼 보였다. 그러고도 이튿날이 되면 또 거리로 나갔다.

이처럼 수년간의 부단한 노고 끝에 클라인조르게 신부는 조금씩 소소한 결실을 거두기 시작했다. 예배당에서 세례를 받은 사람이 400여 명에 달했고 마흔 쌍이 결혼식도 올렸다.

클라인조르게 신부는 일본인과 그들이 사는 방식을 좋아했다. 독일인 동료 사제인 베르지코퍼 신부는 클라인조르게 신부가 일본과 결혼했다고 농담처럼 말하기도 했다. 미사사가톨릭교회로 옮겨온 지 얼마 안 되었을 때 클라인조르게 신부는 귀화와 관련된 새로운 법이 국회에서 통과되었다는 것을 알게 되었다. 그 법에서 규정한 귀화 요건에는 일본에서 최소 5년 이상 거주한 자, 20세 이상의 정신이 건강한 자, 품행이 바른 자, 자신을 부양할 능력이 있는 자, 단일 국적을 받아들일 수 있는 자 등이 있었다. 그는 자신이 이러한 요건에 부합됨을 증명하는 서류를 서둘러 제출했고, 몇 개월간의 심사 후 귀화가 받아들여졌다. 그는 일본 시민권을 신청할 때 다카쿠라 마코토高倉誠라는 이름을 사용했고, 그 후 다카쿠라 신부로 살았다.

그렇지 않아도 허약한데 상태가 더 안 좋아진 다카쿠라 신부는, 1956년 봄과 여름의 몇 달 동안 노보리초의 작은 교구에서 임시직으로 일했다. 5년 전 다카쿠라 신부가 잘 아는 다니모토 기요시 목사는 켈로이드 때문에 얼굴이 흉측하게 변한 일단의 소녀들을 상대로 성경교실을 열었다. 후에 그 소녀들 중 일부가 이른바 '히로시마의 처녀들Hiroshima Maidens'로 뽑혀 미국에 성형 수술을 받으러 갔다. 그 가운데 다카쿠라 신부가 개종시켜 세례를 베푼 나카바야시 도모코라는 소녀가 있었는데, 안타깝게도 뉴욕의 마운트시나이병원 수술대에서 죽고 말았다. 1956년 여름, 미국에 갔던 소녀들 중 일부가 1차로 히로시마로 돌아왔을 때 도모코 양의 유해도 가족의 품으로 돌아왔다. 그리고 그 소녀의 장례 미사를 다카쿠라 신부가 맡았는데, 미사를 집전하는 동안 그는 거의 실신할 뻔했다.

노보리초에서 다카쿠라 신부는 나가니시 씨라는 부유하고 교양 있는 집안의 안주인과 그녀의 두 딸에게 교리를 가르쳤다. 열이 나든 안 나든 상관없이 그는 저녁이 되면 늘, 그것도 항상 걸어서 나가니시 씨 집에 갔다. 간혹 일찍 도착할 때도 있었다. 그럴 때면 밖에서 서성거리다가 정확히 7시가 되었을 때 초인종을 눌렀다. 그리고 현관에 있는 거울 앞에 서서 두발과 옷매무새를 단정히 한 후 거실로 들어갔다. 1시간에 걸친 교리 설교가 끝나면 모녀가 다과를 내왔고, 정확히 10시까지 다함께 담소를 나누었다. 그 집은 참으로 편안했다. 작은딸인 히사코가 특히 그에게 극진했다. 18개월 후에 그의 여러 증세가 몹시 악화되어 병원에 입원해야 했을 때 히사코는 그에게 세례를 해달라고 부탁했다. 그는 그렇게 했다. 히로시마 적십자병원에 입원하기 바로 전날이었다. 그 후 1년 동안 그는 병원에 누워 있었다.

다카쿠라 신부를 가장 심란하게 하는 증세는 손가락들에 생기는 기이한 감염이었는데, 붓고 고름이 나고 잘 낫지 않았다. 그는 또 열이 나고 감기와 같은 증세를 보였다. 백혈구 수치가 심각할 정도로 낮았고, 무릎, 특히 왼쪽 무릎의 통증이 심했으며 그 외의 관절에도 통증이 있었다. 손가락들은 수술 후 서서히 호전되었다. 백혈구 감소증도 치료를 받았다. 그런데 퇴원 전에 안과의사가 그에게서 원폭성 백내장 초기 증상을 발견했다.

그는 신도들이 많은 미사사가톨릭교회로 돌아왔다. 그러나 자신이 소중히 여기던 과중한 업무를 수행하기가 점점 더 힘에 부쳤다. 요통도 발병했다. 의사가 말하길 신장결석 때문이라고 해서 결석을 배출시켰다. 계속되는 고통과 백혈구 부족으로 인한 감염으로 쇠약해질 대로 쇠약해진 그는 초인적인 힘을 발휘하여 하루하루를 간신히 버텼다.

1961년, 마침내 그는 다행히 교구 근처의 무카이하라에 있는 작은 가톨릭교회에서 은퇴생활을 할 수 있게 되었다. 무카이하라는 사사키 박사가 개인병원을 차려 성공가도를 달리던 시골 마을이었다.

마을의 가파른 비탈길 맨 위에 있는 무카이하라가톨릭교회의 구내에는 작은 성당이 세워져 있었다. 성당에는 참나무로 만든 제단용 탁자가 놓여 있었고, 일본식으로 다다미가 깔려 있었다. 20여 명의 신도가 무릎을 꿇고 미사를 볼 만한 공간이었다. 비탈길을 따라 올라가면 사제관이 나왔다. 몹시 비좁았다. 다카쿠라 신부는 사제관에 있는 방들 중에서 사방 160센티미터밖에 안 되는 방을 자신의 침실로 선택했다. 마치 수도자의 독방처럼 가장 기본적인 것만 구비되어 있는 방이었다. 식사는 자신의 침실과 똑같이 생긴 옆방에서 했다. 그보다 조금 멀리 떨어진 곳에 다른 방들처럼 비좁은 부엌과 욕실이 있었다. 두 곳 모두 어두컴컴하고 스산했으며 지대가 낮았다. 그리고 그 건물 내부를 반으로 가르는 비좁은 복도 건너편에 사무실과 훨씬 넓은 침실이 있었는데, 그곳은 손님

용으로 남겨두었다. 그의 성격상 당연한 일이었다.

처음 이곳에 도착했을 때 다카쿠라 신부는 의욕이 솟구쳤다. 미성숙한 영혼일수록 감화시키기 쉽다는 신념에 따라 그는 목수들을 불러 성당에 방 2개를 증축했고 그곳에 자칭 성모마리아유치원을 열었다. 그렇게 가톨릭신자 네 사람(즉 사제 1명, 유아를 가르치는 일본인 수녀 2명, 취사를 담당하는 일본인 여성 1명)의 암울한 삶이 시작되었다. 성당을 찾아오는 신도가 얼마 되지 않았다. 그의 교구는 이전에 개종한 네 가구로 구성되어 있었는데, 전부 합치면 열 명가량 되었다. 심지어 미사를 보러 오는 신자가 한 명도 없는 일요일도 있었다.

의욕적인 첫 사업 이후에 다카쿠라 신부의 에너지는 급격히 사그라들었다. 매주 한 번씩 그는 히로시마행 기차를 타고 적십자병원에 가서 검진을 받았다. 히로시마역에서 그는 이동할 때 가장 즐겨 읽는 것을 구입했다. 혼슈 지역 기차의 운행시간이 적힌 시간표였다. 의사들은 그의 아픈 관절에 스테로이드를 주사했고, 감기와 유사한 만성적인 증세들을 치료했다. 또 그가 속옷에 혈흔이 묻어 있었다고 말하자 의사들은 신장에 결석이 다시 생긴 것 같다고 추측했다.

무카이하라에서 그는 대개의 일본인들이 그렇듯 최대한 남의 이목을 끌지 않으려고 노력했다. 때로는 일본인들의 옷을 챙겨 입기도 했다. 또 부유하게 사는 것처럼 보이고 싶지 않아 동네 시장에서는 절대로 고기를 사지 않았다. 대신 간혹 시내에 가서 사왔다. 이따금씩 하세가와 신부라는 일본인 사제가 그를 찾아왔다. 귀화까지 해가면서 자신의 노력을 완벽한 경지에 이르게 한 다카쿠라 신부를 하세가와 신부는 무척 존경했다.

하지만 그와 동시에 다카쿠라 신부도 어쩔 수 없는 독일인이구나 하는 부동의 면모를 여러 측면에서 발견했다. 예를 들어 다카쿠라 신부는 계획한 사업이 거부당하면 오히려 그 일을 더 열심히 고집스럽게 밀어붙이는 경향이 있었다. 그런 경우 일본인들은 더 약빠르게 우회적인 다른 방도를 찾는데 말이다. 또 병원에 입원했을 때는 면회시간을 엄격히 준수했다. 그러다 보니 정해진 시간 이외에 누가 병문안을 오면 아무리 먼 곳에서 왔어도 신부는 그들의 면회를 거절했다. 또 이런 일도 있었다. 하세가와 신부와 다카쿠라 신부가 식사 초대를 받았는데, 집주인이 밥 한 공기 더 먹으라고 하는 걸 배불러서 못 먹겠다고 거절했다. 그런데 군침이 돌게 맛있어 보이는 쓰케모노(절임반찬)가 나왔다. 하는 수 없이 하세가와 신부는 밥 한 공기를 더 먹기로 했다. 그랬더니 다카쿠라 신부가 화를 내면서 말했다. (독일인이 생각하는 손님의 입장에서) "배가 불러서 더 못 먹겠다고 해놓고는 어떻게 밥에 절임반찬까지 먹을 수가 있어요?" 신부의 이러한 점이야말로 독일 사람다운 것이었다.

이 기간에 다카쿠라 신부는 로버트 J. 리프턴 박사와 인터뷰를

했다. 당시 리프턴 박사는 《삶 속의 죽음: 히로시마의 생존자들 *Death in Life: Survivors of Hiroshima*》이라는 저서를 집필하기 위해 여러 사람들을 인터뷰하고 있었다. 인터뷰 도중 어느 대화에서 다카쿠라 신부는 자신이 일본인으로서보다 피폭자로서 더 진정한 정체성을 발견했다는 뜻을 내비쳤다.

누군가 저에게 자신이 피곤하다고 말하면, 그리고 그렇게 말하는 사람이 피폭자라면, 저는 일반인이 그렇게 말할 때와 전혀 다른 감정을 느껴요. 그는 일일이 설명할 필요가 없어요……. 얼이 나갈 것만 같고 우울해질 것만 같은 그 모든 충동, 그런 모든 불쾌감을 압니다. 또 그런 불쾌감 이후에 자신이 본분을 다할 수 있을지 다시 따져보기 시작할 거라는 것도 압니다……. 일본인은 '천황 폐하'라는 말을 들을 때 서구인이 들을 때와 다르게 느껴요. 즉 외국인의 심장에서 느껴지는 감정과 일본인의 심장에서 느껴지는 감정이 매우 달라요. 이는 희생자인 사람과 아닌 사람이 다른 희생자에 관한 이야기를 듣는 경우와 유사하죠……. 일전에 저는 어떤 사람을 만났어요……. 그런데 그가 "저는 원자폭탄을 경험했어요."라고 말하는 게 아니겠어요. 그 후 대화의 화제가 바뀌었죠. 우리 두 사람은 서로의 감정을 잘 이해했어요. 별다른 말이 필요 없는 거죠.

1966년, 다카쿠라 신부는 교회의 가정부를 바꿔야 할 일이 생겨 사람을 알아보고 있었다. 그 가운데 최근에 결핵도 완치되고 세례도 받은 35세의 여성이 한 명 있었는데, 이름은 요시키 사쓰에였다. 요시키 씨에게 무카이하라가톨릭교회에 면접을 보러 오라는 말을 전했다. 사제의 일본 이름만 듣고 찾아온 요시키 씨는 덩치 큰 외국인이 일본식 누비옷을 입고 나타나서 인사를 하자 깜짝 놀랐다. 그의 얼굴은 (약 때문에 어쩔 수 없이) 둥글넓적하고 퉁퉁 부어 있었다. 그 때문에 그녀는 신부의 얼굴이 아기 같다는 인상을 강하게 받았다. 사실 만나자마자 두 사람은 금세 완전한 상호 신뢰의 관계로 발전하기 시작했다. 그러한 관계 속에서 요시키 씨의 역할은 딸 같기도 하고 어머니 같기도 했다. 갈수록 악화되는 그의 몸은 그녀를 꼼짝달싹 못하게 만들었다. 그녀는 친절하게 그를 간호했다.

그녀의 요리는 초보 수준이었고, 신부의 성미는 괴팍했다. 원래 그는 뭐든, 심지어 일본식 국수도 먹을 수 있다고 말했다. 하지만 혼자 있다 보니 자기가 먹을 음식에 대해 몹시 까탈스럽게 굴었다. 한번은 자신의 어머니가 해준 '수분을 뺀 구운 감자' 요리에 관해 말했다. 그래서 그녀는 그렇게 감자를 요리했다. 그랬더니 "이건 어머니가 해주던 것과 달라요."라고 그가 말했다. 그는 또 새우튀김을 좋아해서 히로시마에 검진을 받으러 가면 먹곤 했다. 그래서 그녀는 새우튀김도 했다. 그러나 그는 "너무 탔잖아요."라고 말했다. 비좁은 식당에서 그녀는 그의 옆에 서 있었다. 양손을 뒤로 해서 문설주를 꽉 움켜쥐었다. 어찌나 세게 쥐었는지 문설주의 페인트칠이 떨어져 나갈 정도였다. 하지만 그러면서도 그는 그녀를 칭찬하기도 하고 속내를 이야기하기도 하고 농담도 했다. 그리고 화를 내고 나면 늘 사과했다. 그녀는 그가 아파서 그렇게 무뚝뚝한 것이지, 그 이면을 들여다보면 사실 그는 온화하고 순수하고 인내심 많고 상냥하고 유머러스하고 매우 친절한 사람이라고 생각했다.

늦은 봄 어느 날, 요시키 씨가 오고 나서 그리 오래되지 않았을 때의 일이었다. 참새들이 감나무에 앉아 있는 것이 다카쿠라 신부의 사무실 창밖으로 내다보였다. 그는 참새들을 쫓아내려고 박수를 쳤다. 그런데 이내 그의 양손바닥에 자주색 반점이 생겼다. 모든 피폭자들이 두려워하는 그런 반점이었다. 히로시마의 의사들은 고개를 설레설레 흔들었다. 그 반점이 뭔지 누가 설명할 수 있단 말인가? 피하출혈처럼 보였지만 혈액 검사 결과 백혈병 같지는 않았다. 요로에도 약간의 출혈이 있었다. 그는 "뇌출혈이 일어나면 어떻게 되나요?"라고 물어보기도 했다. 관절도 여전히 아팠다. 또 간 기능 이상, 고혈압, 요통, 흉부 통증 등도 발병했다. 심전도검사에서도 이상이 나타났다. 관상동맥 발작을 예방하는 약과 강압제가 그에게 투약되었다. 또 스테로이드제와 호르몬제, 항당뇨병제도 처방받았다. 그는 요시키 씨에게 말했다. "나는 약을 세 끼 밥으로 먹고 있구먼." 1971년에는 병원에 입원해 간암 여부를 확인하는 검사를 받았다. 그 결과 암은 아닌 것으로 판명되었다.

몸이 이처럼 쇠약해지자 병문안 오는 사람들의 발길이 끊이지 않았다. 그들은 하나같이 지난날 자신에게 베푼 그의 호의에 감사를 표시했다. 오랜 입원생활을 시작하기 바로 전날 그에게서 세례를 받은 나가니시 히사코는, 특히 더 지극정성이었다. 히사코는 독일식 호밀빵으로 만든 오픈샌드위치를 그에게 가져다주었는데, 그는 그 샌드위치를 무척 좋아했다. 그뿐만 아니라 요시키 씨가 쉬는 날에는 병원에 와서 그를 간호하곤 했다. 베르지코퍼 신부는 한 번 오면 며칠 동안 묵으면서 함께 이야기도 나누고 진도 많이 마셨다. 다카쿠라 신부는 이 술도 좋아하게 되었다.

1976년 초 어느 겨울날, 다카쿠라 신부는 읍내에 가려고 가파른 빙판길을 내려가다가 그만 미끄러져 넘어졌다. 이튿날 아침 요시키 씨는 신부가 큰 소리로 자기를 부르는 소리를 들었다. 그는 욕실 세면대 위로 몸을 구부린 채 옴짝달싹 못하고 있었다. 그녀는 있는 힘껏 그를 부축해서 간신히 침대에 눕혔다(그의 체중은 약 79킬로그램이었다). 한 달 동안 그는 움직이지 못했다. 그녀는 임시방편으로 요강을 만들고 밤낮으로 그를 간호했다. 그러다 결국 마을 사무소에서 휠체어를 빌려 사사키 박사의 병원으로 그를 데리고 갔다.

다카쿠라 신부와 사사키 박사는 몇 년 전부터 서로 아는 사이였지만, 지금은 사는 방식이 하늘과 땅 차이였다. 한 사람은 수도사의 독방 같은 비좁은 방에서, 다른 한 사람은 4층짜리 병원 건물에 마련한 화려한 거처에서 살고 있었다. 사사키 박사는 엑스선 촬영을 해봤지만 별 이상이 없어 신경통 진단을 내리고 마사지를 권했다. 다카쿠라 신부는 통상적인 여자 안마사를 질색했기 때문에 남자 안마사를 따로 불렀다. 지압을 받는 동안 그는 요시키 씨의 손을 꼭 잡고 있었다. 그의 얼굴이 빨개졌다. 그의 고통은 참을 수 없을 정도였다. 보다 못한 요시키 씨는 차를 빌려 다카쿠라 신부를 히로시마 적십자병원으로 데리고 갔다. 조금 더 큰 기계로 엑스선 촬영을 한 결과, 흉추 11번과 12번이 골절되어 있었다. 신부는 우측 좌골신경에 가해지는 압박을 완화하기 위해 수술을 받았고 흉부 보호대를 착용했다.

그 후 다카쿠라 신부는 자리보전하는 신세가 되었다. 요시키 씨는 신부에게 밥도 먹여주고 자신이 손수 만든 기저귀도 갈아주고 몸도 깨끗이 닦아주었다. 그는 성서와 기차시간표를 읽었다. 그는 요시키 씨에게 절대 거짓말하지 않는 게 이 두 책뿐이라고 했다. 그는 어떤 기차를 어디에서 타야 하는지, 식당 칸의 음식 값은 얼마인지, 300엔을 절약하려면 어떤 역에서 어떤 기차를 갈아타야 하는지 모르는 게 없었다. 어느 날 신부가 몹시 흥분해서 요시키 씨를 불렀다. 신부는 오류를 발견했다고 했다. 결국 진실만을 말하는 것은 오직 성서뿐이었다!

동료 사제들이 마침내 다카쿠라 신부를 설득해서 병원을 고베에 있는 성루카병원으로 옮겼다. 요시키 씨가 그를 방문했다. 그는 책 사이에서 자신의 차트 사본을 꺼냈다. 그 차트에는 '산송장'이라고 적혀 있었다. 그는 그녀와 함께 집으로 가고 싶다고 말했다. 그래서 그녀는 그렇게 했다. "당신 덕분에 내 영혼이 연옥의 고통을 견뎌낼 수 있었소."라고 그는 자기 침대에 누워 그녀에게 말했다.

그가 쇠약해지자 동료 사제들이 나가쓰카수련원 바로 아래, 땅이 움푹 꺼진 지대 위에 지은 방 두 칸짜리 집으로 그를 옮겨왔다. 요시키 씨는 그의 방에서 함께 자고 싶다고 그에게 말했다. 그는 안 된다고 했다. 신에 대한 신부의 서약이 그것을 허락하지 않는다고 했다. 요시키 씨는 원장신부가 그렇게 하라고 지시했다고 거짓말을 했다. 크게 안심한 그는 허락했다. 이후 그는 좀처럼 눈을 뜨지 않았다. 요시키 씨가 주는 아이스크림만 조금 먹었다. 문병객이 와도 그는 "고마워요."라는 말만 간신히 했다. 그는 혼수 상태에 빠졌다. 1977년 11월 19일, 이 피폭자는 의사 한 명과 사제 한 명 그리고 요시키 씨가 지켜보는 가운데 숨을 한 번 몰아쉬고는 사망했다.

다카쿠라 신부는 수련원 위쪽의 언덕 꼭대기에 위치한 고요한 소나무 숲에 묻혔다.

빌헬름 M. 다카쿠라, S. J. 신부
편안히 잠드소서.

나가쓰카수련원의 사제들과 수도사들은 이후 수 년간 신선한
꽃들이 늘 그의 묘지를 지키고 있는 걸 보았다.

사사키 도시코 양(사사키 도미니크 수녀)

1946년 8월 사사키 도시코 양은 원폭 투하 이후 1년간 시달렸던 끔찍한 고통과 무력감에서 서서히 벗어나고 있었다. 남동생인 야스오와 여동생인 야에코는 폭발 당일 교외지역인 고이에 있는 집에 있었기 때문에 다행히 부상을 면했다. 이제 그녀는 예전 집에서 동생들과 함께 지내면서 살아 있다는 기분을 되찾기 시작했다. 그러나 곧 새로운 시련이 찾아왔다.

3년 전 사사키 양의 부모는 어느 집안과 혼담을 진행했다. 그녀는 그 상대였던 한 젊은 남자를 만났다. 그리고 서로에게 호감을 느낀 두 사람은 결혼을 약속했다. 함께 살 집도 얻었다. 하지만 약혼자가 갑자기 중국으로 징병을 가게 되었다. 나중에 그녀는 그가 돌아왔다는 소식을 들었지만, 오랫동안 그는 그녀를 찾아오지 않았다. 그러던 그가 드디어 그녀 앞에 나타났다. 그러나 두 사람의 결혼은 성사될 수 없는 과거의 약속임이 분명해 보였다. 그가 집에 찾아올 때마다, 사사키 양이 부모 대신 부양의 책임을 느끼고 있던 동생 야스오가 화가 나서 집 밖으로 뛰쳐나가곤 했다. 그뿐만 아니라 약혼자의 집안에서는 아들이 피폭된 절름발이 여자와 혼인하는 것을 허락할지 말지 고민하는 눈치였다. 결국 그녀의 약혼자는 발길을 끊었다. 대신 상징적이고 추상적인 이미지들, 특히 나비들로 가득한 편지들을 써서 보냈다. 갈팡질팡하는 마음, 그리고 아마 죄책감을 표현하려고 애쓴 게 분명했다.

사사키 양의 마음을 진실로 위로해준 사람은 고이에 사는 자신을 꾸준히 찾아준 클라인조르게 신부뿐이었다. 분명 그는 그녀를 개종시키려고 안간힘을 쓰고 있었다. 물론 그의 설교는 확신에 차고 꽤 논리적이었다. 하지만 그녀를 납득시키는 데는 거의 도움이 되지 않았다. 부모를 순식간에 잡아채 가고 자신을 그런 섬뜩한 시련 속으로 몰아넣은 신이 사랑과 자비로 충만한 존재라니, 그녀는 도저히 수긍할 수 없었다. 그러나 그가 자신에게 보여준 극진함에 그녀는 온기를 느꼈고 위로를 받았다. 클라인조르게 신부가 쉬이 지치고 병에 시달리면서도 그 먼 거리를 걸어서 자신을 찾아오는 것을 사사키 양은 알고 있었다.

사사키 양의 집은 대나무 숲이 울창한 절벽 근처에 있었다. 어느 날 아침이었다. 집 밖으로 나온 그녀는 송사리처럼 매달린 대나무 잎 위로 눈부신 햇살이 반짝거리는 것을 보았다. 순간 숨이

멎는 듯했다. 그리고 자신도 깜짝 놀랄 만큼 가슴이 기쁨으로 벅차올랐다. 자신이 기억하는 한 그런 느낌은 처음이었다. 그녀는 어느새 주기도문을 읊고 있었다.

9월에 사사키 양은 세례를 받았다. 당시 클라인조르게 신부가 도쿄의 병원에 있는 바람에 시슬릭 신부가 대신했다.

부모님이 남긴 저축액이 얼마 되지 않았기 때문에 사사키 양은 야스오와 야에코를 부양하는 데 보탬이 될까 해서 삯바느질을 시작했다. 하지만 앞으로 어떻게 먹고 살지 걱정이 이만저만 아니었다. 그녀는 목발 없이 절뚝거리며 걷는 방법을 익혔다. 1947년 어느 여름날, 그녀는 두 동생을 데리고 근처에 있는 스기노우라 해변가로 놀러갔다. 그곳에서 한 젊은 남자와 이야기를 나누게 되었다. 그는 주일학교 아이들을 인솔하고 온 한국인 가톨릭수사였다. 잠시 후 그는, 자기 몸도 그렇게 성치 않은데 두 동생까지 돌보면서 어떻게 살아갈 수 있을지 참으로 막막해 보인다고 걱정스레 그녀에게 말했다. 그러면서 히로시마에 있는 '빛의 정원'이라는 고아원에 관해 알려주었다. 그녀는 두 동생을 그 고아원에 맡겼다. 그리고 얼마 안 있어 자신도 그 고아원의 보모 자리를 지원했다. 그녀는 그곳에 채용되었고, 그 후 야스오와 야에코와 함께 지내낼 수 있는 것을 삶의 위안으로 삼았다.

사사키 양은 아이들을 잘 돌보았다. 자신의 천직을 찾은 느낌이었다. 그래서 이듬해에 동생들이 그곳에서 잘 지내리라는 확신이 들자 '하얀 국화 기숙사'라는 다른 고아원으로의 전근을 수락했다. 그 고아원은 규슈의 교외지역인 벳부에 있었는데, 전문적인 보육 교육을 받을 수 있다는 장점이 있었다. 1949년 봄, 그녀는 기차를 타고 왕복 1시간이 걸리는 오이타시大分市로 통근하기 시작했다. 오이타대학에서 관련 강좌를 수강하기 위해서였다. 그리고 9월에 보육교사 자격시험에 합격했다. 그녀는 하얀 국화 기숙사에서 6년간 근무했다.

사사키 양의 왼쪽 다리는 심하게 휘어 있었다. 그뿐만 아니라 같은 쪽 무릎도 뻣뻣하게 굳어 있었고, 대퇴부도 여러 번에 걸친 사사키 박사의 깊은 절개 수술 때문에 위축되어 있었다. 고아원 살림을 도맡아 하던 수녀들은 이를 안타깝게 여겨 그녀가 벳부의 국립병원에서 정형 수술을 받을 수 있게 손을 써주었다. 덕분에 그녀는 14개월 동안 그 병원에서 환자로 지내면서 세 번에 걸친 대수술을 받았다. 첫 번째는 대퇴부의 복원을 돕는 수술이었는데 그다지 성공적이지 못했다. 두 번째는 무릎의 경직을 풀어주는 수술이었고, 세 번째는 잘못 붙은 정강이뼈와 종아리뼈를 다시 부러뜨려 부상 이전의 형태로 재접합하는 수술이었다. 퇴원 후에는 근처 온천요양소로 가서 재활치료를 받았다. 그럼에도 남은 생애 동안 사사키 양은 다리 통증으로 고생했고 무릎은 굽혀지지 않았다. 그나마 다리 길이가 다소 비슷해져 거의 정상인처럼 걸을 수 있게 되었다. 그녀는 일터로 돌아갔다.

하얀 국화 기숙사는 마흔 명의 고아를 수용할 수 있는 규모였으며 부근에 미군기지가 있었다. 미군기지에는 한쪽에 군사훈련장, 다른 한쪽에 장교용 주택이 구비되어 있었다. 한국전쟁이 발발하자 기지와 고아원은 사람들로 북적댔다. 이따금씩 여자들이 갓난아기를 안고 고아원을 찾아왔다. 아기 아빠는 미군 병사였다. 그렇게 찾아오는 여자들 가운데 자신이 아기 엄마라고 하는 사람은 한 명도 없었다. 대개의 경우 친구가 자기에게 아기를 고아원에 맡겨달라고 부탁했다고 말했다. 또 밤에 잔뜩 긴장한 젊은 군인들이 고아원을 찾아오는 일도 종종 있었다. 백인도 있고 흑인도 있었는데, 그들은 무단으로 기지를 빠져나와 자기 자식을 보게 해달라고 애원했다. 갓난아기의 얼굴을 자세히 들여다보고 싶어 했다. 그들 중 일부는 아기 엄마를 찾아내 결혼하기도 했지만, 다시는 제 자식을 찾지 않는 경우도 허다했다.

사사키 양은 아기 엄마들이 불쌍했다. 아기 엄마 중에는 매춘부도 있었다. 또 아기 아빠도 불쌍했다. 아기 아빠들은 열아홉 혹은 스물 살밖에 되지 않은 청년들로 어찌할 바를 모르는 것처럼 보였다. 그들은 자신들과 무관해 보이는 전쟁에 징집되어온 처지였고, 아기 아빠로서의 책임감은 가장 기본적인 수준, 즉 죄책감 정도에 불과했다. 이러한 경험을 통해 사사키 양은 대부분의 피폭자와 다른 이례적인 견해를 갖게 되었다. 다름이 아니라 사람들이 원자폭탄의 위력에만 과도하게 관심을 보이고 전쟁의 폐해에 대해서는 무관심하다고 생각했다. 좀 더 구체적으로 꼬집어 말하면, 경미하게 부상을 당한 피폭자와 권력에 굶주린 정치인들이 주로 원자폭탄을 들먹였다. 정작 관심을 기울여야 할 것은, 전쟁이 무차별적으로 사람들을 희생시킨다는 사실인데 말이다. 전쟁은 원자폭탄과 소이탄 투하로 일본인들을 희생시켰고, 일본에게 침략당한 중국의 민간인들을 희생시켰으며, 죽을 수도 있고 불구가 될 수도 있는 전쟁에 마지못해 끌려나온 어린 일본인 병사와 미국인 병사들을 희생시켰다. 그리고 또 일본인 매춘부와 그들이 낳은 혼혈아도 희생시켰다. 사사키 양은 원자폭탄의 잔혹함을 직접 겪었으면서도 전쟁의 수단보다 전쟁의 원인에 더 많은 관심을 기울여야 한다고 생각했다.

이 기간에 사사키 양은 보통 1년에 한 번씩 두 동생도 보고 클라인조르게 신부도 방문할 겸 히로시마에 갔다. 그 무렵 다카쿠라로 개명한 클라인조르게 신부를 만나러 미사사가톨릭교회로 갔다. 한 번은 규슈에서 히로시마로 가는 도중에 우연히 길에서 약혼자를 보았다. 그녀는 그도 자신을 봤다고 확신했지만 두 사람은 말을 건네지 않았다. 다카쿠라 신부는 그녀에게 물었다. "사사키 양은 지금처럼 죽어라 일만 하면서 평생을 보낼 셈인가요? 결혼도 해야 하지 않겠어요? 혹 결혼할 생각이 없다면 수녀가 되는 것은 어때요?" 그녀는 그의 말을 오랫동안 곰곰이 생각했다.

어느 날 하얀 국화 기숙사에 있는 그녀에게 남동생이 교통사고를 당해 위독하다는 급보가 날아왔다. 깜짝 놀란 그녀는 서둘러 히로시마로 갔다. 야스오의 차가 경찰 순찰차에 들이받혀 사고가 난 것이었다. 경찰관의 과실이었다. 다행히 야스오는 목숨만은 건졌다. 그러나 갈비뼈 네 대와 양다리가 부러졌고 코가 함몰되었으며 이마에는 깊은 상처가 생겼다. 그뿐만 아니라 한쪽 시력을 잃었다. 사사키 양은 평생 남동생을 돌보고 부양해야겠다고 생각했다. 그래서 부기를 배우기 시작했고, 몇 주 후 부기 3급 자격증을 취득했다. 그러나 다행히 야스오는 놀라울 정도로 회복했고, 사고로 받은 보상금으로 음악학교에 입학해 작곡 공부도 할 수 있게 되었다. 그래서 사사키 양은 고아원으로 돌아왔다.

1954년, 사사키 양은 다카쿠라 신부를 찾아가서 자신이 결혼하지 않을 거라며 이제 수녀가 될 때가 온 것 같다고 말했다. 그러면서 적당한 수녀원을 추천해달라고 청했다. 그는 프랑스 교단인 '원조수녀회'의 수녀원을 추천했다. 그 수녀원은 바로 그곳 미사사에 있었다. 사사키 양은 외국어를 사용해야 하는 수녀원에는 가고 싶지 않다고 말했다. 신부는 일본인들과 함께 지낼 수 있을 거라고 약속했다.

그래서 그녀는 다카쿠라 신부가 추천한 수녀원에 들어갔다. 그리고 들어간 첫날, 신부가 자신에게 거짓말을 했다는 사실을 알았다. 그녀는 라틴어와 불어를 배워야 했다. 또 아침에 기상 노크 소리를 들으면 큰 소리로 "몽 제주, 미제리코흐드!Mon Jésus, miséricorde!"("주여, 불쌍히 여기소서!'라는 뜻의 프랑스어—옮긴이)라고 외쳐야 한다는 말도 들었다. 그래서 이튿날 아침 노크 소리를 들으면 보고 읽을 요량으로 첫날 저녁에 한쪽 손바닥에 잉크로 그 말을 적어놨다. 하지만 아침에 일어나 보니 너무 어두워서 읽을 수가 없었다.

그녀는 낙제할까 봐 조마조마했다. 교단 창립자에 관해 배우는 것은 전혀 어렵지 않았다. 원조수녀회의 창립자는 섭리의 성 마리아로 알려진 에우제니아 스멧으로, 1856년 파리에서 빈민 돌봄과 가정간호 프로그램을 시작했고, 나중에는 자신이 훈련시킨 열두 명의 수녀를 중국에 보냈다. 문제는 라틴어였다. 나이 서른에 라틴어를 공부하는 여학생 노릇까지 하려니 여간 힘든 게 아니었다. 그녀는 수녀원 건물에 거의 갇혀 지냈다. 수녀원에서는 이따금씩 세 개의 아름다운 폭포가 있는 미타키산三瀧山까지 소풍을 가곤 했지만, 그마저도 왕복 네 시간이나 걸렸기 때문에 다리가 불편한 그녀에게는 몹시 고통스러운 일이었다. 어느 정도 시간이 흘렀을 무렵 그녀는 예전에 미처 몰랐던 자신, 즉 배짱과 끈기로 똘똘 뭉친 자신을 발견하고 깜짝 놀랐다. 원폭 투하 직후 숱한 시련 속에서 자기라는 사람에 관해 깨달은 바가 있었기에 그런 기질을 갖게 된 것이라고 생각했다. 어느 날 마리 생장 드 켄티라고 불리는 원장 수녀가 만약에 낙제를 해서 수녀원을 떠나라는 말을 들으면 어떻게 할 건지 그녀에게 물었다. 그녀는 대답했다. "저기 저 대들보를 붙잡고 온 힘을 다해 버틸 거예요." 그 말처럼 그녀는 정말 버텼고, 1957년에 청빈과 순결과 복종을 맹세하고 '사사키 도미니크 수녀'가 되었다.

원조수녀회는 이제 그녀의 진가를 알았다. 그래서 수련원에서 갓 수습을 뗀 그녀를 곧바로 일흔 명의 노인을 수용하는 양로원의 원장으로 임명했다. 그 양로원은 '성요셉의 정원'이라고 불렸으며 규슈 구로사키 근처에 있었다. 그녀는 고작 서른세 살밖에 안 된 데다 그 양로원에서 최초의 일본인 원장이었다. 또 수하에 열다섯 명의 직원이 있었고 그중 다섯은 프랑스와 벨기에 출신의 수녀였다. 그뿐만 아니라 지역과 중앙의 관리들과도 곧바로 협상에 돌입해야 했다. 그녀는 고령자를 돌보는 방법과 관련해서 읽어야 할 책을 한 권도 갖고 있지 않았다. 어디 그뿐인가. 사실 인계받은 양로원은 예전에 절이었던 낙후한 목조 건물이었고, 쇠약한 원생들을 먹여 살리기조차 힘들 정도로 재원이 빠듯했다. 심지어 일부 원생은 땔감을 구하러 다니기까지 해야 했다. 노인들 대부분은 잔혹하기로 악명이 높던 규슈 탄광촌의 전직 광부들이었다. 몇몇 외국인 수녀들은 신경질적이었던 탓에 말투가 일본인들과 달리 퉁명스럽고 거칠어서 사사키 수녀의 마음에 상처를 안겨주곤 했다.

그럼에도 사사키 수녀는 그간 온갖 고초를 겪으며 체득한 칠전팔기의 정신을 유감없이 발휘함으로써 성요셉의 정원을 20년 동안이나 전담해 운영했다. 무엇보다도 예전에 배워둔 회계 지식 덕분에 양로원 운영에 합리적인 부기 체제를 도입할 수 있었다. 그 결과 원조수녀회는 미국 지부들의 지원 하에 양로원을 신축할 자금을 모았고, 사사키 수녀의 감독 하에 언덕 꼭대기를 다져 콘크리트 블록 구조물을 건설했다. 또 몇 년 후 지하 수맥 때문에 건물 지반이 무너지기 시작하자 사사키 수녀는 그 건물을 한층 더 현대적인 건물로 교체했다. 이번에는 철근 콘크리트를 사용했으며, 방을 1인실과 2인실로 구분하여 만들고 각 방에는 양식 세면대와 변기를 설치했다.

사사키 수녀는 원생들이 평화로운 죽음을 맞이할 수 있게 돕는 일에 자신이 탁월한 재능이 있음을 발견했다. 히로시마에 원자폭탄이 투하된 직후 숱한 죽음을 목격했을 뿐만 아니라 죽음에 내몰린 사람들의 기이한 행동도 수없이 봐왔다. 그런 만큼 더는 놀랄 일도 두려워할 일도 없었다. 임종을 앞둔 원생을 처음으로 옆에서 지켜보던 순간, 그녀는 원폭 투하 직후에 찾아온 첫날밤이 생생하게 떠올랐다. 휑한 공장 마당 한복판에 돌봐주는 사람 하나 없이 버려진 채 끔찍한 고통에 시달리며 밤을 지새웠던 자신의 모습, 그리고 그 옆에서 죽어가던 한 청년의 모습이 눈앞에 선했다. 그녀는 그와 밤새 이야기를 나눴고, 무엇보다도 죽음을 앞둔 이의 외로움이 얼마나 처절한 것인지 깨달았다. 그녀는 다음날 아침에 그의 임종을 지켜보았다. 그 후 양로원에서 임종을 지켜볼 때마다 사사키 수녀는 이런 끔찍한 고독에 주의를 기울였다. 죽어가는 이에게 말을 하는 대신, 그의 손을 꼭 잡아주거나 그의 팔에 자신의 손을 얹어 놓음으로써 자신이 그의 곁에 있음을 알렸다.

한번은 임종을 앞둔 어느 노인이, 자신이 한 남자를 등 뒤에서 칼로 찌른 후 그가 피를 흘리며 죽어가는 걸 지켜보았다고 사사키 수녀에게 털어놓았다. 어찌나 생생하게 말하던지 그녀는 자신이 그 살인 행위를 목격하고 있는 듯한 느낌마저 들었다. 그 살인자가 기독교인은 아니었지만 사사키 수녀는 하느님이 그를 용서했다고 말해주었고, 덕분에 그는 편안히 죽음을 맞이했다. 또 한 노인은, 규슈의 광부들이 대개 그렇듯이 알콜중독이었고, 가족들이 그를 버렸다는 안 좋은 평판을 듣고 있었다. 양로원에서 그는 안쓰러울 정도로 열심히 모든 이를 기쁘게 하기 위해 애썼다. 자진해서 저장통에 있는 석탄을 날라다 건물 보일러에 불을 때기도 했다. 그는 간경화증을 앓았다. 당시 성요셉의 정원에서는 친절하게도 전직 광부들에게 소주 한 홉을 매일 나누어주었는데, 그는 병 때문에 그 배급을 받지 말라는 경고도 숱하게 들었다. 그러나 그는 계속 그 술을 마셨다. 그러던 어느 날 저녁식사 때 구토를 일으켰다. 혈관이 파열된 것이었다. 사흘 후 그는 죽었다. 사사키 수녀는 줄곧 그의 곁을 지켰다. 살아 있을 때 그가 그녀를 즐겁게 해주었다는 걸 느끼며 죽을 수 있도록 손을 잡아주었다.

1970년, 사사키 수녀는 로마에서 개최된 일하는 수녀들의 국제 회의에 참석했고, 이탈리아와 스위스, 프랑스, 벨기에, 영국 등의 복지시설도 시찰했다. 1978년 쉰다섯 살 되던 해에 성요셉의 정원에서 퇴직했으며 교황청으로 휴가여행을 갈 수 있는 기회도 부여받았다. 그곳에서 어슬렁거리며 놀고 있을 수만은 없어서 성베드로성당 밖에 놓인 탁자에 자리를 잡고 앉아 일본인 관광객들에게 조언을 해주기도 하였다. 그러고 나서 자신도 관광객이 되어 피렌체, 파도바, 아시시, 베네치아, 밀라노, 파리를 여행했다.

일본으로 돌아온 사사키 수녀는 원조수녀회의 도쿄 본부에서 2년간 자원봉사활동을 했다. 그리고 또 2년간 미사사에 있는 수녀원의 원장을 역임했다. 그 수녀원은 자신이 수녀가 되기 위해 교육을 받았던 곳이기도 했다. 그 후에는 남동생이 공부했던 음악학교의 여자기숙사에서 관장으로 지내면서 조용한 삶을 꾸려갔다. 그 음악학교는 교회에서 인수해서 이제는 엘리자베스음악대학이 되었다. 음악학교를 졸업한 야스오는 교원자격증을 취득해서 시코쿠 섬 고치에 위치한 고등학교에서 작곡과 수학을 가르쳤다. 야에코는 히로시마에서 개인병원을 운영하는 의사와 결혼했고, 그 덕분에 사사키 수녀는 의사가 필요할 때마다 그를 찾아갔다. 사사키 수녀는 계속되는 다리 통증 이외에도, 많은 피폭자들이 그러했듯이, 원자폭탄 때문일 수도 있고 아닐 수도 있는 여러 가지 질병이 반복적으로 발병했다. 이를 테면 간 기능 이상, 밤에는 식은땀이 나고 아침에는 열이 나는 증세, 경계성 협심증, 다리의 출혈 반점, 혈액 검사 시 류마티스인자 징후 등에 시달렸다.

1980년에 도쿄에 있는 수녀회 본부에 주재하고 있을 당시, 사사키 수녀는 인생에서 더없이 행복한 순간을 맞이했다. 수도자의 길에 입문한 지 25주년이 되는 그녀를 축하하는 만찬회가 열린 것이다. 그리고 뜻밖에도 그날 밤 두 번째 주빈으로 파리에서 수녀회 총본부장을 맡고 있는 프랑스 델쿠르 총장수녀가 참석했다. 델쿠르 수녀도 교단에 들어온 지 25년이 되었던 것이다. 델쿠르 수녀는 사사키 수녀에게 성모 마리아의 그림 한 장을 선물로 주었다. 사사키 수녀는 연설을 했다. "저는 과거에 매달려 살지 않을 것입니다. 원자폭탄 투하 속에서 살아남았을 때 저는 여분의 삶을 부여받은 것과 같았습니다. 저는 뒤돌아보는 것을 좋아하지 않습니다. 저는 계속 앞으로 전진할 것입니다."

후지이 마사카즈 박사

쉰 살이 된 후지이 박사는 유쾌한 성격 탓에 외국인들과 웃고 떠들며 놀기를 좋아했다. 그의 가이타이치병원도 순조롭게 굴러가던 터라 저녁때면 찾아오는 점령군 군인들에게 이렇게 저렇게 구한 산토리 위스키를 (옆에서 보기에) 줄기차게 권하는 것이 그의 낙이었다. 또한 그는 수년 동안 취미 삼아 외국어를, 그중에서도 특히 영어를 공부했다. 오랜 친구였던 클라인조르게 신부는 저녁때 그의 집에 들러 그에게 독일어를 가르쳐주곤 했었다. 그는 또 에스페란토어도 배웠었다. 전시에 일본 비밀경찰은 러시아인들이 첩보활동 암호로 에스페란토어를 사용하고 있다고 믿었다. 그러다 보니 후지이 박사는 코민테른으로부터 교신을 받고 있는 건 아닌가 하는 의심을 사서 몇 차례 집중 조사를 받기도 했었다. 이제 그는 미국인 친구들을 사귀느라 여념이 없다.

1948년, 후지이 박사는 원자폭탄으로 잿더미가 된 병원 터에 새 병원을 지었다. 입원환자용 병실을 6개 갖춘 평범한 목조 건물이었다. 그는 정형외과를 전공했지만, 전후에는 정형외과가 여러 개의 전문 분야로 세분화되고 있었다. 전부터 태아의 고관절 탈구에 특별한 관심이 있었지만 지금은 그 분야도 그렇고 다른 분야도 그렇고 성공을 장담하기에 자신이 너무 나이가 많다는 생각이 들었다. 게다가 전문화에 필요한 최신 설비도 부족했다. 그래서 그는 켈로이드 수술과 맹장 수술 그리고 기타 부상 치료를 주로 했다. 또한 내과 환자와 간혹 찾아오는 성병 환자를 진료했다. 그는 점령군 친구들을 통해 페니실린을 구할 수 있었다. 일일 평균 진료 환자는 여든 명가량 되었다.

후지이 박사는 다 큰 다섯 명의 자녀가 있었고, 일본의 관습대로 자녀들은 아버지의 뒤를 따랐다. 첫째와 막내는 딸이었는데, 이름이 미에코와 지에코였다. 두 딸 모두 의사와 결혼했다. 의사인 장남 마사토시는 가이타이치병원을 물려받아 그곳 환자들을 진료했다. 차남 게이지는 의과대학에 가지는 않았지만 엑스선 촬영기사가 되었다. 그리고 의사가 된 지 얼마 안 된 막내아들 시게유키는 도쿄에 있는 일본대학병원에 근무했다. 게이지는 후지이 박사가 히로시마의 병원 옆에 지은 집에서 부모님과 함께 살았다.

후지이 박사는 방사선 피폭에 따른 증상이 전혀 없었다. 또한 원폭 투하 때의 공포가 암암리에 자신에게 정신적 피해를 끼쳤다면 쾌락원칙을 따르는 것보다 더 좋은 치료법은 없다고 자신했다. 실제로 그는 방사능 증세에 시달리는 피폭자들에게 술을 마시라고 권했다. 그는 인생을 즐겼다. 물론 환자들을 측은히 여겼지만, 지나치게 열심히 일하는 것은 좋아하지 않았다. 그는 집에 무도장도 꾸며 놓고, 당구대도 장만하고, 사진 찍는 것도 즐겨 직접 암실을 만들기도 했다. 마작도 했다. 외국인 손님을 초대하는 것도 좋아했다. 자기 전에는 간호사들에게 마사지도 받고 이따금씩 치료 목적의 주사도 맞았다.

골프를 치면서부터는 정원에 모래 벙커도 만들고 드라이빙 네트도 설치했다. 1955년에는 15만 엔을 내고 회원제로 운영되는 히로시마컨트리클럽에 가입했다. 골프를 즐기는 편은 아니었지만 늘 가족 회원권을 구매했기 때문에 궁극적으로 그의 자녀들이 매우 좋아했다. 30년 후 그 클럽의 회원권은 1500만 엔이 되었다.

그는 일본 야구에도 열광했다. 히로시마 선수들은 처음에 카프스Carps(히로시마성의 별칭이 리조鯉城라는 데서 유래함—옮긴이)라고 불렸다. 이를 본 후지이 박사는, 영어로 잉어라는 뜻의 카프carp는 단수형과 복수형이 같으므로 히로시마 선수들에게 '스'를 붙이면 안 된다고 사람들에게 알려주었다. 그는 새로 지은 거대한 야구장에 가서 경기를 관람할 때가 많았다. 이 야구장은 원폭돔에서 멀지 않은 곳에 있었다. 원폭돔은 원폭 투하로 일부 뼈대만 남은 히로시마 산업장려관 건물로서, 시에서 원자폭탄을 상기시키는 유일한 물리적 유적으로 보존하고 있는 곳이다. 카프 팀은 창설 초기 시즌에 기록이 저조했지만 브루클린 다저스와 뉴욕 메츠가 경기 성적이 저조하던 시절에 그랬던 것처럼 열렬한 팬층을 확보했다. 그러나 후지이 박사는 다소 짓궂게 도쿄 스왈로우즈팀을 응원했다. 양복 옷깃에 스왈로우즈팀의 배지를 달고 다니기까지 했다.

원폭 투하 이후 도시를 재건하는 과정에서 히로시마는 일본 전역에서 가장 현란한 유흥도시로 탈바꿈했다. 밤이 되면 오색찬란한 네온사인 간판들이 사방에서 깜빡이면서 지나가는 사람들을 술집으로, 게이샤 하우스로, 커피숍으로, 무도장으로, 인가받은 윤락업소로 유혹했다. 어느 날 밤, 그 무렵 플레이보이라는 평판이 나기 시작한 후지이 박사는 도쿄의대의 고된 학업에서 벗어나 잠시 집에서 쉬고 있던 스무 살 된 막내아들 시게유키를 데리고 시내로 갔다. 아들에게 남자가 되는 방법을 알려주기 위해서였다. 두 사람은 규모가 큰 무도장으로 갔다. 한쪽에 젊은 여자들이 쭉 늘어서 있었다. 시게유키는 아버지에게 어떻게 해야 할지 모르겠다고 말했다. 하도 긴장해서 다리가 후들거릴 정도였다. 후지이 박사는 표를 구입한 후 특별히 더 예쁜 여자를 골랐다. 그리고 시게유키에게 그녀에게 가서 인사를 하고 데리고 나와 집에 꾸며놓은 무도장에서 자신이 가르쳐준 스텝대로 춤을 추라고 일러주었다. 그리고 나서 그 여자에게 가서 아들에게 잘해주라고 말하고는 그곳을 빠져나왔다.

1956년은 후지이 박사에게 색다른 경험을 선사한 한 해였다. 전년도인 1955년에 이른바 '히로시마의 처녀들'이 성형 수술을 받기 위해 미국에 갈 때 두 명의 히로시마 외과의사가 그들과 동행했다. 그런데 그 두 의사가 1년이 넘게 그곳에 체류할 수가 없던 터라 후지이 박사가 그들 중 한 명을 대신해 그곳에 가게 되었다. 2월에 미국에 간 후지이 박사는 10개월 동안 뉴욕 주변에 머물면서 장애가 있는 스물다섯 명의 딸 같은 소녀들에게 온화하고 배려 많은 아버지 역할을 했다. 그는 마운트시나이병원에서 그들의 수술을 지켜보고, 통역사로서 미국인 의사들과 히로시마 소녀들 간의 의사소통을 돕고, 소녀들이 자신들에게 무슨 일이 일어나고 있는지 이해할 수 있게 도왔다. 또 일부 의사들의 유대인 부인들과 독일어로 이야기를 나눌 수 있어 뿌듯했다. 심지어 어느 축하연회장에서는 다른 사람도 아닌 뉴욕주지사가 그의 영어 실력을 칭찬했다.

히로시마의 소녀들은 일본어를 거의 모르는 미국인 가정에 민박했던 탓에 외로울 때가 많았다. 그래서 활발하고 사려 깊은 후지이 박사는 그들을 즐겁게 해줄 방안을 생각해냈다. 이를테면 두서너 명씩 따로따로 그룹을 지어 일본 음식을 먹으러 외출을 했다. 한번은 어느 미국인 의사와 그의 부인이 파티를 열었는데, 하필이면 그날이 '히로시마의 처녀들' 중 야마오카 미치코라는 소녀가 큰 수술을 받은 지 사흘밖에 안 되는 날이었다. 미치코의 얼굴은 붕대로 감싸져 있었고, 손은 붕대로 감은 뒤 끈으로 몸에 묶어놓은 상태였다. 후지이 박사는 미치코가 파티에 꼭 참석하길 바랐다. 그래서 미국인 의사들 중 한 명에게 부탁해서 미치코가 빨간 리무진 오픈카를 타고 사이렌을 울리는 경찰차의 에스코트를 받으며 시내를 통과해 파티장에 갈 수 있게 손을 썼다. 그리고 가는 길에 선물가게에 들러 미치코에게 10센트짜리 말 인형을 사주었고, 또 경찰에게 부탁해 선물을 주고받는 사진도 찍었다.

이따금씩 후지이 박사는 혼자 외출해서 즐거운 시간을 보냈다. 또 다른 일본인 의사인 다카하시 박사는 그와 호텔방을 함께 썼다. 다카하시 박사는 술도 약하고 잠귀도 밝았다. 후지이 박사는 밤늦게 들어와서 쿵쾅쿵쾅 방을 돌아다니기도 하고, 털썩 주저앉기도 하고, 또 요란한 코골이로 옆 사람의 잠을 깨우곤 했다. 그는 멋진 시간을 보내고 있었다.

그로부터 9년 후, 후지이 박사는 히로시마에서 예전과 다름없이 낙천적인 삶을 살고 있었을까? 막내딸 치에코의 남편은 그렇게 생각하지 않았다. 막냇사위가 생각하기에, 장인은 갈수록 고집스럽고 융통성 없이 굴다가 또 끝내는 울적해하는 징후를 보였다. 부친의 병원 일을 덜어줄 요량으로 막내아들인 시게유키가 도쿄에서 개업하는 것을 포기하고 그의 조수로 일했고, 병원에서 한 블록 떨어진 작은 땅에 부친이 지은 집으로 이사 와서 살았다. 후지이 박사의 인생에 드리운 먹구름 중 하나는 그가 회장직을 맡고 있던 히로시마 라이온스 클럽에서 일어난 내분이었다. 클럽이 입회 규정을 바꿔 일본의 일부 의사협회들처럼 배타적인 상류사회 조직으로 변신해야 할지, 아니면 기존대로 모든 이에게 개방된 봉사단체로서의 성격을 유지해야 할지를 놓고 회원 간에 의견이 분분했다. 후지이 박사는 후자를 지지했다. 그런데 막상 승리의 향방이 전자 쪽으로 기울자 그는 실망하여 돌연 회장직을 그만두었다.

그와 아내의 사이도 갈수록 안 좋아졌다. 미국에서 돌아온 이후 그는 마운트시나이병원의 한 의사가 살던 집이 줄곧 눈앞에 아른거렸다. 결국 그는, 아내 입장에서는 유감스럽게도, 시게유키가 사는 목조 가옥 옆에 자신만을 위한 3층짜리 콘크리트 가옥을 설계해서 지어 올렸다. 1층에는 거실과 미국식 부엌이 있고, 2층에는 장정한 책들로 빽빽이 채워진 서재가 있었다. 나중에 시게유키는 그 책들이 부친이 의과대학에 다닐 때 그보다 성적이 우수했던 이와모토라는 동급생의 노트를 한 권 한 권 꼼꼼히 베껴 쓴 것임을 알게 되었다. 꼭대기 층에는 미국식 욕실과 4평 크기의 일본식 침실이 있었다.

1963년 말 무렵 그는 그 집을 서둘러 완공했다. '히로시마의 처녀들' 몇 명을 부모처럼 보살펴준 미국인 민박집 주인 부부가 연초에 히로시마를 방문할 예정이었는데, 그때 그들에게 거처를 제공하고 싶었기 때문이다. 그는 시험 삼아 자신이 먼저 그곳에서 며칠 밤을 보내고 싶었다. 아내는 그러기에는 다소 이르다며 말렸지만 그는 고집을 꺾지 않고 12월 말에 이사를 들어갔다.

섣달 그믐날, 후지이 박사는 시게유키의 거실 다다미에서 발을 따뜻하게 해주는 전기난방기구인 고타츠炬燵에 두 발을 넣고 앉아 편히 쉬고 있었다. 거실에는 시게유키와 그의 아내 그리고 또 다른 부부가 모여 있었지만 후지이 박사의 아내는 없었다. 그날 계획은, 가볍게 술을 마시며 매해 섣달 그믐날 하는 홍백가요대전(섣달 그믐날 밤 방송되는 일본 NHK 가요 프로그램―옮긴이)이라는 텔레비전 프로그램을 시청하는 것이었다. 이 프로그램은 시청자 투표로 뽑힌 인기 가수들이 출연해 홍팀(여성)과 백팀(남성)으로 나뉘어 노래 경합을 벌이고, 심사위원으로 유명 배우, 작가, 골프선수, 야구선수 등이 출연했다. 9시에서 11시 45분까지 방영되는 이 프로그램이 끝나고 나면 제야의 종이 울린다. 그런데 그날따라 부친이 술을 그리 많이 마시지도 않았는데 11시쯤부터 꾸벅꾸벅 졸고 있는 걸 시게유키가 보고, 부친에게 집에 가서 주무시는 게 좋겠다고 권했다. 그리고 몇 분 후 후지이 박사는 자리에서 일어났다. 가요 프로그램이 채 끝나기도 전이었다. 대개의 경우 밤에는 간호사가 박사의 다리를 마사지해주고 이불도 덮어주곤 했는데, 그날은 그렇게 하지 않았다. 잠시 후, 부친이 걱정이 된 시게유키는 밖으로 나가서 새로 지은 집 주변의 강가를 돌았다. 위를 올려다보니 침실에 불이 켜진 것이 보였다. 시게유키는 별일 없구나 하고 안심했다.

후지이 박사의 가족은 새해 아침 11시에 모여 전통술과 떡국으로 명절 아침 식사를 하기로 했다. 지에코와 그녀의 남편을 비롯해 손님들이 시간에 맞춰 도착해 술을 마시기 시작했다. 그런데 11시 30분이 되도록 후지이 박사가 자리에 나타나지 않았다. 그래서 시게유키는 일곱 살짜리 아들 마사쓰구에게 할아버지 집에 가서 침실 창문에 대고 할아버지를 불러보라고 시켰다. 마사쓰구는 할아버지가 불러도 대답이 없자 문을 열어보았다. 문이 잠겨 있었다. 그래서 이웃집에서 사다리를 빌려 꼭대기까지 기어올라가 할아버지를 불렀다. 하지만 여전히 대답이 없었다. 마사쓰구로부터 그 사실을 전해 들은 시게유키와 그의 아내는 깜짝 놀라 서둘러 부친의 집으로 가서 잠긴 문 옆에 있는 창문을 부수고 문을 열었다. 가스 냄새가 났다. 서둘러 위층 침실로 올라갔다. 후지이 박사는 의식이 없었다. 가스히터가 그의 이부자리 머리맡에 켜진 채로 있었지만 연소되고 있지 않았다. 이상하게도 환풍기가 돌아가고 있었는데, 그나마 그곳에서 신선한 공기가 들어온 탓에 그는 죽지 않고 살았다. 그는 똑바로 누워 있었고 얼굴은 평온해 보였다.

현장에는 아들과 사위 그리고 손님 한 명까지 합쳐 의사가 셋이나 있었다. 그들은 병원에서 산소 호흡기와 기타 장비를 가지고 와서 후지이 박사를 살리기 위해 할 수 있는 모든 처치를 했다. 또 자신들이 아는 명의인 히로시마대학의 미야니시 교수도 불렀다. 그의 첫 질문은 "자살을 시도한 겁니까?"였다. 가족들은 그렇게 생각하지 않았다. 1월 4일이 될 때까지 속수무책으로 기다리는 수밖에 없었다. 정월 초사흘까지 연휴라서 히로시마는 모든 것이 완전히 정지 상태였고, 병원 진료도 최소한의 것만 가능했다. 후지이 박사는 의식이 없었지만 생명이 위독한 것 같지는 않았다. 드디어 4일에 구급차가 왔다. 구급대원들이 후지이 박사를 들것에 실어 아래층으로 내려올 때 후지이 박사가 몸을 약간 움직였다. 의식의 수면 위로 헤엄쳐 나오면서 그는 원폭 투하 때문에 자신이 구조되고 있다고 생각하는 것이 분명했다. 그는 들것을 든 구급대원들에게 물었다. "당신들은 누굽니까? 군인들인가요?"

대학병원에서 후지이 박사는 차츰 회복기로 접어들었다. 1월 15일, 신년 스모 대회가 시작되던 날, 그는 자신이 미국에서 사온 휴대용 텔레비전 세트를 가져다 달라고 부탁했고, 침대에 앉아 그 텔레비전으로 스모 경기를 시청했다. 젓가락질을 하기가 다소 불편했지만 혼자 힘으로 식사도 할 수 있었다. 또 정종도 한 병 가져다 달라고 했다.

그 무렵 가족들은 모두 안심하고 있었다. 그런데 1월 25일에 돌연 그는 설사와 혈변을 보더니 탈수 상태가 오고 급기야 의식을 잃었다.

그로부터 9년 동안 그는 식물인간 상태로 연명했다. 처음 2년 반 동안은 병원에 머물면서 튜브로 음식을 공급받았다. 그 후에는 집에서 그의 아내와 성실한 간병인이 그를 돌봤다. 그들은 튜브로 음식을 공급하고 기저귀를 갈고 목욕을 시키고 마사지를 했다. 그리고 그에게 요로감염 증세가 있자 약도 투여했다. 간혹 그는 목소리에 반응하는 것처럼 보이기도 했고, 또 간혹 희미하게나마 좋고 나쁨을 표현하는 것처럼 보이기도 했다.

1973년 1월 11일 밤 10시, 시게유키는 아들 마사쓰구를 후지이 박사 머리맡으로 데리고 왔다. 마사쓰구는 사고가 있던 날 사다리를 타고 올라가 할아버지를 부르던 작은 소년에서 열여섯 살 난 의예과 학생으로 성장했다. 시게유키는 아들이 할아버지를 의사의 눈으로 관찰하길 원했다. 마사쓰구는 할아버지의 호흡과 심장박동 소리를 듣고 혈압을 쟀다. 할아버지의 상태는 안정적이었다. 시게유키도 아들의 진단에 동의했다.

이튿날 아침, 시게유키는 모친으로부터 부친이 이상해 보인다는 전화를 받았다. 시게유키가 도착했을 때 후지이 박사는 이미 세상을 떠난 후였다.

후지이 박사의 미망인은 남편의 부검을 반대했다. 하지만 시게유키는 생각이 달랐다. 그래서 묘안을 짜냈다. 그는 부친의 시신을 화장터로 옮긴 후, 그날 밤 뒷문으로 시신을 빼내어 미국이 운영하는 원폭상해조사위원회Atomic Bomb Casualty Commission, ABCC로 옮겼다. 조사위원회는 히로시마시 동쪽 언덕 꼭대기에 있었다. 부검이 끝났다는 소식을 들은 시게유키는 결과를 들으러 갔다. 부친의 장기가 여러 개의 용기에 나뉘어 담겨 있었다. 부친과의 마지막

조우라고 생각하니 더없이 낯선 감정이 몰려왔다. 그는 말했다. "거기 계시는군요, 아버지." 그는 부친의 위축된 뇌와 비대해진 대장을 보았다. 부친의 간에는 탁구공만 한 크기의 암도 있었다.

후지이 박사의 유해는 화장된 후, 정토교淨土敎라는 불교 종파에 속한 연광사蓮光寺라는 절에 매장되었다. 나가쓰카에 위치한 그 사원은 그의 외갓집 근처에 있었다.

이 피폭자의 이야기는 결말이 참으로 비극적이었다. 후지이 박사가 죽은 후 그 일가는 그가 남긴 재산 때문에 다툼이 일어났고, 모친이 아들을 고소하는 일까지 벌어졌다.

다니모토 기요시 목사

원폭 투하 이듬해 히로시마 사람들은 폐허가 된 옛 집터를 되찾기 시작했다. 많은 사람들이 폐허에서 기왓장을 주워 모아 지붕을 잇는 등 되는대로 판잣집을 지었다. 판잣집을 밝힐 전기가 아직 안 들어오는 터였기에, 그들은 해질 무렵이 되면 외로움과 혼란과 환멸에 휩싸인 채 요코카와 철도역 부근의 공터에 모여 암시장에서 물건을 거래하기도 하고 서로 위로하기도 했다. 그 무렵 다니모토 목사가 매일 밤 네 명의 개신교 목사들과 함께 무리를 지어 그곳을 방문했다. 그들 뒤에서는 트럼펫 연주자와 드럼 연주자가 "앞으로, 기독교 군병들이여"를 연주했다. 이 다섯 명의 목사들은 번갈아 가며 상자 위에 서서 설교를 했다. 특별히 흥겨울 만한 일이 거의 없었기에 그들 주변으로 사람들이 모여들었다. 심지어 미군을 상대하는 매춘부인 양공주들도 간혹 눈에 띄었다. 처음에 대다수 피폭자들은 원자폭탄을 떨어뜨린 미국인들에게 분노했다. 하지만 그 무렵에 이르러서는 미묘하게 그 분노가 질 게 뻔한 무모한 전쟁에 가담한 자국 정부에게로 향하고 있었다. 목사들은 정부를 비난해봤자 소용없으며, 일본 국민의 희망은 자신들의 죄 많은 과거를 뉘우치고 하느님에게 의존하는 것뿐이라고 설교했다. "너희는 먼저 그의 나라와 그의 의를 구하라. 그리하면 이 모든 것을 너희에게 더하시리라. 그러므로 내일 일을 위하여 염려하지 말라. 내일 일은 내일이 염려할 것이요. 한 날의 괴로움은 그 날로 족하니라."(〈마태복음〉 6장 33~34절 ─ 옮긴이)

설령 입신하려는 사람이 있다 한들 그들을 맞아들일 교회가 없었기 때문에 다니모토 목사는 이러한 복음 전도가 아무 쓸모없다는 걸 금세 깨달았다. 고딕 첨탑이 있는 그의 교회는 그때까지도 철근 콘크리트 뼈대만 앙상하게 드러낸 채 시내에 자리만 차지하고 있었다. 그는 이제 마음을 바꿔먹고 교회 건물을 복구시킬 방법을 찾아 나섰다. 그의 수중에는 돈이 하나도 없었다. 교회 건물은 15만 엔 상당의 보험에 들어 있었지만, 은행 자금은 미국에 의해 동결된 상태였다. 그는 군수품이 여러 종류의 재건사업에 분배되고 있다는 사실을 알고서 히로시마현 정부로부터 '물자 전용' 허가 전표를 받아 자신이 사용할 수 있거나 팔 수 있는 물자를 찾아 나섰다. 도적질이 횡행하고 일본군에 대한 반감이 확산되던 시기였기에 군수품 창고는 약탈당하기 일쑤였다. 마침내 그는 가마가

리라는 섬에서 페인트 창고를 발견했다. 점령군인 미군 병사들이 그 창고를 엉망으로 만들어놓았다. 그들은 상표에 쓰인 일본어를 읽을 줄 몰라서 페인트 통마다 구멍을 내고 발로 차서 넘어뜨렸다. 그 안에 뭐가 들었는지 알아보려고 했던 것이 분명했다. 다니모토 목사는 작은 배 한 척을 구해서 커다란 빈 깡통 화물을 본섬으로 실어왔다. 그리고 그 화물을 도다건설회사戶田建設會社에 가져가서 교회에 필요한 기와지붕과 맞교환했다. 그는 몇 명의 충성스런 교구민과 함께 손수 교회 건물 재건에 필요한 목공일을 수개월에 걸쳐 조금씩 진행했다. 그러나 눈에 띄는 변화를 가져오기에는 자금이 부족했다.

1946년 7월 1일, 원폭 투하가 있은 지 1년도 채 안 되어 미국은 비키니 환초에서 원자폭탄 실험을 실시했다. 그리고 1948년 5월 17일 미국은 또 다른 원자폭탄 실험을 성공리에 마쳤다고 발표했다.

에모리대학 시절에 급우로 지낸 마빈 그린 목사에게 보낸 서신에서 다니모토 목사는 교회 재건에 애를 먹고 있다고 말했다. 당시 그린 목사는 뉴저지주 위호켄에 있는 파크교회의 목사로 있었다. 그린 목사는 다니모토 목사가 자금 모금을 위해 미국을 방문할 수 있게 감리교 해외전도국과 함께 수고를 해주었고, 1948년

10월에 드디어 다니모토 목사는 가족을 뒤로 한 채 미국 해군 전함인 고든호를 타고 샌프란시스코로 향했다.

항해 도중에 다니모토 목사는 야심찬 구상이 떠올랐다. 자신의 삶을 다 바쳐 세계 평화에 기여하는 것, 바로 그것이었다. 피폭자라는 집단의 기억이 세계 평화에 강력한 힘이 될 것이라고 확신했다. 또 원폭 투하의 경험이 핵무기 재사용을 막기 위한 국제적 연구의 주요 대상이 되려면 무엇보다도 히로시마에 그와 같은 연구 센터가 있어야 한다고 생각했다. 결국 하마이 신조 시장을 비롯해 히로시마에 있는 그 누구와 한마디 상의도 없이 그는 단독으로 미국에서 이런 구상을 정리해 제안서를 작성했다.

다니모토 목사는 마빈 그린 목사의 위호켄 목사관 지하에 손님으로 묵었다. 그린 목사는 몇몇 자원봉사자들의 협조를 받아 다니모토 목사의 매니저 겸 홍보기획자가 되었다. 우선 그는 어느 교회 명부에서 신도가 200명 이상이거나 예산이 2만 달러 이상인 미국의 모든 교회들을 골라내어 목록으로 정리했다. 그리고 그중 수백 군데에 다니모토 기요시목사가 강연을 할 수 있게 초대해달라는 청탁의 글을 직접 손으로 써서 보냈다. 그가 강연여행 일정을 잡자마자 다니모토 목사는 '잿더미에서 피어난 신앙'이라는 제목의 준비된 연설문을 들고 여행길에 올랐다. 그들은 가는 곳마다 많은 기부금을 거뒀다.

강연여행 도중에 다니모토 목사는 힘을 보태주지 않을까 하는 희망을 품고 몇몇 사람들에게 자신의 평화센터 제안서를 보냈다. 그러던 어느 날 위호켄에서 뉴욕으로 강연하러 가는 길에 그의 일본인 친구가 펄 벅 씨를 소개해준다며 그녀 남편의 출판사 사무실로 데리고 갔다. 펄 벅 씨는 그의 설명을 들으며 제안서를 찬찬히 훑어봤다. 그러고 나서 제안서가 매우 인상적이긴 한데, 자신은 너무 나이도 많고 바빠서 그를 도울 수 없을 것 같다고 말했다. 하지만 그를 도와줄 가능성이 있는 적임자를 안다고 했다. 그 적임자는 《토요문학평론Saturday Review of Literature》지의 편집장인 노먼 커즌스Norman Cousins였다. 다니모토 목사가 제안서를 커즌스 씨에게 보내면 그녀가 커즌스 씨에게 잘 말해보겠다고 약속했다.

오래지 않아 다니모토 목사는 커즌스 씨에게서 전화 한 통을 받았다. 강연 때문에 애틀랜타 부근의 시골 지역을 돌고 있을 때였다. 커즌스 씨는 제안서에 무척 감명을 받았다며 《토요문학평론》지에 제안서를 객원사설로 실어도 되는지 물었다.

1949년 3월 5일 마침내 제안서가 '히로시마의 구상'이라는 제목으로 그 평론지에 실렸다. 커즌스 씨는 소개의 글에 '편집자들이 열렬히 지지하고 또 앞으로 적극 동조할' 구상이라고 써주기까지 했다. '히로시마의 구상'은 다음과 같이 말했다.

　　1945년 8월 6일, 자신들이 사는 도시에 투하된 원자폭탄으로 넋을 잃고 실의에 빠져 있다가 분연히 떨쳐 일어난 히로시마의 사람들은, 이제 자신들이 평화중재자들의 오래된 명제를 입증한 연구실 실험의 일부였음을 압니다. 히로시마 사람들 모두는 세상 어디에서도 다시는 이와 유사한 파괴가 일어나지 않게 힘써야 한다는 사명을 거부할 수 없는 책임으로 받아들였습니다…….

히로시마 사람들은 자신들의 경험이 세계평화라는 대의에 영구적으로 기여할 수 있기를 간절히 희망합니다. 이러한 목적을 위해 저희는 국제적이고 무당파적인 세계평화센터 건립을 제안하는 바입니다. 이 센터는 전 세계의 평화교육을 위해 연구하고 계획하는 연구소가 될 것입니다…….

사실 히로시마 사람들 어느 누구도, (노먼 커즌스 씨까지 동참한) 다니모토 목사의 제안에 대해 전혀 몰랐다. 그럼에도 그들은 히로시마가 세계인들의 기억에 뭔가 특별한 것을 아로새길 역할을 하리라는 걸 가슴속 깊이 인식하고 있었다. 원폭 투하 4주년 되던 날 일본 국회는 히로시마를 평화기념도시로 선정하는 법률을 제정했고, 일본 건축계의 거장인 단게 겐조 씨가 구상한 기념공원의 최종 설계안이 시민들에게 공표되었다. 공원 중심부에는 원폭 사망자를 기리는, 하니와埴輪 형태를 띤 장엄한 위령비가 세워질 예정이었다(점토로 만든 아치형 하니와는 일본 선사시대 무덤에서 발견되는 유물로, 망자를 위한 집으로 추정된다). 이날 치러진 평화기념식에 많은 인파가 몰렸다. 그러나 머나먼 타국 땅에서 교회를 순회하고 있던 다니모토 목사는 이러한 모든 일로부터 동떨어져 있었다.

4주년 기념식이 있은 지 며칠 후 노먼 커즌스 씨가 히로시마를 방문했다. 그 무렵 커즌스 씨는 다니모토 목사의 구상보다는 자신만의 새로운 구상에 몰두하고 있었다. 구체적으로 말하면 세계정부를 주창하는 조직인 세계연방주의자연합United World Federalists을 지지하는 국제적인 청원서를 원자폭탄 투하 명령을 내린 트루먼 대통령에게 제출하자는 계획이었다. 그는 히로시마에서 순식간에 10만 7854건의 서명을 받아냈다. 고아원 방문을 마치고 귀국길에 오른 그는 또 다른 구상이 떠올랐다. 그것은 미국인들이 히로시마의 고아들을 재정적으로 지원하는 '도덕적 입양moral adoption'이라는 것이었다. 세계연방주의자연합 지지 청원서 서명은 미국에서도 활발히 진행되었다. 커즌스 씨는 트루먼 대통령에게 청원서를 제출하는 대표단 일원으로 다니모토 목사를 초대했다. 당시 그 단체에 관해 거의 아는 것이 없던 다니모토 목사는 그의 말을 듣고 무척 들떴다.

그러나 안타깝게도 해리 트루먼은 청원자들을 만나기를 거부했을 뿐만 아니라, 청원서도 수리하지 않았다.

1949년 9월 23일, 모스크바 라디오는 소련연방이 원자폭탄을 개발했다고 발표했다.

그해 말까지 다니모토 기요시 목사는 31개 주의 256개 도시를 방문했고, 교회 재건 자금으로 대략 1만 달러를 모았다. 다니모토 목사가 일본으로 귀국하기 전에 마빈 그린 목사가 때마침 그의 낡은 녹색 캐딜락을 버리려 한다고 말했다. 다니모토 목사는 마빈 그린 목사에게 그 차를 히로시마에 있는 교회에 기부해달라고 부탁했고, 그는 그렇게 하겠다고 했다. 다니모토 목사는 해운업에 종사하는 일본인 지인을 통해 그 차를 일본까지 무료로 운송할 수 있게 손을 썼다.

1950년 초에 귀국한 다니모토 목사는 하마이 시장과 구스노세 쓰네이楠瀬常猪 히로시마현 지사를 방문해 평화센터 구상에 대한 공식적인 지지를 요청했다. 그러나 두 사람은 그의 요청을 거절했다. 점령군 최고사령관인 더글러스 맥아더 장군은, 히로시마와 나가사키 원폭 투하의 피해에 관한 보도를 유포하거나 또는 이를 요구하는 시위 등을 신문 검열 규정을 비롯한 여러 조치들을 통해 엄격하게 금지했다. 평화 염원과 관련된 것들 또한 예외가 아니었다. 그러다 보니 두 관료가 생각하기에 다니모토 목사의 평화센터는 지방정부를 곤란에 빠뜨릴 것이 불 보듯 뻔했다. 다니모토 목사는 이에 굴하지 않고 다수의 지도적인 시민들을 결집시켰다. 이 사람들은, 노먼 커즌스 씨가 미국에서 모이는 기금을 주관하기 위해 뉴욕에 히로시마평화센터재단을 설립한 후에, 다니모토 목사의 교회를 본부로 삼아 히로시마에 그 센터를 설립했다. 처음에 그 센터는 사업이라고 할 게 거의 없었다(불과 몇 년 만에, 공원 내에 평화기념자료관과 평화기념관이 설립되고, 간혹 소란스러운 경우도 있었지만 활기 넘치는 연례 국제회의가 시에서 개최되었다. 그 무렵 이러한 결실을 위해 다니모토 목사가 초창기에 평화운동의 씨앗을 뿌렸고 용기 있게 맥아더 장군의 금지조치들을 무시했음을 적어도 몇몇 히로시마 시민들은 인정했다).

미국에서 캐딜락이 도착하자 신바람이 난 다니모토 목사는 그 기름 잡아먹는 자동차를 타고 드라이브를 하기로 결심했다. 그런데 시 동쪽에 위치한 히지야마比治山라는 언덕을 올라가고 있을 때 경찰이 그를 멈추어 세우더니 무면허 운전이라고 체포했다. 그러나 운 좋게도 얼마 전부터 경찰학교의 목사로 근무하기 시작했던 터라 경찰서로 끌려온 그를 본 상관들이 껄껄 웃으면서 그냥 돌려보냈다.

1950년 한여름, 커즌스 씨는 다니모토 목사를 미국으로 다시 초대했다. 두 번째 강연여행과 세계연방주의자들을 위한 기금 모금, 그리고 도덕적 입양과 평화센터 추진을 위해서였다. 그래서 8월 말 다니모토 목사는 다시 미국으로 갔다. 마빈 그린 씨가 예전처럼 필요한 모든 준비를 해주었다. 이번에 다니모토 목사는 24개 주의 201개 도시를 8개월에 걸쳐 방문했다. 이번 여행의 하이라이트는 (그리고 그의 인생에서도 하이라이트가 됐음 직한 것은) 커즌스 씨가 주선한 워싱턴 방문이었다. 1951년 2월 5일, 다니모토 씨는 하원외교위원회 위원들과 점심식사를 한 후, 상원의 오후 회의를 위한 개회기도를 올렸다.

하늘에 계신 아버지, 지난 10년간 인류 역사에서 가장 위대한 문명을 건설할 수 있도록 미국에게 커다란 은총 내려주셔서 감사드리옵니다……. 오, 하나님, 일본이 미국의 관용을 입는 행운의 수혜자가 될 수 있게 허락해주셔서 감사드리옵니다. 또 저희 국민에게 자유의 은혜를 베풀어주셔서 감사드리옵니다. 그 은혜에 힘입어 저희 국민이 폐허의 잿더미에서 일어나 거듭날 수 있었습니다……. 여기 있는 모든 상원 의원에게 하나님의 축복을 내려주옵소서…….

버지니아 주 상원의원인 A. 윌리스 로버트슨은 일어나 다음과 같이 말했다. "우리가 원자폭탄으로 죽이려 했던 한 남자가 상원에 와서 우리가 숭배하는 신과 똑같은 신에게 감사기도를 올리면서 신에게 미국의 위대한 영적 유산에 대해 감사하다고 말하고 모든 상원 의원에게 축복을 내려달라고 기도를 하니, 상당히 당황스럽지만 감동적이었습니다. 감사합니다."

한편 히로시마에 원자폭탄이 떨어지기 바로 전날, 소이탄 공습에 떨고 있던 시 당국은 집을 허물어 소방도로를 만드는 작업에 수백 명의 여학생을 동원했다. 그 때문에 그 여학생들은 원자폭탄이 터질 때 밖에 있었다. 생존자는 거의 없었다. 살아남았다 해도 대부분 심한 화상을 입었고, 훗날 얼굴과 팔과 손에 생긴 흉측한 켈로이드에 시달려야 했다. 두 번째 미국 여행에서 돌아온 지 한 달가량 지나서 다니모토 목사는 평화센터의 한 사업으로 그러한 여학생 십여 명을 대상으로 성경교실을 열었고, 이 모임을 '켈로이드 소녀회'라고 불렀다. 그는 재봉틀을 세 대 구입한 후, 전쟁미망인의 집 이층에 있는 양재 작업실에서 그들이 일할 수 있게 도왔다. 전쟁미망인의 집도 그가 센터사업의 일환으로 이전에 설립한 것이었다. 그는 시 정부에 켈로이드 소녀회를 위한 성형 수술 기금을 요청했다. 그러나 시 정부는 그의 요청을 거절했다. 그래서 그는 원폭상해조사위원회에 기금을 신청했다. 그 위원회는 원자폭탄의 방사능 후유증, 즉 원자폭탄 투하를 결정한 사람들이 전혀 예상하지 못한 후유증을 연구하기 위해 설립된 곳이었다. 그러나 그 위원회는 그에게 그곳은 연구가 목적이지 치료가 목적이 아님을 상기시켰다(이런 이유로 원폭상해조사위원회는 피폭자들의 엄청난 분노를 샀다. 피폭자들은 미국인들이 자신들을 실험용 쥐로밖에 여기지 않는다고 격노했다).

마스기 시즈에眞杉靜枝라는 여성이 도쿄에서 히로시마를 방문했다. 마스기 씨는 당대 일본 여성과 달리 인습 따위에 얽매이지 않는 파란만장한 인생을 보내고 있었다. 언론인인 그녀는 젊어서 결혼했다가 이혼한 후 유명 작가 두 명의 내연녀로 지냈고, 그 후에 재혼했다. 그녀는 여성들의 쓰라린 사랑과 고독에 관한 단편소설을 썼으며, 지금은 도쿄의 대표 신문인《요미우리신문讀賣新聞》에 실연한 여성들을 대상으로 칼럼을 썼다. 그녀는 죽기 전에 가톨릭 신자가 될 테지만 죽으면 도케이지東慶寺 사원에 묻히기를 원했다. 이 절은 1285년에 한 수도승이 설립한 선사인데, 그 수도승은 잔혹한 남편들에게 시달리는 여성들이 안쓰러워 이 절에 여승으로 피신해온 사람들은 누구나 이혼한 것으로 간주할 수 있다고 선언했다. 히로시마 방문길에 마스기 씨는 다니모토 목사를 만나 피폭 여성들에게 가장 필요한 일이 무엇인지 물었다. 다니모토 목사는 켈로이드 소녀회의 어린 여성들이 성형 수술을 받으면 좋겠다고 말했다. 그 말을 들은 마스기 씨는《요미우리신문》에 기금 마련 캠페인을 펼쳤다. 얼마 안 있어 아홉 명의 소녀들이 도쿄에서 수술을 받을 수 있게 되었고, 차후에 오사카에서도 열두 명이 추가로 수술을 받을 수 있게 되었다. 그런데 켈로이드 소녀회 입장에서는 참으로 유감스럽게도 신문사들은 그들을 '원폭 처녀들'이라고 칭했다. 이 명칭은 영어로도 문자 그대로 'A-Bomb Maidens'라고 번역되었다.

1952년 10월, 영국은 첫 원자폭탄 실험을 실시했고 미국은 첫 수소폭탄 실험을 실시했다. 1953년 8월, 소련연방 또한 수소폭탄 실험을 했다.

도쿄와 오사카에서 실시된 소녀들의 수술 결과가 완전히 만족스러운 것은 아니었다. 그러다 보니 히로시마를 방문한 다니모토 목사의 친구인 마빈 그린 목사는 그 소녀들 몇 명을 성형 수술 기술이 더 앞선 미국으로 데리고 가서 수술을 받게 하면 어떨까 하는 구상을 하게 되었다. 1953년 9월, 노먼 커즌스 씨는 도덕적 입양 결연 기금을 전달하기 위해 자신의 아내와 함께 히로시마에 왔다. 다니모토 목사는 커즌스 씨 부부를 몇몇 히로시마의 소녀들에게 소개했고, 마빈 그린 목사의 구상에 대해서도 말했다. 그들은 그 제안을 마음에 들어했다.

　커즌스 씨 부부가 떠난 후 히로시마 시장 집무실에서 고아들에게 분배될 도덕적 입양 기금과 관련해 몹시 껄끄러운 회의가 열렸다. 커즌스 씨가 기금으로 내놓고 간 돈은 1500달러였지만, 밝혀진 바에 따르면 그 총액 중 200달러는 이미 6명의 특정 아이들에게 지급되기로 정해져 있었고, 65달러는 소녀들에게 지급될 예정이었다. 또 190달러는 다니모토 목사가 후쿠야마 백화점에서 가방을 사는 데 들어갔는데, 그 가방은 노먼 커즌스 씨가 6개 고아원의 원장들에게 선물하기 위한 것이었다. 그러다 보니 최종적으로 남은 기금은 1165달러였고, 이는 410명의 고아들 각각에게 지급된 돈이 약 2달러 70센트(970엔 정도)에 불과함을 뜻했다. 결국 이 사업의 담당자가 되는 시 관리들은 다니모토 목사가 차감한 총액에 분개했다. 히로시마의 《추고쿠신문》에 보도된 바에 따르면, 이

회의의 보고서에 다니모토 목사가 다음과 같이 대답했다고 쓰여 있었다. "저는 제 개인의 의지와 상관없이 커즌스 씨의 지시를 따른 것뿐입니다."

그 무렵 다니모토 목사는 비난에 익숙해져가고 있었다. 미국 순회강연 때문에 교회를 오래 비웠더니 사람들은 그를 보고 '원폭 목사'라고 불렀다. 또 히로시마의 의사들은 소녀들이 왜 히로시마에서 수술을 받지 않았는지 의아해했다. 그뿐만 아니라 왜 소녀들만 지원하고 소년들은 지원을 안 하는지 불만을 토로하는 사람도 있었고, 다니모토 목사의 이름이 너무 자주 신문 지상에 오르내린다고 생각하는 사람도 있었다. 덩치 큰 캐딜락도 그리 좋은 소리를 듣지 못했다. 금세 똥차라는 게 드러나 폐차시켜야 했는데도 사람들은 욕을 했다.

1954년 3월 1일, 제5 후쿠류마루가 비키니 환초에서 행해진 미국의 핵 실험 때문에 방사능 낙진 세례를 맞았다.

노먼 커즌스 씨는 켈로이드 소녀들에 관한 구상을 실행에 옮기기 위해 뉴욕에 가 있었다. 1954년 말에 마운트시나이병원과 베스이스라엘병원 모두에서 성형외과 부장을 맡고 있는 아서 바스키 박사와 마운트시나이병원의 내과의사인 윌리엄 히치히 박사가 히로시마에 도착했다. 소녀들 가운데 성형 수술을 통해 개선 가능성이 가장 높은 사람을 선별하기 위해서였다. 하지만 보기 흉한 켈로이드 흉터를 가진 히로시마의 소녀들 가운데 자진해서 검사를 받으러 온 사람은 고작 43명이었다. 바스키 박사와 히치히 박사는 그중에서 25명을 선발했다.

1955년 5월 5일, 다니모토 목사는 선발된 소녀들과 함께 미공군 수송기를 타고 이와쿠니 공항을 이륙했다. 소녀들은 뉴욕 근처의 민박 가정에서 머물 예정이었기 때문에 다니모토 목사는 세 번째 기금 모금 순회강연을 위해 서부 해안으로 떠났다. 이번에 잡힌 여행 일정 가운데 특히 주목할 만한 것은 5월 11일 수요일 저녁에 로스앤젤레스에 있는 NBC 스튜디오에서 진행될 인터뷰였다. 커즌스 씨는 현지 텔레비전 인터뷰가 기금 마련에 큰 도움이 될 거라며 다니모토 목사를 설득했다.

그날 저녁 다니모토 목사는 다소 혼미한 상태로 거실처럼 생긴 세트장에서 눈부신 조명과 카메라 세례를 받으며 앉아 있었다. 조금 전에 만난 랠프 에드워즈라는 미국 신사가 환한 미소를 지으며 카메라를 바라보았다. 그리고 매주 수요일 밤마다 그의 프로그램을 보려고 텔레비전 앞에 앉아 있는 4000만 명가량의 미국 시청자들에게 다음과 같이 말했다. "안녕하십니까, 신사 숙녀 여러분. '이것이 당신의 인생이다'에 오신 것을 환영합니다. 지금 여러분 귀에 들리는 째깍거리는 소리는 1945년 8월 6일 오전 8시 15분을 향해 가고 있는 시계의 초침 소리입니다. 여기 저와 함께 앉아 계신 신사 분은 그 초침이 마지막으로 째깍하며 8시 15분을 가리킴과 동시에 인생이 바뀐 분입니다. 안녕하세요? 성함이 어떻게 되시나요?"

"다니모토 기요시입니다."

"하시는 일은 무엇입니까?"

"목사입니다."

"지금 사시는 곳은 어디입니까?"

"일본 히로시마입니다."

"1945년 8월 6일 오전 8시 15분에 다니모토 씨는 어디에 계셨나요?"

그러나 다니모토 씨는 대답할 겨를이 없었다. 재깍거리는 소리가 점점 커졌고, 여기에 우레와 같이 요란한 팀파니 소리까지 가세했다.

"이곳은 히로시마입니다." 스튜디오 방청객용 화면 위로 버섯구름이 피어오르자 에드워즈 씨가 말했다. "1945년 8월 6일 그 운명적인 순간에 새로운 개념의 생生과 사死가 세례를 받았습니다. 의심의 여지 없이 그 새로운 차원을 경험한 다니모토 목사님! 바로 당신이 오늘의 주제입니다. 다니모토 목사님, 우리는 곧 당신의 인생을 추적할 겁니다. 그 전에 밥 워런 아나운서가 숙녀 시청자분들께 특별히 알려드릴 제품이 있다는군요."

파멸로 치닫던 운명의 시계 소리가 이미 멈추고 다시 새롭게 60

초를 세고 있는 사이에, 밥 워런은 금발 미인의 손톱에 칠해진 헤이즐비숍사의 매니큐어를 지우려 애쓰고 있었다. 그러나 그의 노력은 프라이팬 녹도 벗겨낼 수 있는 철수세미를 사용해도 헛수고였다.

다니모토 목사는 뒤이어 일어날 일에 대해 완전히 무방비 상태였다. 그저 무기력하게 식은땀을 흘리며 입을 꽉 다문 채 앉아서 지켜볼 따름이었다. 이 유명 프로그램만의 독특한 방식에 맞춰 그의 삶이 단편적으로 회고되었다. 우선 어릴 때 그에게 그리스도에 관해 가르쳐준 감리교 선교사인 나이 지긋한 버사 스파키 여사가 아치형 입구를 지나 들어왔다. 그 뒤를 이어 그의 친구인 마빈 그린 목사가 나와 신학교 시절에 관한 우스갯소리를 했다. 그런 다음에 에드워즈 씨가 스튜디오에 있는 관객 중에서 몇몇 사람을 가리켰다. 다니모토 목사는 안수례를 받은 직후 일본계 미국인 할리우드 독립교회에서 임시목사로 짧게 근무한 적이 있었는데, 바로 그때의 교구민들이었다.

그 다음 순서로 등장한 인물은 충격 그 자체였다. 키가 크고 조금 살이 찐 한 미국인이 세트장 안으로 걸어 들어왔다. 에드워즈 씨는 그가 히로시마 원폭 투하 임무를 수행한 '에놀라 게이' 부조종사 로버트 루이스 대위라고 소개했다. 루이스 씨는 떨리는 목소리로 당시 비행에 관해 이야기했다. 다니모토 목사는 목석같이 앉아 있었다. 어느 순간 루이스 씨가 갑자기 말을 멈추더니 눈을 감고 이마를 문질렀다. 미국 전역의 4000만 시청자들은 그가 울고 있다고 생각했을 것이 분명했다(그러나 그는 울고 있지 않았다. 그는 술을 마신 상태였다. 몇 년 후에 마빈 그린 목사는 히로시마의 소녀들에 관한 책을 집필하던 로드니 바커라는 젊은 언론인에게 그 사건의 전말을 알려주었다. 그날 루이스 씨는 다니모토 목사를 제외한 모든 출연자들이 참석해야 하는 오후 리허설에 나타나지 않아 쇼 관계자들을 깜짝 놀라게 했다. 그는 쇼 출연료가 두둑할 거라고 잔뜩 기대했다가 그렇지 않다는 걸 알고 술집으로 기어들어갔던 것이다. 그린 씨가 루이스 씨를 발견했을 때는 쇼가 시작되기 전에 그에게 커피 한 잔 먹일 만한 여유밖에 없었다).

> 에드워즈: 그날 비행일지에 뭐라고 적으셨나요?
> 루이스: "오 하느님, 저희가 대체 무슨 짓을 한 겁니까?"라고 적었습니다.

그의 차례가 끝난 후 다니모토 목사의 아내인 다니모토 치사 씨가 잰걸음으로 무대로 걸어 나왔다. 평소에 입지 않는 기모노를 입고 있던 탓에 걷는 것이 불편해 보였다. 다니모토 목사의 아내는 히로시마에서 이틀 만에 짐을 챙겨 아이들과 함께 로스앤젤레스에 당도했다. 그 후 줄곧 그곳 호텔에서만 지내야 했는데, 다니모토 목사를 가족과 철저히 격리시키기 위해서였다. 쇼가 시작된 이후 처음으로 다니모토 목사의 표정이 바뀌었다. 그러나 그는 기뼘에 익숙하지 않은 사람처럼, 반가워하기보다는 놀란 표정이었다. 다음 차례로 미노와 도요코와 에모리 다다코라고 불리는 두 명의 히로시마 소녀들이 반투명 가리개 뒤에 실루엣만 드러낸 채 출연했다. 에드워즈 씨는 관객에게 히로시마 소녀들의 수술비용 기금 마련 홍보를 했다. 그리고 마지막 순서로 다니모토 목사의 네 자녀, 즉 원폭 투하 당시 갓난아기였는데 지금은 열 살이 된 큰 딸 고코, 일곱 살 난 아들 겐, 네 살 난 딸 준, 그리고 두 살 난 아들 신이 뛰어나와 아버지 품에 안겼다. 당시 주일미국대사관의 공보원이 본국 국무장관 앞으로 보낸 외교 전문은 다음과 같다.

내신

대외비

발신: 도쿄

수신: 국무장관

1955년 5월 12일

주일대사관 미국공보원은 히로시마의 소녀들 사업이 비우호적인 홍보활동을 야기하지 않을까 하는 워싱턴의 우려에 동감함…….
다니모토 목사는 언론의 관심을 받기를 좋아하는 인물로 여겨짐. 게

다가 히로시마 기념평화센터 건립은 그가 애착을 느끼는 사업인 만큼 그 사업의 기금을 마련하기 위해 강연여행을 십분 활용할 것이 분명함. 그가 공산주의자이거나 공산주의 동조자라고 생각하지는 않으나, 유해한 홍보활동의 원인 제공자가 될 가능성이 매우 높음…….

다음은 또 다른 외교 전문이다.

기밀 사항

다니모토 목사는 반공산주의자이며 원폭 소녀들을 돕고자 하는 그의 노력은 진심에서 우러나온 것으로 여겨짐……. 그러나 사회적 명망과 지위를 공고히 하고자 하는 열망으로, 그는 무지하거나 순진하거나 또는 의도적으로 좌파 노선에 도움을 주거나 좌파 노선을 추구할 수 있음…….

랠프 J. 블레이크

고베 주재 미국총영사

당시 로버트 루이스 씨는 공군에서 퇴역하고 뉴욕에 위치한 사탕제조업체인 헨리 헤이드사에서 인사부장으로 근무했다. 쇼가 끝난 후 동부로 돌아오자마자 루이스 씨는 미국 국방부로 불려가서 호된 질책을 받았다.

다니모토 목사의 강연여행이 끝날 때까지 그의 가족은 모두 미국에 체류했다. 그는 총 26개 주의 195개 도시를 방문했다. 기금은 텔레비전 쇼 덕분에 5만 달러, 순회강연으로 1만 달러가 모였다. 여름 내내 다니모토 목사의 아내와 자녀들은 펜실베이니아주 벅스 카운티에 있는 펄 벅 씨 농장의 게스트하우스에 머물면서 즐거운 시간을 보냈다.

8월 6일, 히로시마 원폭 투하 10주년 되던 날에 다니모토 목사는 알링턴 국립묘지에서 무명용사의 무덤에 헌화했다. 같은 날, 저 멀리 히로시마에서는 제5 후쿠류마루 사건으로 촉발된 분노의 함성과 함께 대대적인 평화운동이 진행 중이었다. 세계 각국에서 히로시마를 방문한 5000명의 대표자들이 제1회 원수폭금지 세계대회에 참석했다.

그해 12월, 다니모토 목사는 가족과 함께 일본으로 돌아왔다.

다니모토 기요시 목사는 갈수록 주류에서 밀려나 표류하고 있었다. 미국 순회강연 때 그는 피폭자로서는 보기 드물게 대단한 에너지를 보여주었다. 피곤한 여행 일정 속에서도 밤마다 쉬지 않고 연설했다. 그러나 실제로는 몇 년 동안 노먼 커즌스 씨의 급류와 같은 격렬한 에너지에 휩쓸려 떠다닌 것에 불과했다. 커즌스 씨는 다니모토 목사의 허영심을 채워주었고 순진한 그는 마냥 우쭐하기만 했다. 그러나 이제 커즌스 씨는 자신의 사업에서 다니모토 목사를 배제시켰다. 다니모토 목사는 모든 노력을 피폭 소녀들에게 집중시키긴 했지만, 나중에 알고 보니 〈이것이 당신의 인생이다〉라는 쇼를 통해 모금된 기금이 소녀들을 위한 경비로만 지출되는 것은 그렇다손 치더라도, 순회강연을 통해 자신이 모은 기금 중 1000달러 상당의 돈까지 뉴욕에서 관리할 예정이었다. 게다가 커즌스 씨는 히로시마 평화센터를 건너뛰고 시 정부와 직접 이야기했다. 다니모토 목사는 도덕적 입양 결연 사업을 평화센터에서 관리할 수 있게 해달라고 매달렸지만, 그가 맡은 역할은 손님들에게 줄 가방을 사러 다니는 일뿐임이 드러났다. 그러나 무엇보다도 큰 타격은 나카바야시 도모코라는 소녀가 마운트시나이 병원에서 마취 상태로 사망한 사건이었다. 도모코 양의 유해가 히로시마에 있는 부모의 품으로 돌아오자 그의 오랜 친구인 클라인조르게 신부의 주도 하에 장례식이 치러졌지만, 다니모토 목사는 초대조차 받지 못했던 것이다. 그뿐 아니었다. 소녀들은 귀국 후 자신들이 세간에서 호기심은 물론이고 시기와 원한의 대상으로 전락한 것을 알고 깜짝 놀랐다. 그 때문에 자신들을 '시온클럽Zion Club'으로 결성해서 홍보 효과를 얻으려는 다니모토 목사의 노력에 반발했고, 결국 그에게서 떠나갔다.

다니모토 목사는 일본 내 평화운동에서 발붙일 만한 곳이 없었다. 평화운동이 한창 전개되던 중요한 시기에 먼 타지에 있었던 탓도 컸지만, 기독교적 관점으로 볼 때 반핵운동을 주도하는 급

진적인 단체에 신뢰가 가지 않았다. 그가 마지막 강연여행 때문에 일본을 떠나 있는 동안 원수폭금지일본협의회라는 전국 조직이 창설되었고, 국회에 피폭자 의료 지원을 요구하는 운동이 폭발적으로 일어났다. 많은 피폭자들과 마찬가지로 다니모토 목사는 이러한 일에 정치적 색채가 가미되는 걸 몹시 싫어했다. 그러다 보니 그 뒤로는 기념일마다 평화공원에서 거행되는 대중집회에도 참여하지 않았다.

　　1957년 5월 15일, 영국은 인도양의 크리스마스 섬에서 처음으로
　　수소폭탄 실험을 실시했다.

　다니모토 목사의 장녀인 고코 양은 갓난아기 때 원폭을 경험한 탓에 거의 매년 원폭상해조사위원회에 가서 건강검진을 받았다. 고코 양의 건강은 대체로 양호한 편이었지만, 원폭 투하 당시 갓난아기였던 대다수 피폭자들처럼 그녀의 몸은 육안으로만 봐도 발육 부진이었다. 중학교를 다니는 사춘기 소녀로 성장한 고코 양은 건강검진을 위해 또다시 원폭상해조사위원회를 찾았다. 평소와 다름없이 좁은 칸막이 방에서 하얀 병원 가운으로 옷을 갈아입었다. 그런데 이번에는 일련의 검사가 끝난 후 낮은 단이 있고 벽에 측정용 격자가 표시된, 조명이 환한 방으로 가게 되었다. 고코 양은 벽에 등을 대고 서 있었다. 조명이 너무 밝아서 그 너머에 무

엇이 있는지 보이지 않았다. 대신 일본인과 미국인의 목소리가 들렸다. 일본인의 목소리가 들렸다. 일본인 한 명이 입고 있는 가운을 벗으라고 말했고, 고코 양은 시키는 대로 했다. 그 순간이 마치 영원처럼 길게 느껴졌다. 눈물이 얼굴을 타고 흘러내렸다.

고코 양은 완전히 겁에 질린 데다 마음에 상처까지 입어 그 후 25년 동안 이 일에 대해 아무에게도 말을 하지 못했다.

1959년 8월 말경, 어느 날 다니모토 목사의 교회 제단 앞에 젖먹이 여아가 바구니에 담긴 채 버려져 있었다. 기저귀에 달린 쪽지에 '가나에'라는 이름과 '4월 28일'이라는 생년월일이 적혀 있었다. 그리고 "지금은 제가 아이를 키울 형편이 안 돼요. 하느님께서 제 딸아이에게 축복을 내리셔서 저 대신 목사님께서 잘 돌봐주셨으면 합니다."라는 말도 적혀 있었다.

1955년 여름, 펄 벅 씨의 농장에 머물 때 다니모토 목사의 아이들은 십여 명의 고아들과 함께 놀았다. 대부분이 동양계 아이들인 그 고아들은 펄 벅 씨의 보살핌을 받고 있었다. 다니모토 씨 가족은 그러한 펄 벅 씨의 관대함에 깊은 감명을 받았었기에, 자신들의 품에 맡겨진 그 갓난아기를 거두어 키우기로 결정했다.

1960년 2월 13일, 프랑스는 사하라 사막에서 핵무기를 실험했다.
1964년 10월 16일, 중국은 처음으로 핵 실험을 실시했고, 1967년 6월 17일에는 수소폭탄도 터뜨렸다.

250

고코 양은 1968년에 부친과 함께 미국으로 건너가서 뉴저지 주 해커츠타운에 소재한 센터너리여자대학에 입학했다. 몇 해 전인 1964년과 1965년에 사이에 다니모토 목사는 미국에 가서 모교인 에모리대학을 방문한 후 유럽을 경유해 고국으로 돌아왔다. 또 1966년에는 루이스앤클라크대학에서 명예학위를 받기도 했다. 고코 양은 나중에 워싱턴 D. C.에 소재한 어메리칸대학교로 학교를 옮겼다. 그곳에서 중국계 미국인과 사랑에 빠져 결혼까지 약속했지만, 약혼자의 부친이 반대하는 바람에 결혼하지 못했다. 의사인 그의 부친은 고코 양이 피폭자라서 정상적인 아이를 가질 수 없다고 생각했다.

일본으로 돌아온 고코 양은 도쿄에 소재한 오데코라는 석유굴착회사에 취직했다. 그곳에서는 자신이 피폭자라는 사실을 누구에게도 말하지 않았다. 그러던 중 자신의 비밀을 털어놓을 만한 사람을 만났다. 그는 남자 친구의 절친한 친구였다. 고코 양은 비밀을 털어놓은 그 남자와 결혼했다. 그러나 안타깝게도 첫아이를 유산했다. 그녀와 가족들은 원자폭탄 때문이라고 여겼다. 고코 양은 남편과 함께 원폭상해조사위원회에 가서 염색체 검사를 받았다. 검사 결과는 아무 이상이 없는 것으로 나왔지만, 두 사람은 아기를 갖지 않기로 결정했다. 대신 두 명의 갓난아기를 입양했다.

한편 일본의 반핵운동은 1960년대 초반부터 분열 양상을 띠었다. 원수폭금지일본협의회는 초창기에 일본 사회당과 노동조합

총평의회가 장악했다. 1960년에 이 협의회는 미일안보조약 개정이 일본 내 신군국주의의 부활을 촉진시킨다는 이유로 이를 저지하고자 했다. 그 결과 일부 조금 더 보수적인 단체들이 핵무기금지평화건설국민회의를 결성했다. 1964년에는 원수폭금지일본협의회에 공산주의자들이 침투하면서, 사회주의자들과 노동조합들이 이 협의회를 탈퇴하고 원수폭금지일본국민회의를 결성했다. 그로 말미암아 분열의 골은 더욱 깊어졌다. 대다수 피폭자들과 마찬가지로 다니모토 목사에게 이러한 싸움은 어리석기 그지없어 보였다. 모든 국가는 핵 실험을 중단해야 한다고 주장하는 국민회의나, 미국은 전쟁 준비를 위해 실험하고 소련연방은 평화를 수호하기 위해 실험한다고 주장하는 협의회나 터무니없기는 마찬가지였다. 분열이 지속되면서 두 단체는 8월 6일이 되어도 각자 따로 대회를 개최했다. 1973년 6월 7일, 다니모토 목사는 히로시마 《추고쿠신문》의 '석간 에세이' 칼럼란에 다음과 같은 글을 기고했다.

지난 몇 해 동안 8월 6일이 임박할 때면 들려오는 소리가 있습니다. 그것은 바로 분열된 평화운동 때문에 올해도 또 기념행사들이 각기 따로 치러지는 것을 한탄하는 소리입니다……. 기념공원의 위령비에는 "편안히 잠드소서. 이러한 실수는 반복되지 않을 것입니다."라는 문구가 새겨져 있습니다. 이는 인류의 간절한 염원을 표현한 것입니다. 히로시마의 호소는……, 정치와 무관합니다. 외국인들이 히로시마에 오면 다음과 같은 말을 자주 하곤 합니다. "전 세계 정치인들은 히로시마에 방문해서 이 위령비 앞에 무릎을 꿇고 전 세계의 정치적 문제들을 숙고해야 합니다."

1974년 5월 18일 인도는 처음으로 핵 실험을 실시했다.

원폭 투하 40주년이 다가올 즈음, 히로시마 평화센터는 명목상으로만 존재했고 다니모토 목사의 자택에서 운영되었다. 1970년대에 평화센터의 주요 사업은 고아들과 일본인 부모가 버린 갓난아기들의 입양을 주선하는 것이었다. 이 아이들은 원폭과 별 관계가 없었다. 양부모들은 하와이와 미국 본토에 있었다. 다니모토 목사는 세 차례 더 미국에서 강연여행을 했다. 1976년과 1982년은 미국 본토에서, 1981년은 하와이에서 했다. 1982년 그는 목사직에서 물러났다.

다니모토 기요시 목사는 이제 나이가 일흔이 넘었다. 피폭자들의 평균 수명은 62세였다. 1984년에 《추고쿠신문》은 생존한 피폭자들을 대상으로 여론조사를 실시했는데, 응답자 중 54.3퍼센트가 핵무기가 다시 사용될 것이라고 생각한다고 대답했다. 다니모토 목사는 신문에서 미국과 소련연방이 지속적으로 과감한 핵 억제 전략을 펼치고 있다는 기사를 읽었다. 다니모토 씨 부부는 피폭자에게 지급되는 건강관리수당을 받았으며, 다니모토 목사는 많은 액수는 아니지만 일본 기독교 단체에서 지급하는 연금을 받았다. 그는 아담한 작은 집에 텔레비전 2대와 라디오, 세탁기, 전기오븐, 냉장고 등을 구비해놓고 살았으며, 히로시마에서 생산되는 소형 마쓰다 자동차를 타고 다녔다. 그는 늘 과식하는 탓에 매일 아침 여섯 시에 일어나서 치코라고 부르는 작은 털북숭이 강아지와 함께 1시간 동안 산책을 했다. 기력은 갈수록 떨어졌다. 그뿐만 아니라 그의 기억도, 세계인들의 기억과 마찬가지로 점점 흐릿해져 갔다.

1945 히로시마

1판 1쇄 2015년 8월 6일
1판 3쇄 2019년 5월 17일

지은이 | 존 허시
옮긴이 | 김영희

펴낸이 | 류종필
편집 | 이정우, 최형욱
마케팅 | 김연일, 김유리
표지디자인 | 석운디자인
본문디자인 | 글빛

펴낸곳 | (주) 도서출판 책과함께
　　　　주소 (04022) 서울시 마포구 동교로 70 소와소빌딩 2층
　　　　전화 (02) 335-1982
　　　　팩스 (02) 335-1316
　　　　전자우편 prpub@hanmail.net
　　　　블로그 blog.naver.com/prpub
　　　　등록 2003년 4월 3일 제25100-2003-392호

ISBN 979-11-86293-27-0 03840

이 도서의 국립중앙도서관 출판시도서목록(CIP)은
서지정보유통지원시스템 홈페이지(http://seoji.nl.go.kr)와
국가자료종합목록시스템(http://www.nl.go.kr/kolisnet)에서 이용하실 수 있습니다.
(CIP제어번호 : CIP2015020343)